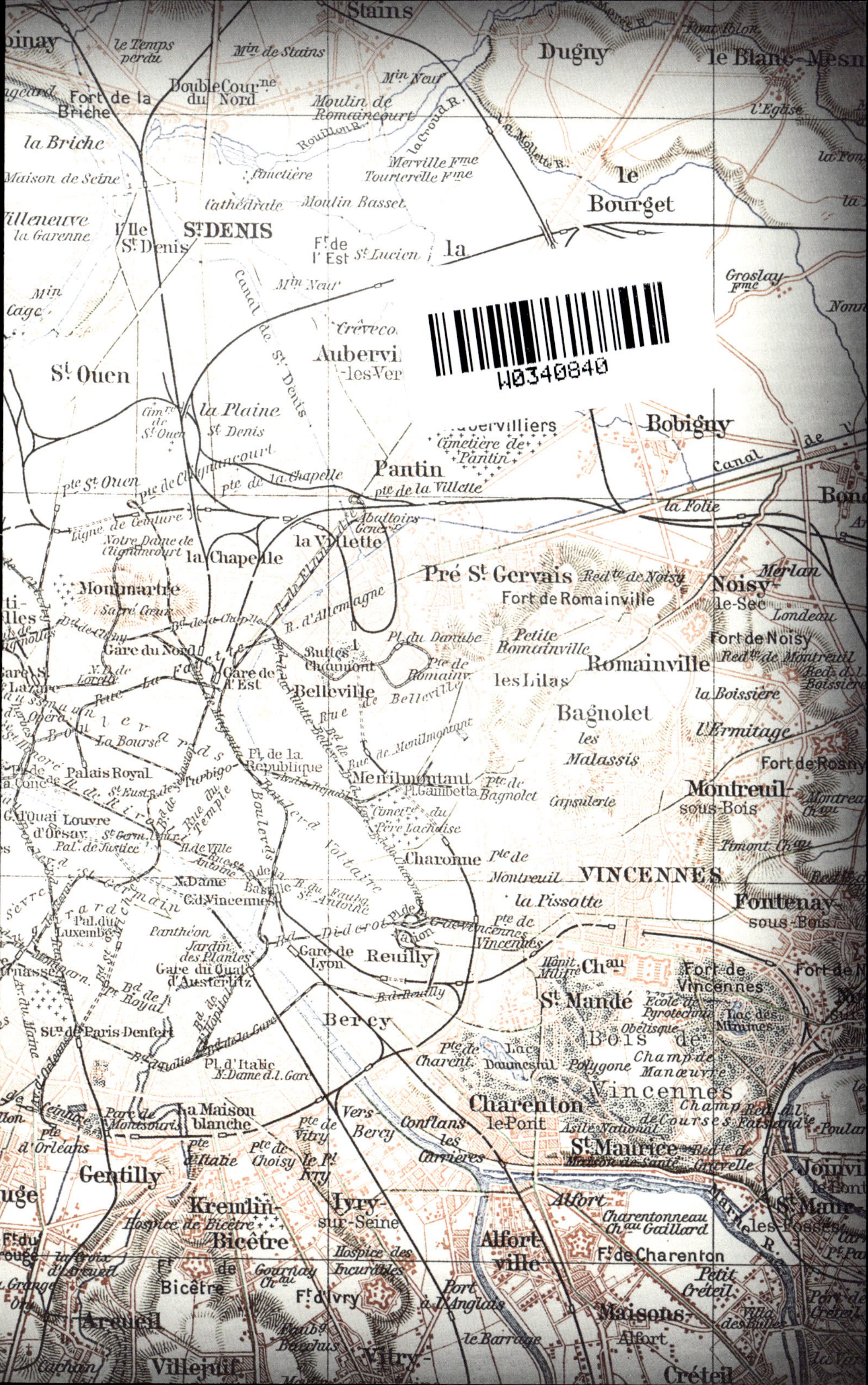
Stains
le Temps perdu
Min de Stains
Dugny
le Blanc-Mesnil
Fort de la Briche
Double Cour ne du Nord
Min Neuf
Moulin de Romaincourt
la Briche
Maison de Seine
Merville Fme
Tourterelle Fme
le Bourget
Villeneuve la Garenne
Cathédrale
Moulin Basset
St DENIS
Ile St Denis
Ft de l'Est
St Lucien
Canal de St Denis
St Ouen
la Plaine St Denis
Bobigny
Pantin
Cimetière de Pantin
Pte St Ouen
Pte de Clignancourt
Pte de la Chapelle
Pte de la Villette
Ligne de Ceinture
la Folie
la Villette
Abattoirs
la Chapelle
Notre Dame de Clignancourt
Montmartre
Sacré Cœur
Pré St Gervais
Fort de Romainville
Noisy-le-Sec
Merlan
Londeau
Fort de Noisy
R. d'Allemagne
Gare du Nord
Gare de l'Est
Buttes Chaumont
Pl. du Danube
Petite Romainville
Romainville
les Lilas
Belleville
la Boissière
Bagnolet
les Malassis
l'Ermitage
Fort de Rosny
La Bourse
Palais Royal
Pl. de la République
Menilmontant
Pl. Gambetta
Pte de Bagnolet
Montreuil-sous-Bois
Louvre
Quai d'Orsay
Pal. de Justice
H. de Ville
Cimetière du Père Lachaise
Charonne
Pte de Montreuil
VINCENNES
N. Dame
G. d. Vincennes
Bastille
Boulevard Voltaire
la Pissotte
Fontenay-sous-Bois
Pal. du Luxembg.
Panthéon
Jardin des Plantes
Gare de Lyon
Reuilly
Pte de Vincennes
Gare du Quai d'Austerlitz
Chau
St Mandé
Fort de Vincennes
Ecole de Pyrotechnie
Bercy
Bois de Vincennes
Obélisque
Lac des Minimes
Lac Daumesnil
Polygone
Champ de Manœuvre
Pl. d'Italie
N. Dame d. l. Gare
Pte de Charent.
Charenton le Pont
Champ de Courses
Parc de Montsouris
la Maison blanche
Vers-Bercy
Conflans les Carrières
Asile National
St Maurice
Pte d'Orléans
Pte d'Italie
Pte de Choisy
Pte de Vitry
Gentilly
Kremlin-Bicêtre
Ivry-sur-Seine
Hospice de Bicêtre
Alfort
Charentonneau
Chau Gaillard
Alfortville
Ft de Charenton
Hospice des Incurables
Ft de Bicêtre
Ft d'Ivry
Port à l'Anglais
Petit Créteil
Maisons-Alfort
Arcueil
Villejuif
Vitry
le Barrage
Créteil
Marne R.
Cachan

Cis Meijer

Missing in Paris – Wo ist Nina?

CIS MEIJER

MISSING
in Paris
WO IST NINA?

Übersetzung aus dem Niederländischen
von Verena Kiefer

one

Die Bastei Lübbe AG verfolgt eine nachhaltige Buchproduktion. Wir verwenden Papiere aus nachhaltiger Forstwirtschaft und verzichten darauf, Bücher einzeln in Folie zu verpacken. Wir stellen unsere Bücher in Deutschland und Europa (EU) her und arbeiten mit den Druckereien kontinuierlich an einer positiven Ökobilanz.

MIX
Papier | Fördert gute Waldnutzung
FSC® C014496
FSC www.fsc.org

Titel der niederländischen Originalausgabe:
»Verdoofd«

Textredaktion: Beate De Salve, Pulheim
Umschlaggestaltung: Kristin Pang
Satz: 3w+p GmbH, Rimpar
Gesetzt aus der Adobe Caslon Pro
Druck und Verarbeitung: GGP Media GmbH, Pößneck

Printed in Germany
ISBN 978-3-414- 0176-1

5 4 3 2 1

Sie finden uns im Internet unter one-verlag.de
Bitte beachten Sie auch luebbe.de

Du siehst die Dinge nicht so, wie sie sind.
Du siehst die Dinge so, wie du bist.

- Sokrates

Prolog

Im Gebäude ist es stockfinster. Unsicher reibe ich meine klammen Arme. Der schwüle Nachmittag ist einer drückenden Nacht gewichen. Weil ich nicht das Geringste sehe, sind meine anderen Sinne geschärft. In meiner Nase kribbelt ein seltsamer Geruch. Leicht süßlich, aber es riecht auch wie eine Polderlandschaft nach dem Regen. Eine Haarlocke klebt an meiner Wange. Ich löse sie, während ich versuche, mich zu orientieren. Wo soll ich langgehen?

Vorsichtig mache ich einen Schritt und merke, wie sehr ich zittere. Liegt das an meiner Müdigkeit? Oder ist es eine Warnung? Eine Warnung meines Körpers vor dem unsichtbaren Feind, der erneut zuschlagen will, um mich endlich aus dem Weg zu räumen? Nein, nicht daran denken! Ich mache einen weiteren Schritt und drehe meinen Kopf langsam von einer Seite zur anderen, um jedes Geräusch aufzufangen. Mein Nacken ist noch immer ganz steif von dem Angriff vorhin. Welche Spur hat Nina verfolgt? Der Gedanke, dass ihr etwas Schreckliches passieren könnte – oder, noch schlimmer, inzwischen bereits passiert ist –, ist unerträglich. Das darf nicht sein! Ich muss sie finden, ich muss weitermachen! Ich habe keine Angst. Eine Lüge, ich weiß.

Die zarten Klänge einer Geige dringen in den Raum. Mein Gefühl sagt mir, dass ich auf der richtigen Spur bin. In Gedanken höre ich wieder die Warnung: *Du begibst dich in Gefahr!*

Ich neige den Kopf etwas zur Seite, damit ich besser hören

kann, woher die Musik kommt. Gibt es irgendwo eine Tür, die ins Haus führt? Unbeholfen mache ich ein paar Schritte und pralle gegen etwas. Ein Tisch. Ich taste mich daran entlang, die Hand auf der Tischplatte. Ich berühre einen harten Gegenstand und fahre mit den Fingern darüber. Kühl fühlt er sich an, ein wenig rau, klebrig. Jetzt zittern meine Finger heftig. Ich habe keine Angst … Meine Hand folgt den Konturen des Gegenstands. Oben ist er so rund wie ein Ball, dann geht es langsam wieder nach unten. Ich spüre eine Ausstülpung. Er ähnelt einem …

Ich erschrecke und zucke zurück. Ist es das, wofür ich es halte? Auf der anderen Seite des Dings spüre ich dieselbe Wölbung. Mit einem Finger streiche ich über mein Ohr, von der Oberkante bis zum Ohrläppchen. Mit der anderen Hand fasse ich zum Vergleich an eines der abstehenden Teile. Dieselbe Form. Und ich rieche einen typischen Geruch, an meiner Handfläche, meinen Fingern. Wieder dieser Geruch nach Polder … Ich habe ihn schon früher mal bei jemandem gerochen. Ganz sicher. Aber bei wem?

Grübelnd beuge ich mich vor und gehe ganz nah mit der Nase heran, schnuppere noch einmal. Denk nach! Bei wem habe ich diesen Geruch schon mal wahrgenommen? Wo? Wann? Ich bin absolut sicher: Irgendwo tief in meinem Gedächtnis finde ich die Antwort.

1

Eine Ansichtskarte liegt auf der Fußmatte unter dem Briefschlitz. Eine stinknormale Ansichtskarte mit einer abgeknickten Ecke neben der Briefmarke und einem fetten Poststempel. Merkwürdig. Vereinbart war *eine* Karte pro Woche, doch das ist schon die zweite. Während ich nach meiner Sporttasche greife, starre ich weiter auf die Karte. Ich knie mich hin und hebe sie auf.

Mir geht es gut, hoffe, euch auch.
Alles Liebe,
Nina

PS: Grüß Mama von mir.

Mama grüßen? Wie kommt sie darauf? Ein unbehagliches Gefühl nistet sich in meiner Magengegend ein. Wir haben Mama seit Jahren nicht gesprochen. Ist das ein schlechter Witz? Oder … ist sie durcheinander? Verwirrt? So was nur zum Spaß zu schreiben – unmöglich. Das würde Nina doch nie machen. Dafür hat es uns zu wehgetan.

Nachdenklich lese ich den ersten Satz auf der Karte noch einmal, Ninas Stimme in meinem Kopf. Genau dieselben Worte wie in den vergangenen Wochen. Stimmt es denn, geht es ihr wirklich gut? Andererseits, warum sollte sie lügen?

Ich betrachte ihre Handschrift. Sie wirkt so sorglos.

Schwungvoll. Lange Unterlängen bei g und f. Ein megagroßer Anfangsbuchstabe bei ihrem Namen. Hier und da fleckig. Neben Ninas Name schwebt ein hingekritzeltes Blümchen auf einem Stängel. Abgestempelt wurde die Karte in Paris. Ich prüfe das Datum. Vor vier Tagen. Vorn ist ein Foto vom Eiffelturm. Also eine ganz normale Karte – bis auf das seltsame PS.

Ich schaue auf die Uhr. Mein Softballtraining beginnt in einer halben Stunde. Ich muss jetzt echt los; wer zu spät kommt, riskiert einen Platz auf der Reservebank. Das geht gar nicht!

Schnell öffne ich das seitliche Reißverschlussfach an der Tasche und schiebe die Karte hinein. Dann schaue ich auf mein Armband. Drei rote Stränge. Nina und ich haben die Bändchen geflochten und sie uns gegenseitig als Symbol unserer engen Bindung geschenkt. Nichts und niemand kann zwischen uns kommen.

Ich lasse meine Sporttasche fallen und umfasse den Knoten der ausgefransten Enden des Armbändchens. Ich versuche mir Nina so deutlich wie möglich vorzustellen. Manchmal funktioniert das. Oft wissen wir, wie es der anderen geht, ohne miteinander gesprochen zu haben. Ich flüstere: »Nina, geht es dir wirklich gut?« In Gedanken sehe ich das Gesicht meiner Schwester. Ich konzentriere mich auf ihren Ausdruck. Wie sieht sie aus? Krampfhaft presse ich das Bändchen zusammen. Es ist, als würde ich durch eine Kamera schauen, die einen Moment braucht, um scharf zu stellen. Dann kneife ich die Augen zu und lasse das Bändchen los. In meiner Vorstellung sieht sie ängstlich aus. Hohle Augen. Blass.

Ich blinzele. Weg ist das Bild. Wieder schließe ich die Augen, aber da kommt nichts mehr. Beunruhigt ziehe ich die Ansichtskarte wieder aus dem Seitenfach. Wenn ich in einer Viertelstunde aufbreche und kräftig in die Pedale trete, schaffe ich es noch rechtzeitig zum Training. Mein Blick huscht über die Worte auf der Karte. Ich weigere mich zu glauben, dass das *PS: Grüß Mama von mir* ein Scherz ist. Es muss etwas dahinterstecken. Aber ich habe einfach keine Ahnung, was. Und warum hat sie sich nicht an unsere Vereinbarung gehalten? Kurz vor ihrem letzten Aufbruch ins Ausland sagte sie auf dem Bahnsteig, sie würde jede Woche *eine* Karte als Lebenszeichen schicken. Eine Karte pro Woche, nicht mehr, nicht weniger.

»Ich verspreche es«, hat sie todernst gesagt. »Ehrenwort.«

Ich glaubte ihr. Natürlich. Diese Vereinbarung haben wir nicht umsonst getroffen. Sich an sein Wort zu halten und keine Geheimnisse voreinander zu haben – daran sollten uns die Armbänder erinnern.

Keine Geheimnisse voreinander haben, dröhnt es in meinem Kopf, und mein Magen zieht sich zusammen. Was, wenn Nina doch Geheimnisse vor mir hat? Ach was! Oder doch? Meine Überzeugung, dass unser starkes Band selbstverständlich ist, gerät plötzlich ins Wanken. Energisch schüttele ich den Kopf. Sie ist nicht so wie unsere Mutter.

Ich erinnere mich daran, wie sie Nina, Papa und mich vor fünf Jahren verlassen hat. Aus heiterem Himmel ist Mama ans andere Ende der Welt gezogen, in ihr Herkunftsland. Ich denke an diesen albernen Zettel, den sie hinterlassen hat. Sie habe sich für ihren heimlichen Liebhaber entschieden und könne nicht anders, als ihrem Herzen zu folgen.

Sie konnte nicht anders? Und was war mit Nina und mir? Und mit Papa?

»Wenn ich mein Versprechen breche, darfst du kommen und mich holen«, hat Nina lachend zu mir gesagt. Dann setzte sie ihren Rucksack auf, warf mir einen Handkuss zu und stieg in den Thalys. Das ist jetzt zwei Monate her.

Ich reibe mir über die Schläfen. Zwei Karten in einer Woche … Da stimmt doch etwas nicht. Es sei denn … es sei denn, sie *will*, dass ich sie holen komme. Ist ihr etwas Schlimmes passiert? Der Blick, den ich gerade vor meinem inneren Auge gesehen habe, macht mir Angst.

Ich halte mein Ohr an die Tür zur Praxis meines Vaters. Er brummelt vor sich hin. Eine zweite Stimme ist nicht zu hören. Kein Gemurmel, kein Weinen, kein Klient.

»Paps?«

»Ja, ja. Ich arbeite.« Er klingt abgelenkt.

Ich öffne die Tür und sehe, dass er auf seinen Computerbildschirm starrt. Er hat die Augen zusammengekniffen, das ist sein forschender Psychiaterblick. Dieser Blick, der sagt: *Ich weiß, was du denkst.* Nervig. Er weiß fast nie, was mich beschäftigt, und ganz sicher nicht, wie sehr mir Nina fehlt.

»Guck mal, eine Karte von Nina.«

Er schaut auf, erschöpft. Sein Hemdkragen sitzt schief.

»Warum hast du deinen Anzug noch an?«, frage ich. »Du hast doch keine Klienten mehr?«

Ich halte ihm die Karte an ihrer geknickten Ecke vors Gesicht.

»Ich muss noch eine Akte durchgehen.« Zerstreut fährt er sich mit einer Hand durch die Haare. »Und du? Musst du nicht zum Training?«

»Gleich.« Ich wedele mit der Karte vor seiner Nase herum. »Schau mal hier. Nina schreibt: Grüß Mama von mir.«

»Reizender Sinn für Humor«, sagt er, ausdruckslos und ohne aufzuschauen.

»Reizend? Ich finde es spooky. Absolut untypisch. Und

weißt du was? Das ist schon ihre zweite Karte in dieser Woche.«

»Wieso spooky?« Er fasst nach der Karte, dreht sie um und betrachtet die Abbildung des Eiffelturms. »Ich kann nichts Besonderes erkennen.«

»Findest du das nicht komisch?«. Es fällt mir schwer, die Karte loszulassen. Es fühlt sich an, als würde ich etwas Kostbares aus der Hand geben.

Er zuckt mit den Schultern. »Der Eiffelturm – an dem ist doch nichts Besonderes?« Er wölbt die Karte so, dass der Eiffelturm ganz krumm aussieht. »Ich finde ihn übrigens immer noch hässlich.«

»Vorsicht, gib sie mir lieber zurück.« Ich halte die Hand auf. »Da stimmt etwas nicht. Zwei Karten. Sie hat versprochen, eine einzige pro Woche zu schicken. Was denkst du?«

Mein Vater schaut von der Karte zu mir, sagt aber nichts.

»Vielleicht können wir ja herauskriegen, wo sie ist«, sage ich.

»Was erwartest du denn? Nina kommt erst zurück, wenn sie das will.« Er gibt mir die Karte zurück. »Wenn sie dahinterkommt, dass wir sie suchen, wird sie sich von uns abwenden. Das läuft nur wieder auf Streit hinaus, und den will ich nicht mehr.« Sein Blick ist entschlossen. »Wirklich nicht.«

»Aber wir können es doch probieren?«, bitte ich. »Heimlich?«

»*Heimlich?* Wir haben doch keine Ahnung, wo sie ist.« Er seufzt. Typisch!

»In Paris? Ich überlege mir was, Paps, wirklich. Wir finden sie, und dann sorge ich dafür, dass sie mit uns nach Hause kommt.«

»Lotte, jetzt mach mal halblang. Warum ist es überhaupt so schlimm, dass sie zwei Karten hintereinander schickt?«

»Weil … einfach, weil sie das nicht machen würde. Sie hat gesagt, ich darf kommen und sie holen, wenn sie ihr Versprechen bricht.« Einen Moment zögere ich, suche nach den richtigen Worten. »Und diese Karte, sie ist anders als sonst. Ich traue der Sache nicht.« Ich merke selbst, wie wirr ich klinge.

»Sei nicht albern«, sagt mein Vater. »Weißt du …« setzt er gewichtig an, doch bevor er weiterreden kann, schlüpfe ich aus dem Büro.

Auf der Schwelle drehe ich mich noch einmal um. »Ich bin nicht albern! Vielleicht habe ich keine richtige Erklärung, aber irgendwas ist hier merkwürdig, ich spüre es. Und wir müssen herausfinden, was das ist.«

Von Ninas ängstlichem Blick, den ich gerade in Gedanken gesehen habe, brauche ich wirklich nicht anzufangen. Dann würde er mir nur wieder einen Vortrag über die Funktionsweise des Gehirns halten, über Tunnelblick und Wunschdenken, und damit meine Gefühle wissenschaftlich niedertrampeln.

»Ich glaube einfach, dass es nur Streit geben wird, und das will ich nicht. Punkt, aus, Ende der Diskussion.« Nach einem letzten aufgebrachten Blick wendet er sich wieder seinem Computerbildschirm zu.

»Du bist derjenige, der streitet, nicht ich«, sage ich.

Er schaut nicht auf.

Schön bequem, dich vor der Welt zu verschließen und mich als albern zu bezeichnen, will ich sagen, doch stattdessen balle ich die Hände zu Fäusten. Wenn Nina ernsthaft etwas passiert ist, bin ich zum größten Streit bereit, um sie zu finden.

Nachdem ich die Tür zur Praxis meines Vaters hinter mir zugeknallt habe, denke ich ans Training und schaue auf die

Uhr. Noch zehn Minuten. Der Gedanke, auf der Reservebank zu landen, macht mich noch nervöser, als ich es ohnehin schon bin. Aber Nina geht vor. Bevor ich zum Verein fahre, will ich mir ihre Karte noch einmal ganz genau anschauen. Irgendwie habe ich das Gefühl, dass ich etwas übersehe.

Eilig gehe ich ins Wohnzimmer, wo ich unserer Haushaltshilfe Paula begegne. Sie passt schon seit Jahren nicht mehr auf Nina und mich auf, trotzdem hat ihre Anwesenheit etwas Vertrautes.

»Ich hänge deinem Vater noch diese gebügelten Hemden in den Schrank, und dann gehe ich nach Hause, Schätzchen«, sagt sie. »Wenn du noch was hast, was ich bügeln soll … Morgen bin ich wieder da.«

»Nicht nötig, ich habe nichts.«

Von der Diele her ruft sie mir noch etwas über Spinnweben zu, aber ich höre schon nicht mehr hin. Ich lehne die Karte an einen Kerzenständer, neben ein gerahmtes Foto von Nina. Von einer Blumenspange über ihrem Ohr gehalten, fallen Ninas glänzende Locken weit über die Lederjacke. Sie hat volle rote Lippen und lange dunkle Wimpern. Und sie hat ein ganz besonderes Merkmal: Ihre Augen haben unterschiedliche Farben.

Ich schaue in Ninas braunes Auge. *Was jetzt?*, scheint sie zu denken. Danach konzentriere ich mich auf das grüne Auge, das mich frech anschaut. Meine Schwester ist schön. Und sie ist lieb und cool und geht ihren eigenen Weg, manchmal ein bisschen zu sehr.

Ich binde meine Haare locker zu einem hohen Pferdeschwanz und betrachte mich im Spiegel. Ich bin blond, wie Nina. Mir fällt auf, dass sich auf meiner Stirn eine Falte gebildet hat, mein Blick wirkt besorgt.

Denk nach! Schau genau hin!

Ich tigere an der Reihe von Ansichtskarten vorbei, die ich an den Spiegel gelehnt habe. Die Gespräche, die Nina mit mir führte, bevor sie auf Reisen ging, wie die letzten Monate gelaufen sind … All das schwirrt mir durch den Kopf.

Gleich nach ihrem achtzehnten Geburtstag hielt Nina sich für alt genug, um allein ins Ausland zu gehen. Ein international bekanntes Fotomodell will sie werden. Auch hier bei uns hat sie immer mehr Aufträge bekommen, aber sie will an die Spitze – mit den allerbesten Fotografen arbeiten, viel von der Welt sehen, interessante Leute treffen. Also hat Nina ihre Sachen gepackt, ihre Mappe mit den Modelfotos genommen, und weg war sie – ihrem Traum nachjagen.

Ihre erste Station war Antwerpen, wo sie bei einer Freundin wohnte. Sie hatte einen Termin bei einer Modelagentur und wollte ins Modemuseum gehen. Irgendwann mailte sie mir, dass sie auf einer Undergroundparty gelandet sei, wo die Leute auf XTC waren. Ich erschrak und überredete Papa, zu Nina zu fahren und sie nach Hause zu holen, doch sie wehrte sich und weigerte sich mitzugehen. Sie dachte gar nicht daran, auf Kommando die Verwirklichung ihrer Träume einzustellen.

Seither lässt sie uns nicht mehr wissen, wo sie ist, und schreibt auf jede Ansichtskarte nur noch: *Mir geht es gut, hoffe, euch auch. Alles Liebe, Nina.* Die beiden ersten Karten waren in Mailand abgestempelt worden. Danach bekam ich fünf Karten aus Paris, mit der von heute sechs. Ich vermute, dass Paris ihr fester Standort ist. Auf den ersten Blick wirken alle Karten ganz normal. Trotzdem …

Erneut schaue ich mir ihre letzte Karte an. Was irritiert mich daran so? Ich nehme die Karten und lege sie nebeneinander auf den Tisch. Etwas stimmt nicht, das spüre ich. Ich muss nur noch herausfinden, was es ist.

Mit einem Glas Cola in der Hand setze ich mich an den Tisch, den Rücken ganz gerade. Alle Karten liegen mit dem Text nach oben vor mir. Eine nach der anderen betrachte ich sie, mein Notizbuch offen für Anmerkungen. Jeden Buchstaben vergleiche ich, jedes Wort, jedes Komma und jeden Punkt. Ich schaue von oben nach unten, von links nach rechts und von rechts nach links. Die aus Mailand sind mit blauem Stift geschrieben.

Ich tippe mit dem Finger auf die erste Karte aus Paris. Auch blau. Die zweite aus Paris, blau. Die dritte, die vierte und die fünfte auch. Mein Blick huscht zur letzten Karte. Schwarz. Kein Kugelschreiberblau, sondern tiefes Schwarz. Nina hat die Eiffelturmkarte mit einem schwarzen Füllhalter geschrieben. Dabei mag sie keine Füller. Die hinterlassen Tintenflecken auf ihren Fingern. Nun, vielleicht hatte sie gerade keinen anderen Stift zur Hand und konnte in dem Moment nicht anders. Weil sie in Schwierigkeiten steckt? Aber wenn das so ist – warum hat sie dann eine Karte geschrieben? Warum hat sie mich nicht einfach angerufen oder mir eine Nachricht geschickt?

Ich trinke einen Schluck Cola und stelle das Glas wieder ab. Ein Tropfen gleitet über den Glasrand und rollt auf den Buchstaben A. Dort teilt er sich in zwei. Mit gespitzten Lippen, knapp über der Karte, puste ich die Tropfen schnell von den Buchstaben.

Dann entdecke ich einen kleinen Fleck unter der Schleife vom »g«. Eine vage Schliere, die plötzlich nach mehr aussieht als nach ausgelaufener Tinte. Mein Herz schlägt schneller.

In der Schliere sind feine Ritzer. Vorsichtig kratze ich mit dem Nagel meines Zeigefingers darüber und halte die Luft an. Dann spüre ich die Unterbrechungen, die die eingekerbten Zeichen in das harte beige Papier der Karte gedrückt haben.

Ein Code? Als wir noch auf dieselbe Schule gingen, haben Nina und ich uns Zettel in Geheimsprache gegeben, wenn wir uns auf dem Gang begegnet sind. Ich blinzele und starre, halte die Karte kopfüber und gekippt. Was kann ich aus diesen vagen Strichelchen machen? Ich erkenne es nicht.

In der Schale, die mal für Obst gedacht war, krame ich zwischen einem Stapel Rechnungen und Zeitungen nach der Lesebrille meines Vaters. Da ist sie! Hoffentlich kann ich sie als Lupe benutzen. Die Brille auf der Nase, beuge ich mich ganz dicht über die Karte. Zuerst müssen sich meine Augen an die Glasstärke gewöhnen, aber plötzlich sehe ich etwas. Winzig und doch haarscharf.

Nina ist einfach brillant! Sie hat unauffällig gekratzt, in diesem verschwommenen Fleck. *HLP*, lese ich. HLP … Das kann doch nur eins bedeuten: Help! Nina ist in Not, und sie braucht mich! Ich muss etwas tun!

Keine Panik, ruhig atmen. Ich beiße auf meinen Nagel. Sind da noch mehr Codes?

Schnell lasse ich den Blick noch einmal über die Karte wandern, auf der Suche nach etwas Hingekritzeltem, einem Kratzer, irgendwas. Mein Blick bleibt an dem gezeichneten Blümchen hängen. Dann lege ich den Finger auf die Karte aus Mailand und sehe hinter Ninas Namen das gezeichnete Gänseblümchen: Die Blütenblätter sind länglich und bilden, flach nebeneinander liegend, einen Kreis auf einem geraden Stängel. Auf der zweiten Karte aus Mailand befindet sich ebenfalls ein Gänseblümchen, und auf jeder der anderen Karten aus Paris ist auch eins. Nina zeichnet immer ein Gänseblümchen hinter ihren Namen, das ist so was wie ihr Markenzeichen.

Aber die mit Füllhalter gezeichnete Blüte auf der letzten Karte ist kein Gänseblümchen. Die Blütenblätter sind breiter und runder. Die Blüte mit dem gewundenen, borstig behaarten Stängel kommt mir bekannt vor. Ich glaube, das ist Mohn. Was könnte sie mir damit sagen wollen?

Auf dem Tisch steht unser Familien-PC. Ich hole ihn aus dem Stand-by, öffne Firefox und tippe »Mohn« ein. Mein Blick fliegt über den Bildschirm, ich brauche einen Anhaltspunkt. Auf Wikipedia lese ich, Mohn, Klatschmohn oder Klatschrose, sei ein Symbol für Trost, Schlaf, Träume, Hochmut und Vergänglichkeit. Der griechische Gott Hypnos, Gott des Schlafes, wird mit Mohnblüten im Haar abgebildet. Symbol bei Totenehrungen: Mohn. Trost … Schlaf … Vergänglichkeit …

Tief in meine Gedanken versunken kehre ich zu den Suchergebnissen zurück. Was ist noch bekannt über Mohn? Mohnarten, Mohn auf Gemälden, giftige Pflanzen wie Mohn, Oleander und Beeren …

Mir stockt der Atem. *Giftige Pflanzen?* Hastig klicke ich eine Website an.

Der Mohn, auch Papaver oder Schlafmohn, ist eine sehr giftige Pflanze, lese ich. Opium wird aus Mohn gewonnen. Harte Drogen, süchtig machend … Wird als Betäubungsmittel verwendet. Die Folgen sind verengte Pupillen, erschwerte Atmung, geschwächte Herzfunktion …

Es ist, als würde mir etwas die Luft abschnüren. Die beiden Karten in einer Woche, die Grüße an Mama, das Schreiben mit einem Füller, die eingeritzten Buchstaben HLP und der Mohn … Mein Unbehagen ist zu einem großen, bedrohlichen Gefühl geworden. Ich denke wieder an Ninas ängstlichen Blick in meiner Vorstellung, der meine Netzhaut wie ein Lichtblitz getroffen hat. Kein Hokuspokus, davon bin ich überzeugt. Sie will mir etwas mitteilen, und sie hat nicht einfach nur ein Problem: Ich spüre, dass sie in Lebensgefahr schwebt!

2

»Was machst du denn noch hier?« Mein Vater kommt ins Wohnzimmer und schaut auf die Uhr. »Musst du nicht zum Softballtraining?«

Ich zucke mit den Schultern. »Das musst du dir ansehen«, sage ich, seine Lesebrille auf meiner Nasenspitze. »Nina ist in Gefahr. Wir müssen nach Paris!« Ich ziehe ihn am Ärmel zum Tisch und zeige auf die Postkarten. »Schau doch nur, sie ruft um Hilfe!« Mein Finger gleitet zu dem Fleck mit den kleinen Kratzern. »Du musst deine Lesebrille aufsetzen, sonst siehst du es nicht«, sage ich und nehme sie ab.

»Das schaffe ich auch noch ohne.« Er nimmt die Karte in die Hand und liest laut: »Mir geht es gut, hoffe, euch auch. Alles Liebe, Nina.« Seufzend legt er einen Arm um mich. »Ich verstehe ja, dass du sie gern wieder zu Hause haben willst. Mir fehlt sie auch.«

»Du musst genauer hingucken, Papa, nicht nur den Text lesen. Schau noch einmal ganz genau, unter dem ›g‹ von ›gut‹.«

Ich schiebe seinen Arm zur Seite und reiche ihm die Brille, aber er steckt sie in seine Hemdtasche.

»Nein, Liebes, ich muss das nicht noch mal lesen. Vorläufig kommt sie doch nicht wieder.« Dann geht er aus dem Zimmer.

Ich schnappe mir die Karte vom Tisch und renne in den Flur. Am Fuß der Treppe bleibe ich stehen.

»Paps!« Ich halte die Karte hoch. »Setz deine Brille auf, und schau dir den Fleck unter dem ›g‹ an. Bitte!«

Er gähnt. Langsam kommt er die Treppe wieder hinunter, auf einer dunkelblauen und einer schwarzen Socke. Er setzt die Brille auf und hält sich die Karte ganz nah vors Gesicht.

»Was ist denn mit diesem Fleck?« Ein Teil seiner Augen wirkt durch die Brille größer. Ohne zu zwinkern, starrt er auf die Karte, so konzentriert, dass ich für einen Moment glaube, er hat noch mehr entdeckt als ich.

»Siehst du? Da steht HLP. Sie bittet um Hilfe! Also …«

»Diese Kritzeleien?«, fragt er ungläubig. »Jetzt hör doch bitte auf, etwas zu suchen, was nicht da ist. Du weißt, dass Nina keine Hilfe will. Sie ist vernünftig und außerdem alt genug.« Er gibt mir die Karte zurück. »Sie schafft das schon. Bestimmt!«

Wie kann er das so entschieden behaupten, wenn er nicht einmal Kontakt mit ihr hat? Ich balle eine Hand so fest zur Faust, dass ich meine Nägel in der Haut spüre. Die andere Hand mit der Karte halte ich ihm direkt vors Gesicht.

»Es steht sehr wohl dort! Schau doch mal genau hin!« Ich stelle einen Fuß auf die Treppe. »Willst du es nicht sehen, oder was?«

»Nein, ich will keine Dinge sehen, die nicht da sind.« Mit müdem Blick dreht er sich um und geht die Treppe hinauf.

Warum glaubt er mir nie sofort, einfach nur, weil ich es sage, und auch wenn er die Buchstaben HLP selbst nicht sieht? Ich kann aufstampfen, weinen, brüllen, mit den Türen schlagen, mich eine Woche auf den Kopf stellen – das bringt alles nichts. Wenn er sich etwas in den Kopf gesetzt hat, bringt ihn keiner davon ab. Er kann mich mal gernhaben, ich mache mich allein auf die Suche! Am liebsten würde ich den nächsten Zug nach Paris nehmen, ohne ihm etwas zu sagen, aber zuerst brauche ich einen Plan. Einen guten Plan, um Nina zu finden.

Ich massiere meinen Schädel. Dadrin fängt es an zu hämmern, ich brauche dringend frische Luft. Ich muss den Kopf frei kriegen und mir etwas Schlaues ausdenken.

Ein Blick auf die Uhr sagt mir, dass das Training längst angefangen hat. Vielleicht schaffe ich es noch zur letzten halben Stunde. Manchmal hilft es mir, mit dem Grübeln aufzuhören, wenn ich den Ball möglichst hart schlage und einfach nur Runde um Runde renne. Vielleicht fällt mir dann etwas ein.

Ich schnappe mir meine Softballsachen und düse mit dem Fahrrad zur Sporthalle.

»Tut mir leid, dass ich zu spät bin«, rufe ich, während ich aufs Feld laufe.

Mein Trainer Mike nickt. »Stell dich schnell auf, und zeig mir, dass du in Form bist. Nach dem Training habe ich gute Neuigkeiten für diejenige, die am meisten auffällt. Also streng dich an.«

Tatum, die Fängerin, steht mir gegenüber. Ich lockere meine Schultern und warte, bis sie ihre Maske aufgesetzt hat. Meinen rechten Fuß stelle ich auf die Mitte des Schlagmals.

»Erst Stand bestimmen«, ruft Mike.

»Fest.« Der Lederball fühlt sich schwer an, stabil. Ich halte ihn mit zwei Fingern und dem Daumen meiner rechten Hand und werfe der Fängerin ein paar Bälle zu, allerdings ohne echte Überzeugung.

»Oberkörper eindrehen!« Mike stellt sich neben mich und macht es vor. »Nicht mit einem schlaffen Schlagarm. Kopf einschalten. Was hast du denn heute, Lotte? Konzentrier dich. Du denkst nur daran, wohin der Ball soll. Das weißt du!«

Ich nicke. Langsam strecke ich beide Arme nach vorn. Meine Handschuhhand zeigt auf die Fängerin. Sobald sich mein

Wurfarm in einer geraden Linie hebt, reagiert alles in mir automatisch. Der Ball rollt fast von meinen Fingern, mein Handgelenk klappt hoch, und ich hüpfe auf meinem Abstoßfuß. Genau im richtigen Moment drehe ich die Hüfte ein, und der Ball schießt wie eine Kugel auf Tatums Handschuh.

»Gut ausgestiegen!«, ruft Mike begeistert. »Das war ein schonungsloser Spin. Doch hoffentlich kein Zufallstreffer?« Er grinst und verschränkt die Arme.

Jetzt muss ich ihm zeigen, dass der straffe Wurf von eben keine einmalige Sache war. Nachdem der Ball locker in meine Hand geglitten ist, drücke ich ihn kurz. Ich schaue rasch zu Tatum, nach dem Handschuh vor ihrer Brust. Eins, zwei. *Zack!* Der Ball liegt im Handschuh. Sie hebt den Daumen.

»Sauber!« Mike klatscht. »Drei solcher Würfe, und du hast den Gegner ausgeschaltet. Kannst du auch auf Kommando so weiterwerfen?« Er schnipst mit den Fingern.

Noch einmal also. Mein Fuß schiebt sich wieder auf das Schlagmal. Für einen Moment schließe ich die Augen – und zack, da ist es wieder. Nina taucht vor meinem inneren Auge auf, ihr ängstlicher Blick. Haarsträhnen kleben ihr im Gesicht.

Nein! Erschrocken schüttele ich den Kopf. Wieder diese bizarre Angst in ihren Augen. Das Bild ist klarer als zuvor. Ich habe Gänsehaut an Armen und Beinen.

»Na los!«, ruft Mike verärgert.

Verdutzt öffne ich die Augen und bringe in einem Reflex den Arm nach oben.

»Jetzt!«, brüllt er.

Meine Finger umklammern den Ball. Wie war das noch, was muss ich jetzt …? Zählen! Eins, zwei … Ich werfe den Ball. Zu schlaff.

Enttäuscht sieht Mike mich an.

»Tut mir leid …«

Er schüttelt den Kopf. »Das verstehe ich nicht. Dieser Wurf steckt in jeder Faser deiner Arme und Beine. Was ist los mit dir?«

Ich zucke mit den Schultern.

»Du bist mit dem Kopf nicht dabei. Die beste Leistung erzielst du, wenn du dich unter allen Umständen auf dein Ziel fokussieren kannst.« Er schwingt den Arm hoch, die Finger um einen imaginären Ball gekrümmt. »Arbeite daran!«

»Was soll ich denn tun?«

»Dich konzentrieren, das ist alles.« Er zeigt auf das Schlagmal. »Los, stell dich dahin. Wir machen das jetzt so lange, bis es klappt.«

So ein Mist. Wenn das so weitergeht, stehe ich in einer Stunde noch hier. Wie soll ich denn mit dem erschreckenden Bild von Nina vor Augen Leistung bringen? Ich bin hierhergekommen, um den Kopf frei zu kriegen, aber da herrscht jetzt vollends Chaos. Ich will hier weg!

»Wird das noch was?«, fragt er drängend.

Widerwillig stelle ich den rechten Fuß auf das Schlagmal. Mein linker steht daneben. Ich drehe den Kopf erst zur linken, dann zur rechten Schulter. Rücken gerade, stark machen. Ich spanne die Bauchmuskeln an und drehe meine Wurfschulter nach hinten.

»Wiederhole die ganze Bewegung so, wie du sie haben willst. Geh in dich«, fordert er.

»Äh, was?« Ich zucke mit den Schultern.

»Schließ die Augen.«

Ich habe keine Lust mehr, ihm zuzuhören, tue es aber trotzdem. Ein Training mit einem misslungenen Wurf zu beenden, bedeutet *bad luck*.

Mit geschlossenen Augen atme ich tief ein. Ich spüre, wie sich mein Brustkorb immer ruhiger hebt und senkt. Plötzlich verstehe ich, was Mike mit »in mich gehen« meint. Jetzt merke ich, wie mein Gewicht auf dem linken Bein ruht. So stehe ich immer noch nicht richtig. Bauchmuskeln anspannen. Schon besser. Ich atme ruhig und kräftig durch die Nase ein und aus. Jetzt die Augen öffnen. Fokus auf den Ball, auf die Fängerin. Eins, zwei, drei. Auf vier hole ich aus. In einer geraden Linie schießt der Ball zu Tatum.

»Yes!« Mike springt aus der Hocke auf und stellt sich vor mich. »Das ist er, so will ich ihn sehen! Was für ein strammer Wurf. Ich wusste doch, dass du es kannst. Wir gehen eine Stufe höher mit dir«, sagt er mit leuchtenden Augen.

»Eine Stufe höher?« Ich zupfe an dem Bändchen an meinem Handgelenk. Meint er …?

»Guck nicht so erstaunt, ich will dir eine Chance in der Auswahl geben. In anderthalb Wochen haben wir einen wichtigen Wettkampf.« Er tippt sanft gegen meinen Kopf. »Aber bleib mit dem Kopf bei der Sache. ›Konzentration‹ heißt das Zauberwort.«

Ich nicke. »Okay …«

Die Auswahl? Das war … das *ist* das, wovon ich schon so lange träume. Und ich kann es also: auf Kommando den Feind ausschalten. Ich muss nur in mich gehen und wirklich spüren, was ich gerade tue.

Eigentlich müsste ich total happy sein, aber ich bin es nicht.

»Hallo, du Träumerin, hörst du mir zu?«, fragt Mike. »Vermassel es nicht. Jede Einzelne hier lauert auf die Chance, einmal mitspielen zu dürfen, und ich habe nur einen einzigen freien Platz zu vergeben.«

Ich schaue zu, wie er auf das Feld läuft und den anderen

Anweisungen erteilt. Natürlich darf ich es nicht vermasseln. Hierfür habe ich so hart gearbeitet, monatelang. Ab jetzt werde ich jeden Tag trainieren müssen – auch um meine Schulter zu kräftigen, denn die fängt schon wieder an zu stechen. Diese blöde Verletzung! Ich reibe mir den Oberarm.

Plötzlich fühle ich mich schuldig. Wie konnte ich trotz des schrecklichen Bilds von Nina vor meinem inneren Auge so gut werfen? Statt einen Plan zu machen, wie ich sie retten kann, war ich auf den Ball fixiert. Mein Magen zieht sich noch straffer zusammen, als wollte er mich daran erinnern, dass so schnell wie möglich etwas passieren muss.

Zu Hause werde ich sofort meine Tasche packen und mein Geld zählen, damit ich den Zug nach Paris nehmen kann. Aber wo soll ich schlafen? Für ein Hotel reicht mein Geld nicht. Also doch Papa überreden, dass er mitkommt? Soll ich so tun, als würde ich die Karte bei genauer Betrachtung auch für einen Scherz halten? Als hätte ich durch die Karte einfach große Lust bekommen, nach Paris zu fahren? So was in der Art. Es gibt keine andere Möglichkeit. Eine Notlüge.

Jemand klopft mir auf die Schulter. »Hier, für dich.«

»Huch?« Ich drehe mich um.

Mike hält mir einen Ball vor die Nase.

»Der hat mir Glück gebracht, als ich damals Werfer war.« Seine Augen glänzen. »Er fliegt noch prima.« Er nimmt meine Hand und legt den Ball hinein. »Wenn du weiter dein Bestes gibst, wird er auch dir Glück bringen, davon bin ich überzeugt.«

Ein Poltern auf der Treppe. Mein Vater. Ich seufze und setze mich auf mein Bett.

»Wie war das Training?« Er bleibt auf der Schwelle stehen.

»Ganz okay.« Ich nehme Mikes Ball und drücke ihn.

Jetzt. Sag es.

Mein Vater kommt mir zuvor. »Sollen wir das Kriegsbeil begraben?«

Ich schweige und zupfe an der Tagesdecke. Warum kann ich das mit der Karte nicht einfach sagen? Dass ich mich geirrt habe und es nur ein blöder Scherz von Nina war, als sie geschrieben hat: »*Grüß Mama von mir*«.

»Von mir aus Schwamm darüber«, sagt er. »Reden wir nicht mehr davon. Kommst du gleich Fußball gucken?« Er fasst nach der Klinke und zieht die Tür hinter sich zu.

Ich springe auf. »Paps, warte!«

Ich stürze zur Tür und öffne sie wieder. Er steht noch dort. Ich sehe ihn an.

Sag es jetzt.

»Was ist?«, fragt er.

»Du hattest recht.«

Er sieht mich fragend an.

»Diese Karte von Nina … Was ich erzählt habe, war totaler Quatsch. Ich habe das nur gesagt, weil ich sie so vermisse. Ich möchte sie sehen. Können wir nicht …«

»Wir reden nicht mehr davon. Okay?«

»Ich habe gesagt, ich will sie sehen.«

»Ja, das weiß ich.« Er schaut auf seine Uhr. »Das Spiel fängt an. Kommst du?«

»Nein! Ich will Nina besuchen.« Ich stelle mich dicht vor ihn und lege ihm die Hand auf den Arm. »Bitte, können wir nach Paris fahren?«

»Lotte, bitte. Lass es!«

»Weißt du, neulich hat jemand im Fernsehen gesagt,

Psychiater würden ihren Klienten immer gut zuhören, ihren eigenen Kindern aber überhaupt nicht.«

»Ach ja?«

»Und das stimmt wohl«, ergänze ich. »Muss ich mir vielleicht erst eine Überweisung vom Hausarzt besorgen?«

»Also wirklich.« Er hüstelt. »Ich höre dir doch zu!«

»Aber du machst nichts damit.«

»Es gibt nichts zu tun.« Er dreht sich um und geht die Treppe hinunter.

Er lässt mich einfach stehen. Für Fußball! Es interessiert ihn nicht die Bohne, dass Nina mir fehlt!

Wütend stampfe ich mit dem Fuß auf. Hoffentlich hört er das! Er mit seinem dämlichen Fußball. Immer nur umdrehen und weglaufen. Zu nichts zu gebrauchen!

Wutentbrannt fege ich die Treppe hinunter und reiße die Wohnzimmertür auf.

»Ich verstehe gut, warum Mama dich verlassen hat!«, brülle ich. »Dann fahr ich eben allein nach Paris, und du bist uns alle los! Bist du jetzt zufrieden?«

Ich werfe die Tür zu und renne nach oben in mein Zimmer. Zitternd vor Wut schaue ich in mein Portemonnaie. Ich reibe mir die Tränen aus den Augen und zähle zwei Zehner und eine Handvoll Münzen. Das reicht nicht. Ich weiß, dass eine einfache Fahrt nach Paris, wenn man sie nicht lange im Voraus bucht, gut hundert Euro kostet. Auf meinem Konto sind nur noch fünfzig. Was jetzt? Geld leihen?

Ich nehme mein Handy und scrolle durch meine Kontakte. Wen könnte ich fragen? Normalerweise kann ich mich an Nina wenden, wenn ich in Geldnöten bin.

Mein Vater klopft an die Tür. »Darf ich reinkommen?«

Ich starre gleichmütig auf mein Handy. Er kann mich mal.

Er öffnet die Tür. »Alles okay?«

»Wolltest du nicht Fußball gucken?«, frage ich, ohne aufzuschauen. Ich hätte nicht von Mama anfangen sollen. Das war gemein. Muss ich mich jetzt entschuldigen?

»Tja, eigentlich schon.« Er setzt sich neben mich aufs Bett.

Nein, nicht entschuldigen. Wenn er nicht kapieren will, wie das für mich ist. Erst ohne Mama, jetzt ohne Nina … Ich scrolle ziellos durch das Handymenü.

»Wenn es so wichtig für dich ist, dann fahren wir eben nach Paris«, sagt er.

Sprachlos blicke ich auf. »Aber …«

»Du darfst Nina suchen. Allein. Wenn sie mich sieht, glaubt sie, ich will sie mit nach Hause nehmen. Und dann kriegen wir nur wieder Streit.«

Ich nicke.

»Aber du darfst sie nicht überreden, nach Hause zu kommen. Und ich möchte in Paris nichts von der ganzen Sache sehen oder hören. Sonst will ich sie vielleicht doch auch wiedersehen. Abgemacht?«

Ich nicke wieder. »Deal.«

Wir fahren nach Paris! Ich werde ihn nicht mit meiner Suche nach Nina nerven, kein Wort werde ich darüber verlieren. Ich weiß genau, wie mein Vater ist: Wenn er anfängt sich zu ärgern, sind wir im Nullkommanichts wieder zu Hause.

Wie ich es anpacken werde, ist mir noch nicht klar. Aber egal, was auch passiert, ich werde dafür sorgen, dass er es nicht mitkriegt. Endlich *action!*

3

Heute Nacht habe ich schlecht geschlafen. Ich habe geträumt, ich wäre in einer Folge von *Vermisst* gelandet. Der Moderator hat mich gebeten, meine Schwester zu beschreiben, und zwar so, wie sie meiner Meinung nach jetzt aussehen müsste. Da ist dieses schaurige Bild von Nina mit den strähnigen Haaren in mir aufgetaucht, und ich bin mit heftigem Herzklopfen wach geworden. Ich habe geduscht und gefrühstückt, jetzt warte ich auf meinen Vater.

»Alles geregelt.« Mein Vater kommt in mein Zimmer, einen triumphierenden Blick in den Augen.

Der Ball prallt gegen meine Schlafzimmerwand.

»Hotel oder Bed & Breakfast?« Ich fange den Ball und werfe erneut, von unten her.

»Kein Hotel.«

»Aha, also Bed & Breakfast. Wann fahren wir?« Ich werfe etwas fester.

»Wann wir wollen.«

»Jetzt.«

»Hast du deine Tasche schon gepackt? Ich habe gerade mit Josephine telefoniert. Wir können bei ihr und ihrem Sohn Jean-Paul wohnen. Gut, oder? Sie klang jedenfalls sehr erfreut, und ich habe auch richtig Lust darauf!«

Ich bin unangenehm überrascht. »Josephine?« Eine alte Studienfreundin von ihm. Als ihr Mann bei einem Unfall ums Leben kam, hat sie alles geerbt. Seitdem braucht sie nicht mehr zu arbeiten.

Mein Vater spricht gern von ihr. Warum müssen wir ausgerechnet zu ihr? Ich werfe den Ball aufs Bett.

»Mach nicht so ein Gesicht. Wir brauchen nichts zu bezahlen, wir haben nette Gesellschaft, es ist praktisch, und du bekommst ein eigenes Zimmer.«

Er hat das einfach so vereinbart, ohne mit mir darüber zu reden. Und ich habe Josephine und ihren halbfranzösischen Sohn Jean-Paul am Hals. Ich seufze. Diesen Jean-Paul kenne ich nicht, aber auf Gesellschaft bin ich nicht scharf, und praktisch ist es erst recht nicht.

»Jean-Paul kennt Paris wie seine Westentasche. Er kann dir helfen bei … na ja, bei deiner Suche.«

»Warum gehen wir nicht in ein Hotel?«

»Du willst doch nach Paris. Was spielt es für eine Rolle, wo wir wohnen?«

Na toll. Ich brauche keinen Babysitter. Obwohl – vielleicht ist es ja doch praktisch, jemanden zu haben, der Paris gut kennt. Wenn er mir bloß nicht die ganze Stadt zeigen will! Ich habe keine Zeit, die Touristin zu spielen.

»Pack einfach deine Sachen, dann können wir gleich aufbrechen«, sagt mein Vater und geht aus dem Zimmer.

Ich betrachte meinen Rucksack. Was brauche ich noch, außer Kleidung? Etwas für Nina? Auf jeden Fall ein Kleid, falls sie keine sauberen Klamotten mehr hat. Und ich will etwas mitnehmen, an dem sie sehr hängt.

Während ich darüber nachdenke, gehe ich in ihr Zimmer und schaue mich um. Sofort ist mir klar, was es sein muss. Neben der Leselampe auf ihrem Schreibtisch steht eine Puppe, die sie vor Jahren von Papa und Mama bekommen hat. Meine

Schwester hat ein Auge der Puppe grün angemalt, damit sie ein braunes und ein grünes hat, so wie Nina. Ich stecke die Puppe zusammen mit den Ansichtskarten, meinem Ball, dem Handy und dem Aufladekabel in den Rucksack. Über der Lehne des Schreibtischstuhls hängt ein rosa Kleid. Das kommt auch mit.

Dann schließe ich den Rucksack und gehe die Treppe hinunter. Auf dem Tisch liegt der Stadtplan von Paris, den ich gekauft habe, weil er mir das Gefühl gibt, näher bei Nina zu sein. Manchmal lese ich die Namen der *Rues* und *Avenues* und stelle mir vor, wie meine Schwester dort herumläuft. Zusammen mit dem Foto, das Nina in Lederjacke zeigt, schiebe ich ihn in mein Notizbuch.

Plötzlich erinnere ich mich an ein Gespräch zwischen meiner Schwester und mir, bei dem sie mir erzählt hat, bei welcher Pariser Modelagentur sie sich bewerben wollte. Eine wichtige Agentur mit vielen internationalen Kontakten, hat Nina gesagt. Der Name und die Adresse müssen im Internet oder in einem Telefonbuch zu finden sein.

Mein Vater steht mit seiner Reisetasche in der Tür. »Bist du fertig? Von mir aus können wir los.«

Ich nicke. Die Adresse der Modelagentur kann ich in Paris suchen. Aber ob ich den Namen wiedererkennen werde?

4

Ich lasse das Autofenster herunter und halte mein Gesicht in den Fahrtwind. Dann schließe ich die Augen und frage mich, ob es mir wohl gelingen wird, Nina zu finden. Ohne Adresse und nur mit einer vagen Vermutung, wie ihre Agentur heißen könnte.

»Nimmst du mal die Straßenkarte zur Hand, wenn wir an Antwerpen vorbei sind?«, fragt mein Vater und fährt auf die Überholspur.

Meine Füße habe ich gegen das Handschuhfach gestützt, eine Tüte Lakritz liegt in meinem Schoß. »Paps, warum haben wir kein Navi?«

Er lächelt. »Völlig überflüssig, das macht nur faul. Du musst bloß gut auf die Schilder achten.« Er zeigt auf die Tüte. »Bekomme ich auch eins?«

Ich lege ihm drei Lakritz auf das Armaturenbrett. Er wirkt fröhlich, nicht so erschöpft wie sonst.

»Wann bist du am glücklichsten, Paps?«

»Jetzt.«

»Und sonst?«

»Wenn wir zusammen fernsehen und dabei Karamell-Eis essen.«

»Mit Nussstückchen drin.«

»Und es muss regnen«, sagt er.

»Ja. Oder schneien.«

Ich starre aus dem Fenster. Der graue Himmel geht langsam in Schäfchenwolken über, und flache Felder machen ausgedehnten Hügellandschaften Platz. Mit zusammengekniffenen Augen werden die Baumreihen entlang der Autobahn zu grünen Streifen, Kühe und Schafe zu schwarz-weißen und beigen Flecken, eine Gestalt in der Ferne zu einem schwarzen Punkt.

»Denkst du hin und wieder noch an Mama?«

»Hm, hm.«

»Ärgert dich das?«

»Weiß ich nicht.«

»Warum nicht?«

»Die Gedanken kommen von selbst«, antwortet er. »Sollen wir gleich mal eine Pause machen? Beine vertreten und zur Toilette?«

»Aber wann denn?«

»Einfach so. Manchmal.« Er lenkt den Wagen auf die rechte Spur.

»Jetzt?«

»Nein. Nicht jetzt.«

»Gestern, als du Ninas Karte gesehen hast?« Ich sehe, dass er die Ausfahrt zu einer Tankraststätte nimmt. »Ich muss nicht zur Toilette.«

»Nur kurz tanken.«

»Was steht da?« Sein Zeigefinger tippt auf die Straßenkarte.

»Aéroport de Lesquin … oder so ähnlich«, sage ich. »Siehst du das nicht?«

»Und was steht hier?«, fragt er.

»Wieso? Du hast deine Lesebrille auf.«

»Ich kann es nicht lesen.« Er wirft mir eine Tafel Schokolade, zwei kleine Flaschen Wasser und ein Schinkenbrötchen in den Schoß und schnallt sich an.

»Dann sind deine Augen schlechter geworden. Du brauchst eine neue Brille.«

»Ach ja, kann gut sein.«

Ich seufze. Deswegen hat er die Buchstaben HLP auf Ninas Karte nicht gesehen.

»Was ist?«, fragt er, als er wieder auf die Autobahn auffährt.

»Oh, nichts.« Ich spähe auf den Kilometerzähler. »Glaubst du, dass Nina auf Reisen gegangen ist, weil sie sich allein gefühlt und Mama vermisst hat?«

Findest du es nicht furchtbar, was Mama dir, Nina und mir angetan hat?, will ich ihn eigentlich fragen. Mit einem anderen Mann nach Australien ziehen und uns im Stich lassen …

»Hm«, murmelt er.

Er schaut stur geradeaus, Blick in die Ferne gerichtet, die Kiefer aufeinandergepresst. Auch nach fünf Jahren ist es noch tabu, über Mama zu reden.

»Nun?«, frage ich vorsichtig.

»Ich weiß es nicht.« Er zuckt mit den Schultern. »Kann sein. Machst du mal ein bisschen Musik?«

Ich verbinde mein Handy mit den Autolautsprechern und klicke auf die Playlist. Zwischen meinen Lieblingssongs sehe ich auch *Banat*, Hochzeitsmusik. Nina und ich sind ganz verrückt nach diesem Lied. Ich drücke auf Play und denke daran, wie Nina und ich einmal Hand in Hand wild auf die fröhlichen Klänge von Saxofon, Akkordeon und Trompete getanzt haben. Eine meiner schönsten Erinnerungen. Immer schneller haben wir getanzt. Am Ende des Songs fielen wir uns lachend und völlig außer Atem in die Arme und wollten immer mehr *Banat*.

Die Schokolade ist in der Sonne angeschmolzen. Ich drücke einen Finger in die weiche Masse, lecke ihn ab und drehe die Lautstärke runter. »Meinst du, dass Nina uns vermisst? Und denkst du wirklich nicht, dass sie in Schwierigkeiten stecken könnte?«

Mein Vater setzt die Sonnenbrille auf und gibt Gas. Der rote Strich schießt auf die 140. »Ich habe es schon mal gesagt: Nina ist vernünftig, und außerdem alt genug. Sie will einfach allein sein, ohne uns und Mama. Ich verstehe, dass du sie vermisst, aber du hattest mir etwas versprochen, weißt du noch?«

Ich antworte nicht, wende meinen Blick ab. Durch das geöffnete Fenster weht der Geruch von warmem Asphalt und trockenen Blättern herein. Regen liegt in der Luft, das rieche ich auch. Ich spüre, wie eine Träne über meine Wange läuft, und drücke auf den Fensterheber. Mein Kopf ruht an der Nackenlehne. Das Auto wird langsamer, die Tachonadel fällt auf die 120. Mein Blick gleitet über die Straße, und die weißen, unterbrochenen Streifen huschen rhythmisch am Auto vorbei, genau wie die Laternenpfosten.

Einatmen. Zwei, vier, sechs, acht Laternen. Ausatmen. Zwei, vier, sechs …

Hin und wieder fallen mir die Augen zu. Zwei, vier, fünf Pfosten. Das Brummen des Motors klingt weit entfernt. Nur ein bisschen dösen. Ganz kurz …

Blitz! Zwei aufgerissene Augen starren mich an. Nina! Hellrot rinnt ein Tropfen an ihrem Mund hinunter. Ich schrecke hoch. Die Scheibenwischer bewegen sich mit einem leisen schabenden Geräusch hin und her. Es nieselt.

»Wir sind noch nicht da, Liebes. Ich wecke dich, sobald wir in Paris einfahren«, sagt mein Vater.

Mit klopfendem Herzen lasse ich das Fenster hinunter und

strecke den Arm hinaus. Regen tröpfelt auf meine Haut. Ich reibe mir mit der feuchten Hand über Stirn und Wangen. Dieses grässliche Bild von Nina, das mir da ständig durchs Hirn spukt … Das Rote an ihrem Mund … Was bedeutet das alles? Könnte ich die Bilder doch nur wegwischen.

Mein Vater schaut zur Seite. »Ist was? Schlaf ruhig noch ein bisschen.«

Ich schaue den Regentropfen zu, die auf die Scheibe fallen, und suche nach Worten. »Nein, nichts. Es ist nichts.« Ich bin hellwach.

5

»Bonjour, mes amis, kommt rein!«

Josephine steht in der Tür, durch die man in einen Flur aus Marmor guckt, und gibt meinem Vater und mir einen Kuss. Sie duftet nach Blumen und trägt ein luftiges rotes Seidenkleid mit tiefem Ausschnitt, außerdem Goldschmuck an Hals, Handgelenk und Fingern. Sie ist eine charmante Erscheinung, und ich merke, dass sich mein Vater freut, sie zu sehen. In ihren Armen liegt eine graue langhaarige Katze, die sie vorsichtig auf dem Boden absetzt.

»Das ist Fifi. Sie ist alt und stocktaub, aber noch verblüffend schnell. Achtet bitte in den nächsten Tagen gut darauf, dass sie nicht rausschlüpft, wenn ihr selbst rein- oder rausgeht, sonst gerät sie im Nu unter ein Auto oder einen Motorroller.« Josephine dreht sich zu mir um und schaut mich freundlich an. »Dein Vater hat gemeint, du wolltest so gern nach Paris kommen. Was möchtest du denn am liebsten unternehmen?«

»Oh, äh, ich glaube, es ist einfach schön, die Stadt anzuschauen«, behaupte ich. »Vielleicht ein paar Fotos machen.«

Wir folgen ihr die Treppe hinauf.

»Jean-Paul hat auch Ferien«, fährt sie fort. »Er wird dir Paris liebend gern zeigen. Aber erst bringe ich euch zu euren Zimmern, dann könnt ihr euch ein wenig frisch machen, bevor wir essen gehen.«

Na bitte, wusste ich es doch. Wie soll ich denn hier ungestört nach Nina suchen? Josephine wirkt, als würde sie gerne alles organisieren, ein Nein wird sie bestimmt nicht so einfach akzeptieren.

Der geräumige Flur im Obergeschoss hängt voller Gemälde mit Abbildungen von Frauen. Erstaunt schaue ich mich um. Auf einem der Bilder geht eine Frau ohne Gesicht die Treppe hinunter, gefolgt von weiteren Frauen ohne Gesicht. Am Ende des Flurs steht die hohe Skulptur eines weiblichen Körpers ohne Kopf.

»Extra für dich das schönste Zimmer«, sagt Josephine. »Die Zeit reicht zum Duschen und Umziehen, das Taxi kommt erst in einer Stunde.« Sie öffnet die Tür zu meinem Gästezimmer und geht dann weiter, meinen Vater und Fifi hinter sich.

Ich inspiziere den Raum. Ein Badezimmer gehört auch dazu. Das Ganze wirkt wie eine Hotelsuite, sauber und hell, mit einem weichen Wollteppich und einem Nachtschränkchen neben dem breiten Bett.

Dort öffne ich meinen Rucksack und hole die Sachen heraus. Ninas Puppe setze ich auf das Nachtschränkchen, Arme und Beine steif nach vorn gerichtet. Ihre fransig geschnittenen blonden Haare stehen in alle Richtungen vom Kopf ab. An ihren Augen kleben dicke schwarze Nylonwimpern, und die Lider können auf- und zuklappen. Das grüne Auge stiert mich durchdringend an, als würde es mich beobachten; das andere hängt ein wenig herunter. Ich habe Puppen noch nie gemocht.

Durch das offene Fenster sehe ich eine Eisdiele schräg gegenüber und etwas weiter oben eine Parkanlage. Wo beginne ich meine Suche? Paris ist groß, Nina kann überall sein. Ist sie überhaupt noch in Paris?

Ich muss noch ein bisschen Geduld haben. Wenn ich diese Modelagentur erst einmal gefunden habe, können sie mir dort bestimmt sagen, wo Nina steckt.

Auf der gegenüberliegenden Straßenseite steht ein Mann auf dem Bürgersteig vor seiner geöffneten Haustür und schlägt eine Zeitung auf. Er trägt einen gepflegten Anzug und hat die Haare zu einem Man Bun gebunden. Sein Gesicht ist über und über tätowiert. Die schwarzen Linien, die sich über Wangen, Augen und Schläfen schlängeln, erinnern an eine Maske. Noch nie habe ich im echten Leben einen Menschen mit Tattoos im Gesicht gesehen, nur auf Fotos in einer Ausstellung über die Maoris in Neuseeland. Das waren Porträts von Männern mit entblößtem Oberkörper und im Schilfröckchen, Krieger.

Bis auf seine Kleidung sieht dieser Mann allerdings genauso aus. Ich bin mir nicht so sicher, ob ich es schön oder gruselig finde, aber die ganze Tinte in seinem Gesicht fasziniert mich, und ich kann kaum den Blick abwenden.

Plötzlich schaut er hoch, und unsere Blicke treffen sich. Ich fühle mich ertappt, trete einen Schritt zurück. Hat er bemerkt, dass ich ihn anstarre?

Ein wenig beschämt gehe ich zum Bett, setze mich, schlage mein Notizbuch auf und betrachte meine gesammelten Hinweise.

- *Zeichen auf der Ansichtskarte, HLP und die gezeichnete Klatschmohnblüte*
- *Symbol Mohn: Trost, Schlaf, Vergänglichkeit ...*
- *PS: Grüß Mama von mir*
- *Gedankenblitze einer verängstigt aussehenden Nina*

Darunter schreibe ich:

TO-DO: Name von Ninas Agentur heraussuchen

Ich werfe einen Blick auf mein Handy. Keine Nachrichten oder Anrufe unbekannter Nummern. Gerade jetzt ist es mehr als nervig, dass Nina uns ihre französische Handynummer nicht gegeben hat. Sie ruft uns nie an, und seit wir sie in Antwerpen besucht haben, beantwortet sie auch meine Mails nicht mehr. Der letzte Eintrag auf ihrer Facebook-Seite ist schon Monate alt.

Je mehr ich darüber nachdenke, desto idiotischer finde ich das. Man darf nicht unerreichbar sein, wenn man so lange weggeht. Wenn ich sie erst einmal gefunden habe, werde ich ihr sagen, dass es einfach absurd ist, sich mit einer Karte mit Geheimcodes begnügen zu müssen.

Ich spüre ein Stechen in meiner Magengegend. *Falls* ich sie denn finde.

Im Bad mache ich mich frisch und ziehe mich um. Es ist halb acht. Meistens ist Paula um diese Zeit gerade fertig mit unserem Haushalt. Ob noch eine Karte aus Paris gekommen ist, ein weiterer Hinweis?

Ich nehme mein Handy und rufe Paula an.

»Hi, Lotte hier.«

»Lotte? Ich kann dich kaum hören. Du klingst ein wenig blechern. Du bist doch in Paris?«

»Ja. Ich kann nur nicht laut sprechen, weil ich nicht will, dass Papa mich hört.«

»Warum nicht?«

»Ich versuche, Nina zu finden, aber ich darf ihn damit nicht belästigen.«

»Ach, schaltet er wieder auf stur?«

»Ein bisschen«, antworte ich. »Du weißt ja, wie er ist.«

»Und du bist einfach zu sensibel, Schätzchen. Lass dir das

nicht so zu Herzen gehen. Aber sag bloß nicht, dass du das von mir hast!« Ihr Lachen schallt aus dem Telefon.

»Nicht so laut, Paula!«, sage ich. Vorsichtig spähe ich durch den Türspalt. Auf dem Flur ist niemand zu sehen. »Du musst etwas Wichtiges für mich erledigen. Ist heute vielleicht eine Ansichtskarte von Nina gekommen?«

»Das weiß ich nicht, aber ich habe einen Stapel Post auf den Tisch gelegt. Ich schaue mal eben.« Ich höre ihre Schritte.

»Warte! Wenn du eine Karte findest, such nach Kratzern in Flecken und versuch, die Kratzer zu entziffern.«

»Was sagst du?«

»Kratzer in Flecken.«

»Kratzer in Flecken? Wie meinst du das?«

Ich seufze. Wie soll ich das erklären?

»Es ist eine Art Geheimsprache. Nein ... ähm ... eher als hätte man mit einem spitzen Gegenstand Buchstaben hineingekratzt, in die geschriebenen Buchstaben. Verstehst du?«

»Nein, kein bisschen. Liebes, ich muss jetzt weg. Kann ich das ein anderes Mal machen?«

»Warte bitte noch ganz kurz! Du musst die Karte näher heranholen. Erst schaust du auf die geschriebenen Buchstaben, und dann überprüfst du jeden Buchstaben auf seltsame Kratzer. Wenn du einen Kratzer siehst, schau noch genauer, ob er die Form eines Buchstabens hat.« Keine Ahnung, wie ich das besser erklären soll.

Durch das Telefon höre ich, wie sie herumkramt.

»Moment«, murmelt Paula. »Hier habe ich was. Ja, eine Ansichtskarte! Nina schreibt: ›Mir geht es gut, hoffe, euch auch. Alles Liebe, Nina.‹«

Na bitte, wieder eine Karte. Ich beiße mir auf die Lippe.

»Okay, und weiter?«, frage ich.

Auf der anderen Seite der Leitung bleibt es still. Sieht Paula etwas Seltsames in den geschriebenen Buchstaben?

Da höre ich Schritte im Flur.

»Paula?«, flüstere ich gehetzt. »Bist du noch da?« Das Handydisplay leuchtet noch.

»Paula!«, flüstere ich wieder und trommele mit den Fingern auf die Rückseite meines Handys.

Die Schritte kommen näher. Auf eine väterliche Predigt habe ich jetzt keine Lust. Ich traue mich nicht, noch einmal durch den Türspalt zu schauen. Schnell stelle ich mich hinter die Tür. Sie soll sich beeilen, sonst ...

»Hallo.« Ein großer Typ mit halblangen braunen Haaren und schönen dunklen Augen steht auf der Türschwelle und sieht mich fröhlich an.

Ich starre ihn mit offenem Mund an. Schnell wandert mein Blick hinunter auf sein Shirt.

»Hallo ...« Ich streiche mir durch die Haare und bringe kein weiteres Wort heraus. Irgendwie bin ich nicht auf die Idee gekommen, dass Jean-Paul so gut aussehen könnte. Er ist so ein richtiger Surfertyp: Kette mit Haifischzahn, muskulöse Arme und ein Shirt mit dem Aufdruck einer Welle. Als ich seinen Namen zum ersten Mal hörte, habe ich einen ganz anderen Typen vor mir gesehen: Jackett mit Krawatte, Jurastudent.

»Lotte?«, höre ich Paula sagen. »Auf die Schnelle kann ich nichts Merkwürdiges sehen. Aber ich muss jetzt auch wirklich Schluss machen. Ich schaue später noch einmal danach.«

»Paula, warte ...«

»Tschüs, Schätzchen, bis später!« Sie unterbricht die Verbindung.

Ich schiebe mein Handy in die Hosentasche und denke nach.

Warum noch eine Karte? Das ist kein gutes Zeichen. Wie finde ich heraus, ob sich darauf wieder eine Nachricht verbirgt?

»Bist du fertig?« Jean-Paul lacht mich an.

»Äh, na ja. Irgendwie schon.«

»Komm mit«, sagt er. »Wir warten auf dich.«

6

Josephine und mein Vater sitzen schon nebeneinander im Taxi. Jean-Paul hält mir die Tür auf.

»Nein danke, ich möchte lieber vorne sitzen. Hinten wird mir so schnell schlecht«, behaupte ich, denn ich will unauffällig auf mein Handy gucken können, für den Fall, dass Paula doch noch Kratzer entdeckt hat und mir etwas textet.

Ich setze mich auf den Beifahrersitz und schaue auf das Display. Keine neuen Nachrichten.

Während mein Vater und Josephine auf der Rückbank unaufhörlich schwatzen und Jean-Paul mit Ohrhörern vor sich hin summt, beobachte ich die Fußgänger. Autos hupen, und der Taxifahrer spricht ins Mikro seines Headsets, als würde er ein Fußballspiel kommentieren. Manchmal gestikuliert er heftig und redet laut, dann wieder ist er einen Moment still, um gleich danach über etwas oder jemanden zu schimpfen. So klingt es zumindest. Mein Französisch ist *comme ci, comme ça.* Ich bin mit einer Drei in die Oberstufe gekommen. Mich auf Französisch jemandem vorzustellen ist kein Problem, aber ein ganzes Gespräch führen …

In meiner Hosentasche spüre ich mein Handy. Schnell lege ich es auf meinen Schoß und entsperre es. Eine Sprachnachricht von Paula! Die werde ich mir gleich im Restaurant anhören, fern aller Stadtgeräusche.

Ich schaue aus dem Fenster. Wo Nina wohl ist? Paris ist so groß.

Wir fahren an der Seine entlang. Die untergehende Sonne legt einen warmen Schein über die Stadt. Die stattlichen weißen Häuser auf der anderen Flussseite leuchten zartrosa. Es ist so schön hier. Fast könnte ich vergessen, warum ich nach Paris gekommen bin. Die Verkehrsgeräusche vermitteln ein vertrautes Gefühl. Auf den ersten Blick ist es hier auch nicht anders als zu Hause. Eine große Stadt, in der man vierundzwanzig Stunden täglich in Gerüchen, Geräuschen und Farben baden kann. Werbeschilder laden dazu ein, auf Reisen zu gehen, in einem Restaurant zu essen, Parfüm zu kaufen.

Meine Schulter fühlt sich ein wenig steif an, sie hat sich noch nicht ganz von der Verletzung erholt. Ich brauche Bewegung. Morgen suche ich mir eine Wand, gegen die ich meinen Ball werfen kann.

Ein Bus an einer Haltestelle hält den ganzen Verkehr auf. Ich lehne meinen Kopf ans Fenster und spüre den langen Tag in meinen Augenlidern, sie schließen sich wie Rollläden. Durch die Wimpern sehe ich nur noch rosa, weiße und gelbe Formen und Flecken.

Der Bus setzt sich in Bewegung, und der Taxifahrer lässt das Taxi langsam anrollen. Ein grüner Fleck kommt näher, wird größer. Der Fleck ist ein Auge.

Ich schrecke auf. Das war doch …

Schnell drehe ich den Kopf und sehe gerade noch, wie Ninas Gesicht hinter den anderen Autos verschwindet. Ein Plakat, auf dem Nina für Mascara wirbt, an der Rückwand der Bushaltestelle! Ninas Haut wirkt orangerosa statt lilienweiß mit Sommersprossen, und ihre vollen schwarzen Wimpern sind stolz nach oben geschwungen.

»Hast du das gesehen?«, rufe ich meinem Vater zu. »Die Frau auf dem Plakat war Nina!«

»Ja, ich hab's gesehen!«, ruft er lebhaft zurück. »Hübsch sah sie aus!« Er beugt sich zu mir und legt seine Hand auf meine Schulter. »Glaubst du mir jetzt, dass es ihr gut geht?«

»Oh … ja … ich weiß nicht …«, stammle ich.

Jetzt fange ich auch an zu zweifeln, ob sie wirklich in Gefahr ist. Auf der Werbetafel hält sie Wimperntusche in der Hand und lacht der Welt zu. Nina hat es weit gebracht, ist ein international erfolgreiches Model, supergut! Wenn ich ihr doch nur sagen könnte, wie stolz ich auf sie bin. Sie wirkt so glücklich und strahlend auf dem Plakat, so sorglos.

Ich schlucke. Ist sie wirklich in Not? Oder habe ich mir das alles nur eingebildet, weil ich sie so gern wieder zu Hause haben will?

Ich schaue auf mein Armbändchen und denke an mein Bild von Ninas erschrockenen Augen, ihren strähnigen Haaren auf der blassen Haut. Dieser hellrote Tropfen, der an ihrem Mund entlangglitt. Ich versuche, dieses schreckliche Bild von meiner Netzhaut zu bekommen, indem ich die Augen fest zusammenkneife. Mein Vater würde bestimmt sagen, dass ich zu viele spannende Filme gesehen habe oder dass meine Fantasie mit mir durchgeht.

Ich denke wieder an die eingekratzten Buchstaben auf der Karte. Die sind echt, ebenso wie der gezeichnete Klatschmohn. Dann schüttele ich den Kopf. Ich habe mir das alles nicht ausgedacht. Auf gar keinen Fall.

7

Das Taxi setzt uns an der Seine ab, am Quai Anatole-France, auf Höhe des Musée d'Orsay. Unser Abendessen findet an Bord eines Rundfahrtschiffs statt.

Ich rufe meinem Vater zu, dass ich gleich zum Tisch komme, und gehe schnell weiter zu den Toiletten. Dort schlüpfe ich in eine Kabine, setze mich auf den WC-Deckel und höre meine Sprachnachricht ab.

»Hi, Lotte. Ich hoffe, du kannst das hören.«

Erleichtert atme ich aus. Paula hat wirklich eine Nachricht hinterlassen.

»... und dann habe ich meine Brille aufgesetzt. Plötzlich habe ich diese Kratzer gesehen, die, von denen du gesprochen hast.«

Ich presse das Telefon fester an mein Ohr. Was sagt sie da?

»... aber ich bin mir nicht sicher, ob ich es richtig gesehen habe. Der erste Kratzer sah aus wie eine Vier. Die Zahl. Gleich daran klebte ein ›e‹, und danach kam ›arr.‹. Mit einem a und zwei r. Und einem Punkt. Verstehst du das? Und dahinter ein ›l‹ wie in ›lästig‹. Meiner Meinung nach war das alles. Aber ich bin mir nicht sicher. Ich bin nicht so gut in Geheimcodes. Hoffentlich hilft dir das weiter. Tschüs, Schätzchen!«

Also noch ein Code! Was versucht mir Nina zu sagen? Ich stecke mein Telefon in die Tasche zurück.

»Vier-e-arr.-l. Vier-e-arr.-l.« Wie ein Mantra wiederhole ich flüsternd, was Paula gesagt hat, bis ich am Tisch bin.

Mein Vater sitzt mir schräg gegenüber und unterhält sich angeregt mit Josephine. Mein Blick wandert von ihr zu Jean-Paul. Vielleicht kann er mir helfen.

Ich nehme mein Handy und öffne die Notizen, tippe »4 e arr.l.« ein, speichere und schiebe es zu Jean-Paul hinüber.

»Weißt du, was das bedeutet?«, frage ich ihn.

Er schaut auf das Display. »Arr. ist die Abkürzung für Arrondissement, also ›viertes Arrondissement‹«, sagt er. »Dieses ›l‹ weiß ich nicht. Warum willst du das wissen?«

»Ach, nur so«, sage ich, weil ich nicht möchte, dass mich mein Vater über Nina reden hört. »Ich habe es in einem Prospekt gesehen. Was ist denn ein Arrondissement?«

»Paris ist in zwanzig Arrondissements aufgeteilt. Innerhalb eines Arrondissements gibt es *quartiers*, das sind dann Stadtviertel. Und …«

»Und wo liegt das vierte Arrondissement?«, unterbreche ich ihn.

»Von dort kommst du gerade.« Er rückt etwas zur Seite, damit der Kellner einen Teller vor ihm auf den Tisch stellen kann. »Wir wohnen dort, Le Marais ist im vierten Arrondissement.« Dann schaut er hinaus. »Kennst du den Disney-Film *Der Glöckner von Notre Dame?* Siehst du da draußen die Kathedrale? Das ist Notre-Dame de Paris, ebenfalls im vierten Arrondissement. Schau nur, wie hübsch sie in der Abendsonne aussieht«, schweift er ab.

»Aha.« Abwesend schaue ich aus dem Fenster.

Das vierte Arrondissement, wiederhole ich im Kopf. Meint Nina, dass sie auch im vierten Arrondissement ist? Das könnte mein Suchgebiet erheblich verkleinern. Ich kann es kaum erwarten, mich in Le Marais auf die Suche zu machen.

Der Ober serviert mein Gericht. Der Fisch mit den sorgfältig arrangierten Radieschenscheiben sieht aus wie ein Stillleben. Ich esse alles auf, ohne etwas zu schmecken. Meine Gedanken schlagen Purzelbäume. Ninas sorgloses Lachen auf dem Plakat an der Bushaltestelle steht so völlig im Widerspruch zu ihrem verängstigten Blick, den ich ständig vor meinem inneren Auge habe. Wenn etwas mit ihr ist, wenn sie traurig oder wütend ist, spüre ich das oft schon, bevor sie etwas sagt. So intensiv wie jetzt hatte ich das allerdings noch nie. Ich muss das ernst nehmen. Dieses Plakat ist irreführend. Vielleicht war noch alles in Ordnung, als das Foto gemacht wurde, oder sie haben die Spuren ihres Problems mit einer Schicht Make-up kaschiert? Ist sie vielleicht mit Drogen in Kontakt gekommen? Mit Alkohol? Hat sie einen Liebhaber?

Ich versuche, meine panischen Gedanken zum Stillstand zu bringen. Mir bleiben zwei Möglichkeiten, überlege ich: das Viertel erkunden – und zwar so lange, bis ich jede Straße, jedes Haus und jedes Namensschild in Le Marais gesehen habe – und den Namen von Ninas Agentur herausfinden. Beides werde ich morgen früh angehen.

Es ist spät, als wir nach Hause kommen, und alle gehen sofort zu Bett. Im Zimmer lege ich meine Kleidung auf einen Stuhl und putze mir die Zähne. Während ich mein Nachthemd überstreife, gehe ich zum Fenster, um es zu schließen. Aus dem Augenwinkel sehe ich etwas auf dem Boden, stoße einen Schrei aus und schlage schnell eine Hand vor den Mund. Neben meinem Bett liegt ein Vogel auf dem Teppich! Eine Schwalbe, ich erkenne es an dem kurzen Schwanz, der wie eine Gabel mit zwei Zinken absteht. Ihr Kopf ist abgewinkelt, das blauschwarze Federkleid wirkt stumpf. Trotz der glänzenden

Knopfaugen zweifele ich nicht einen Augenblick daran, dass sie mausetot ist.

Die Hand noch immer vor dem Mund, bücke ich mich. Die Vogelbeine ragen wie zerbrechliche Stöckchen reglos unter dem Körper hervor. Armes Ding.

Wie, um Himmels willen, ist sie hier gelandet? Ist sie aus Versehen ins Zimmer geflogen und wurde dann von Fifi erwischt?

Die Schwalbe fühlt sich steif und kalt an. Vorsichtig stecke ich sie in eine Plastiktüte, bringe sie in den Garten und lege sie neben dem Mülleimer auf den Boden. Danach wasche ich mir die Hände, krieche ins Bett und drehe mich auf die Seite. Bevor ich das Licht ausschalte, schaue ich zu der Stelle hinüber, wo ich die Schwalbe gefunden habe. Ihr Kopf hat so seltsam dagelegen. Als wäre ihr Genick gebrochen …

Mir läuft ein Schauder über den Rücken. Katzen können einen Vogel ziemlich zurichten. Aber Fifi? Die ist alt und taub. Morgen werde ich mit den anderen darüber sprechen. Vielleicht wissen Josephine oder Jean-Paul, wie der Vogel in meinem Zimmer gelandet sein kann.

Ich schließe die Augen, sehe in Gedanken aber ständig die Schwalbe mit ihrem geknickten Kopf, dann Ninas verängstigten Blick. Die Schwalbe, Nina, das glänzende Auge der Schwalbe, Ninas erschrockener Blick … Meine erste Nacht in Paris beginnt unruhig.

8

Das Licht der frühen Morgensonne fällt durch einen Spalt zwischen den Vorhängen ins Gästezimmer. Ich habe schlecht geschlafen, Nina und die tote Schwalbe haben mich die ganze Nacht verfolgt.

Mein Wecker klingelt. Schnell schalte ich ihn ab. Es ist exakt sieben Uhr. Ein neuer warmer Tag bricht an, der nicht ungenutzt bleiben darf.

Nach einer Dusche schlüpfe ich in meine kurze Fransenjeans. Einen Moment schwanke ich zwischen einem Top in leuchtendem Rosa und einem in Zartgelb, dann entscheide ich mich für Letzteres. Ich stecke das Notizbuch, mein Handy und den Ball in eine Tasche und schlüpfe aus dem Zimmer. Ich bin bereit, nach dem Namen und der Adresse von Ninas Agentur zu suchen, aber nicht hier drin.

Die Türen zu den Zimmern von Jean-Paul, Josephine und meinem Vater sind geschlossen. Sie schlafen bestimmt noch. Dann werde ich ihnen eben nachher von dem Vogel erzählen.

Im Flur gehe ich an der Skulptur ohne Kopf vorbei. Der Marmor der Figur ist makellos weiß und glatt, nirgends auch nur eine Kerbe oder Erhebung. Selbst dort, wo der Kopf sitzen sollte, ist der Hals an der Oberseite kerzengerade poliert – als würde es sich so gehören, ein Mensch ohne Gedanken, jemand, der nichts sehen oder sagen kann.

Mein Blick fällt auf eine Tür, die einen Spaltbreit geöffnet ist. Den Raum dahinter habe ich bislang noch nicht gesehen.

Anscheinend ist es ein Atelier, jedenfalls erkenne ich Staffeleien und Schemel.

Ich zögere. Soll ich?

Meine Neugier siegt über meine Wachsamkeit, und ich schleiche mich hinein.

Sie schlafen doch sowieso noch alle, beruhige ich mich selbst.

Mitten im Raum steht ein Sofa, über das ein weißes Laken drapiert wurde. Dahinter gibt ein großes Fenster die Sicht auf einen Innengarten frei. Es riecht leicht nach Farbe. Überall hängen Gemälde an den Wänden. Manche sehen aus wie geschmolzene Smarties in kräftigen Tönen, als wäre die Farbe auf die Leinwand geworfen worden, auf anderen sind Skizzen von Körpern. In einer Ecke steht ein Tisch, auf dem Farbtuben liegen – und Fifi. Ihr Bauch hebt und senkt sich gemächlich, sie schläft.

Ich husche zu einer Staffelei, an der jemand an einem neuen Bild gearbeitet hat. Es ist noch nicht fertig. Die skizzierten Linien auf der Leinwand zeigen einen liegenden weiblichen Körper. In einer Ecke der Leinwand befindet sich, mit Bleistift notiert, ein Datum. Es wurde vor rund drei Wochen angefertigt. Vorsichtig fahre ich mit den Fingern über die Skizze.

Danach gehe ich zum Sofa. Aus einer der Falten im Laken ragt etwas heraus. Etwas aus Metall. Es ist klein und gelb, und es kommt mir bekannt vor. Die Farbe und … diese Form. Ich bin sicher, dass ich es kenne.

Auf Zehenspitzen nähere ich mich dem Sofa, die Ohren auf jedes Geräusch gespitzt. Ich bücke mich, um den Gegenstand genauer betrachten zu können.

Jemand räuspert sich. Erschrocken schaue ich mich um.

»Suchst du etwas?« Auf der Türschwelle steht Josephine, im Morgenmantel.

Schnell richte ich mich auf. Ich versuche, meinen Schrecken zu verbergen, fahre mir mit einer Hand durch die Haare und lächele.

»Die Tür stand offen, und ich habe Bilder gesehen.« Ich zeige auf eine Arbeit an der Wand. »Schön«, sage ich, um etwas zu sagen. »Wer von euch malt, du oder Jean-Paul?«

Josephine starrt mich ungläubig an. Dann geht sie zum Tisch und nimmt die schlafende Fifi auf den Arm. »Beide, Jean-Paul und ich.«

Was kann ich noch sagen? Ich fühle mich so schrecklich ertappt. Wie konnte ich nur so dumm sein? Wenn mein Vater das zu hören bekommt, kann ich gleich meine Sachen packen.

Mit klopfendem Herzen laufe ich hinter Josephine her aus dem Atelier, die knarrende Treppe hinunter. Wir schweigen beide. Unten in der Diele bleibe ich stehen.

»Ich, äh … ich werfe mal eben ein paar Bälle, hier um die Ecke.« Ich nehme meinen Ball aus der Tasche und versuche Josephine so anzusehen, als wäre es vollkommen normal, in aller Frühe trainieren zu gehen. Als Touristin. In Paris.

Sie sagt nichts, sieht mich nur eindringlich an. Ich versuche, ihrem Blick ganz neutral zu begegnen.

Fifi liegt noch immer schlafend in ihren Armen. Dann hüstelt Josephine. »Wenn du das nächste Mal etwas suchst, kannst du es mir einfach sagen.«

»Ich suche gar nichts.« Ich will entschieden antworten, aber es kommt zu zögernd. Sie weiß, dass ich lüge.

»Würdest du es nicht …«

»Was würde ich nicht?«

»Würdest du es bitte nicht meinem Vater erzählen?«

»Oh.« Sie zuckt mit den Schultern. »Mach dir keine Gedanken.«

»Ich verstehe ja auch, dass ich nicht einfach überall so reingehen darf. Aber ich, äh … ich war einfach neugierig auf all diese Kunstwerke. Die Tür stand einen Spaltbreit offen …«

Sie lacht ein wenig steif. »Ich hätte die Tür nicht offen lassen sollen.«

»Das macht doch nichts, du hast ja nichts zu verbergen«, rutscht es mir heraus.

»Ich nicht, nein.«

1 : 0 für sie. Ich sehe ein triumphierendes Glitzern in ihren Augen und spüre, wie meine Wangen warm werden. Sie nimmt einen Schlüssel vom Wohnzimmertisch.

»Vielleicht gehen wir gleich aus dem Haus«, sagt sie eisig. »An deiner Stelle würde ich in der Nähe bleiben. In Paris ist es nicht so sicher wie bei dir zu Hause.«

Ohne sie anzusehen, nehme ich den Schlüssel, stecke ihn in meine Tasche und öffne die Haustür.

»Tschüss«, murmele ich.

9

Ich ziehe die Tür hinter mir zu. Was tue ich da nur? Wenn ich so weitermache, ist Josephine mich bald leid, und ich muss nach Hause zurück. Ich sehe ihren kühlen Blick noch vor mir und spüre, wie mir ein Schauder über den Rücken läuft.

Du magst sie nicht, sagt eine Stimme in meinem Kopf.

Ich frage mich immer noch, was da auf dem Sofa gelegen hat. Irgendwoher kenne ich es. Ich muss unbedingt noch einmal in dieses Atelier. Aber in Zukunft muss ich besser aufpassen, bevor ich mich auf Erkundungstour begebe.

Den Ball in der Hand, laufe ich über glänzende viereckige Pflastersteine. Ich schaue mich um. Es ist noch früh. Wo kann ich den Namen von Ninas Agentur suchen? Wo kann Nina sein?

RUE DES FRANCS-BOURGEOIS lese ich auf dem Straßenschild. Eine lange, nicht sehr breite Einkaufsstraße. Schon bei unserer Ankunft in Paris ist mir aufgefallen, dass die Straßen in diesem Viertel so schick und lebendig wirken. Überall kleine Boutiquen, Galerien und Cafés. Viele Gebäude sind zwar frisch gestrichen, aber alt. Ich kann mir gut vorstellen, wie der Bäcker, der Gemüsehändler und die Häuser früher ausgesehen haben müssen.

Am Ende der Straße liegt der Place des Vosges, ein großer quadratischer Platz mit vielen Bäumen, Bänken, einem Spielplatz, Rasen, ein paar Springbrunnen und ringsum einem Pfad zum Joggen. Der ganze Platz ist von stattlichen Häusern, Museen und Hotels umgeben und bis auf einen Rucksacktouristen, der sich an einem der Springbrunnen die Hände wäscht, nahezu verlassen. In der Ferne höre ich eine Kirchturmuhr achtmal schlagen. Ich wünschte, ich könnte mich in der Morgensonne auf den Rasen legen und bräuchte an nichts zu denken. Aber ich muss jetzt ganz schnell aktiv werden. Wer weiß, vielleicht liegt Nina irgendwo elend herum, weil sie Drogen nimmt! Oder sie wird bedroht, erpresst! Wie viel Zeit bleibt mir noch? Hätte das doch bloß auf der Karte gestanden!

Am Ende einer Bogengalerie mit Blick auf den Park entdecke ich ein Tor, gegen das ich meinen Ball werfen kann. Ich gehe hinüber und sehe, dass daneben ein Café ist. Der Ball prallt gegen das Tor, der Schlag hallt nach. Ich höre nur meinen Atem und das Geräusch, das der Ball macht.

»Denk nach, denk nach«, flüstere ich.

Dann höre ich Schritte hinter mir. Ich halte inne und schaue mich um.

Niemand. Ich werfe wieder.

Tipp, tipp. Tipp, tipp. Tipp, tipp, tipp, als ich schneller werde. Ich werfe immer in einem festen Rhythmus. Es sei denn, ich werde abgelenkt.

Ich fange den Ball und halte ihn fest. Vor der Tür zum Café liegt ein weiß-braun gefleckter Hund. Struppige weiße Haare hüpfen bei jeder Augenbewegung mit. Er guckt irgendwie traurig, oder sieht das nur so aus? Hat er Hunger?

Eine Kellnerin tritt aus dem Café auf den Bogengang heraus, um die Tische und Stühle aufzuklappen. Der Hund wedelt mit dem Schwanz.

»*Va-t'en! Va-t'en!*«, ruft sie und klatscht in die Hände, während sie wieder hineingeht.

Der Hund schnüffelt und legt sich direkt auf die Schwelle.

Kurz darauf kommt die Kellnerin mit einer großen Kreidetafel wieder hinaus.

»*Merde!*« Sie stolpert über den Hund. Erst fällt die Kreidetafel, dann sie selbst. »*Merde, merde, merde!*«

Ich laufe zu ihr. Nachdem ich ihr hochgeholfen habe, stelle ich auch die Kreidetafel auf.

»*Merci bien*«, sagt sie und wischt sich die Hände an ihrer Schürze ab. »*Attend.*« Sie geht ins Café und kommt mit einem Croissant zurück, das sie mir reicht.

»*Merci bien*«, sage ich. Dann frage ich sie, ob sie Englisch spricht.

Sie nickt und bleibt stehen. »Aber ich höre an deinem Akzent, dass du Niederländerin bist, stimmt's? Ich komme aus Belgien.«

»Stimmt. Ich bin auf der Suche nach meiner Schwester. Sie hat keine Adresse hinterlassen, und ich habe ihre Nummer nicht. Es ist eher unwahrscheinlich, aber kennen Sie vielleicht eine Nina? Sie sieht mir ähnlich und müsste hier im Viertel wohnen. Glaube ich.«

»Nina? Ich kenne zwar eine deutsche Nina, aber keine niederländische. Nein.« Sie schüttelt den Kopf. »Seltsam, dass du deine eigene Schwester suchen musst«, meint sie dann, während sie beginnt, die Tische zurechtzurücken.

Plötzlich fällt mir ein, dass ich ja Ninas Foto bei mir habe, und blättere schnell durch mein Notizbuch.

»Hier.« Ich reiche ihr das Foto. »Das ist Nina. Wirklich nicht gesehen?«

Ihr Blick bleibt kurz an dem Foto hängen, dann reicht sie es mir zurück. Sie schüttelt den Kopf. »Ihr Gesicht hätte ich bestimmt behalten.«

Enttäuscht schiebe ich das Foto in mein Notizbuch zurück.

»Vielleicht solltest du es mal mit ihm versuchen!«, sagt sie mit einem Lächeln und zeigt auf den Hund. »Er war früher ein Spürhund bei der Polizei. Seit sein Herrchen verstorben ist, kümmert sich keiner mehr um ihn. Er ist schon alt, vielleicht können sie ihn bei der Polizei nicht mehr brauchen. Ein einziges Mal habe ich ihm ein Croissant gegeben, und seitdem werde ich ihn nicht mehr los.« Dann zuckt sie mit den Schultern und geht ins Café.

Armer Hund. Ich schaue auf das Croissant in meiner Hand und werfe ihm ein Stück zu. Er stürzt sich drauf und verschlingt es. Danach setzt er sich vor mich. Jetzt sieht er gar nicht mehr so traurig aus. Ich muss lachen.

»Hallo, Vatan.« Er hebt die Pfote, und ich schüttele sie. »Angenehm.«

Mit schräg gelegtem Kopf sieht er mich unter seinen struppigen Haaren hervor an.

»Hast du immer noch Hunger?«

Ich werfe ihm das restliche Croissant hin. Gierig frisst er es, läuft zum Springbrunnen und schlabbert Wasser. Ich nehme mein Notizbuch, merke, dass Ninas Foto herausrutscht, und will es gerade zwischen Umschlag und erste Seite schieben, als mir etwas auffällt. Auf dem Foto trägt sie eine gelbe Haarspange mit einem weißen Gänseblümchen darauf. Das ist es! Das habe ich heute Morgen auf dem Sofa liegen sehen. Diese Haarspange! Ich bin mir fast sicher.

Zufall? Oder ist Nina im Atelier gewesen? Hat Josephine doch etwas zu verbergen und deswegen so heftig reagiert?

Wenn Nina bei Josephine zu Hause gewesen sein sollte, ist es schon seltsam, dass Josephine nichts erzählt hat. Und was wollte Nina dort? Josephine scheint mir nun nicht gerade eine

Frau zu sein, die jemanden drogenabhängig macht oder Nina einsperrt und erpresst. Aber alles ist möglich.

Soll ich es meinem Vater erzählen? Oder auf Josephine zugehen und sagen, dass ich eine Haarspange auf dem Sofa gesehen habe? Soll ich sie fragen, ob sie von Nina ist?

Nein, das kann ich nicht bringen. Im Geiste sehe ich schon den wütenden Blick meines Vaters. Er würde sich für mich in Grund und Boden schämen und mich sofort mit nach Hause nehmen. Ich muss irgendwie diese Haarspange an mich bringen, Beweismaterial sichern. Aber jetzt erst mal die Adresse von dieser Modelagentur herauskriegen.

Ich betrete das Café und höre an den trippelnden Schritten, dass Vatan mir folgt. Auf meine Frage hin, ob das Café über Gratis-WLAN verfügt, schreibt mir die Kellnerin das Kennwort auf einen Zettel. Ich gehe auf die Terrasse zurück, und Vatan legt sich neben mich.

Wie heißt die Agentur, bei der Nina sich gemeldet hat? Hoffentlich lässt mich mein Gedächtnis nicht im Stich. Elite, Enjoy, Ford ... Mehr als drei Seiten mit Modelagenturen in Paris! Der Name von Ninas Agentur hat mich damals an eine Zeitschrift erinnert. *Cosmopolitan*, *ELLE*, *Marie-Claire?*

Ganz unten auf der dritten Seite bleibt mein Blick hängen. Ich erkenne den Namen! *VIVA MODEL MAMAGEMENT*, steht da in dicken schwarzen Buchstaben. Das ist es! Ich schreibe die Adresse in mein Notizbuch.

Viva Model Management
15 Rue Duphot
75001 Paris
Tel: 01 44 55 12 60

Zu meinen Hinweisen kritzele ich:

- 4e arr. l. 4e arr. bedeutet 4e arrondissement.
L ist …?

Die Haarspange muss ich auch noch notieren.

- Ninas (?) Haarspange im Atelier von Josephine & Jean-Paul gesehen

Ich schaue zu dem Hund, der noch immer neben mir liegt. »Vatan, es geht noch nicht richtig voran. Ich grübele mich zu Tode und mache zu wenig.«

Er legt seinen Kopf auf meinen Fuß.

»Bald bist du hier der Einzige, dem ich vertrauen kann.« Ich streichle ihn hinter den Ohren und stehe auf.

Erst will ich die Haarspange in die Hände kriegen, dann werde ich die Agentur anrufen. Ich muss mir etwas ausdenken, damit ich schnell dort reinkomme. Am Telefon werden sie mir im Leben keine Auskunft über ihre Models geben.

Während ich noch darüber nachdenke, wie ich das mit Viva bewerkstelligen soll, stehe ich auf und verlasse die Caféterrasse. Ich höre ein Knacken. Das Geräusch kommt aus der Richtung des kleinen Parks und klingt wie brechende Ästchen. Scheinbar achtlos werfe ich meinen Ball in die Luft und schaue aus dem Augenwinkel zu der Grünanlage hinüber. Seltsam. Obwohl es windstill ist, bewegen sich die hohen Sträucher neben dem Springbrunnen. Wie kann das sein?

Ich halte den Ball fest und bleibe reglos stehen. Irgendwie habe ich das Gefühl, dass da jemand ist. Jemand, der mich anschaut. So gerne ich auch weglaufen möchte – etwas in mir sagt, ich müsse genau hinschauen und keine Angst zeigen.

Mein Blick ist starr auf das Gebüsch gerichtet. Ich sehe grüne Blätter, braune Ästchen und dazwischen schattige Stellen. Bewegt sich da etwas in diesen dunklen Flecken? Ich kann es nicht genau erkennen, die Sträucher sind etwas zu weit entfernt. Und doch, ich spüre es. So, wie man manchmal auch einen Blick im Rücken spüren kann.

Ich schlucke. Was es auch sein mag, es bleibt unsichtbar.

Ich drehe mich wieder um, achte aber weiterhin auf jedes verdächtige Geräusch.

Bestimmt ist es nur ein Hund oder ein Vogel, beschwichtige ich mich selbst.

Mit geschärften Sinnen gehe ich zu Josephines Haus zurück.

10

Als ich den Schlüssel in die Tür stecke, höre ich ein Trippeln auf der Straße. Vatan ist mir nachgelaufen und bellt. Seine struppigen Haare wippen mit.

»Pst, Vatan, lauf zurück!« Ich mache eine scheuchende Handbewegung, doch er bleibt stehen.

Ich öffne die Tür und will hineingehen, aber dann sagt jemand hinter mir mit tiefer Stimme: »*Down.*«

Wer ist das? Ich drehe mich um.

Der Nachbar mit den Gesichtstattoos steht in der Tür, einen Becher in der Hand. Den Kopf tief über dem Boden schaut Vatan zu ihm auf. Der Mann sagt wieder etwas, tief und leise, aber eindringlich. Vatan rollt sich auf den Rücken und bleibt so liegen, die Augen geschlossen. Der Nachbar stellt den Becher auf eine Treppenstufe und setzt sich daneben.

Plötzlich richtet er den Blick auf mich. Seine dunklen Augen mustern mich. Ich fühle mich unbehaglich und schaue zur Seite. Dennoch bleibe ich stehen, unsicher, ob ich einfach ins Haus gehen kann, ohne etwas zu sagen, oder ob ich ihn grüßen soll. Er kommt mir zuvor.

»*Bonjour*«, sagt er mit einem schweren Akzent.

»*Bonjour*«, antworte ich.

Ich frage den Nachbarn, ob er Englisch spricht. Er nickt.

»Es tut mir leid«, fahre ich auf Englisch fort. »Ich wusste nicht, dass er Ihr Hund ist.« Ich zeige auf Vatan, der noch immer mit geschlossenen Augen auf dem Rücken liegt.

Der Nachbar schüttelt den Kopf. »Das ist er auch nicht, er lebt auf der Straße.«

»Also doch …«

»Er ist ein starkes Tier, und seine Sinne sind gut entwickelt. Um ihn brauchst du dir keine Sorgen zu machen.«

»Wie?« Ich mache mir überhaupt keine Sorgen um Vatan. »Ich …«

Ich will ihm nicht von eben erzählen, als ich das Gefühl hatte, dass mich etwas aus dem Gebüsch heraus beobachtet, von meinen Sorgen um Nina mal ganz abgesehen. Ich kenne ihn ja gar nicht, und es geht ihn schließlich auch nichts an.

Er streichelt über Vatans Ohren. »Wir sollten es machen wie er und unsere Sinne besser nutzen.«

Ich nicke. Kann schon sein. Aber ich bin kein Tier. Ich weiß nicht, wie …

»Riechen und fühlen. Genau hinsehen.«

»Oh ja.« Will er mir einen Vortrag halten?

»Und zuhören, nicht nur anderen.« Er legt seine Hand auf seinen Bauch. »Deiner eigenen Intuition vertrauen.«

Warum sagt er das?

Trotzdem denke ich über seine Worte nach, während ich auf den schwarzen Kringel auf seiner Wange starre. Meiner eigenen Intuition vertrauen. Das schwammige Gefühl im Magen ernst nehmen, das ich habe, wenn ich Ninas verängstigten Blick vor mir sehe.

»Wie kommt es, dass er Sie versteht?«, frage ich.

»Das liegt nicht an dem, was ich sage, sondern daran, wie ich es sage. Wo ich herkomme, sind wir der Natur und den Tieren nahe.« Wieder dieser scharfe Blick.

»Sind Sie aus Neuseeland?«

»Ja.«

»Sie sehen aus wie ein Maori, nur, äh …« Ich zeige auf seine Hose. »Ein wenig anders.«

»Du kennst sicher die Fotos von den Kriegern? So sehen wir nicht immer aus. Und schon gar nicht, wenn wir in der Stadt leben.«

»Warum wohnen Sie hier? Ich meine … überhaupt hier, für Sie auf der anderen Seite der Welt.«

»Das ist eine lange Geschichte. Damit werde ich dich nicht langweilen.« Er steht kurz auf und reicht mir die Hand. »Ich bin übrigens Tamati.«

Erst zögere ich, dann reiche ich ihm doch die Hand. »Lotte. Ihr Name klingt so besonders – bedeutet der auch etwas?«

»Ja. Zwilling.«

»Ist das Ihr Sternbild?«

Er grinst. »Nein, ich habe einen Bruder, der kurz nach mir geboren wurde.«

Sofort denke ich wieder an meine Schwester, die, ebenso wie Tamati, das ältere Kind ist. Nur sind wir keine Zwillinge, auch wenn es sich manchmal so anfühlt.

»Es tut mir leid, aber ich muss dringend etwas erledigen«, sage ich, bevor ich mich umdrehe, um ins Haus zu gehen. »Auf Wiedersehen.«

»Ich will mich nicht aufdrängen, aber ich habe den Eindruck, dass du dir Sorgen machst.«

Ich bleibe stocksteif stehen. Er trinkt einen Schluck aus seinem Becher und klopft mit seiner freien Hand neben sich auf die Stufe. Vatan springt auf und setzt sich neben ihn. Woher weiß Tamati, dass ich mir Sorgen mache? Er fasziniert mich.

»Haben Sie engen Kontakt zu Ihrem Bruder?«

An der Art, wie er »Ja« sagt, fast zweifelnd, merke ich, dass er eigentlich etwas anderes sagen möchte.

»Sehen Sie sich oft?«, frage ich.

»Wenn er sich gut fühlt.«

»Nur, wenn er sich gut fühlt?«

»Er ist damals wegen der Liebe nach Paris gekommen. Und dann …« Sein Finger kreist über den Becherrand. Ich folge der Bewegung, bis sie aufhört. Wir schauen uns an.

»Und dann?«, hake ich nach.

»Tja. Sie haben eine Tochter bekommen, aber die Beziehung ist in die Brüche gegangen. Wegen seiner Tochter bleibt er in Paris. Ohne sie wäre er längst nach Neuseeland zurückgekehrt. Ich wohne seinetwegen hier. Um auf ihn aufzupassen. Manchmal ist er nicht mehr so ganz bei sich.«

»Sie meinen, er ist verrückt?«

Er schüttelt den Kopf. »Anaru ist nicht verrückt. Er sieht zu viel.«

»So, wie Sie gesehen haben, dass ich mir Sorgen mache?«

»Manchmal spüre ich das, aber nicht immer. Dabei geht es vielmehr darum, eine Person richtig wahrzunehmen.« Er zuckt mit den Schultern. »Aber bei Anaru ist das anders. Er kann hellsehen. Wenn er durch die Straßen geht, kann er Gefahren förmlich riechen.«

»Hellsehen? Gefahren? Wie …«

»Er fängt starke Emotionen anderer Menschen auf. Wenn sie Angst haben, traurig oder wütend sind.« Tamati nimmt einen Fussel, der in einem Streifen Sonnenlicht auf die Erde trudelt, zwischen Daumen und Zeigefinger. »Mein Bruder sieht, dass ein Verbrechen geschieht, bevor es stattgefunden hat.«

Ich denke an das beängstigende Bild von Nina in meiner Vorstellung. Nur ihr Gesicht. Wenn Tamatis Bruder wirklich so ein gutes Gespür hat … Vielleicht kann er helfen.

»Könnte er auch Vermisste aufspüren?«

»Er hat für die Polizei gearbeitet, aber irgendwann hat er es nicht mehr ertragen. Ständig spukten ihm schreckliche Ereignisse wie Albträume durch den Kopf. Die Leute glauben oft, es wäre praktisch, so viel zu spüren, doch die dunkle Seite kennen sie nicht. Man muss damit umgehen können.«

»Aber es ist ihm gelungen, vermisste Personen wiederzufinden?«

»Manchmal.«

Ich brauche Anaru. Irgendwie muss ich mit ihm in Kontakt kommen.

»Wo ist er jetzt?«, will ich wissen.

Tamatis Mundwinkel heben sich zu einem Lächeln. »Bei der Metrostation Mouton-Duvernet. Genauer gesagt, bei der zweiten Nische am Ende des linken Bahnsteigs, die Steintreppe hinunter, dann am Schädelgang vorbei.«

Er sagt das alles in einem Atemzug.

»Am *Schädelgang?*«, frage ich verblüfft.

»Ein Gang aus übereinander gestapelten Schädeln und Knochen. Vor etlichen Jahrhunderten, als die Kirchhöfe zu voll wurden, hat man unterirdische Friedhöfe angelegt.« Er zeigt auf das Straßenpflaster vor sich. »Er ist in den Katakomben, im Labyrinth hier unter der Stadt. Die ratternden Geräusche der Metrowaggons haben eine beruhigende Wirkung auf ihn. Du schaust mich an, als würdest du mir nicht glauben, aber es ist wirklich so!«

Nervös zupfe ich an meinem Armbändchen. »Besuchen Sie ihn manchmal dort?«

»Das möchte er nicht. Wenn sein Kopf leer ist, wohnt er bei mir im Haus. Momentan fühlt er sich aber schlecht. Er ist gerade weggegangen. Meistens bleibt er eine Woche, von kurz vor einem Vollmond bis ein paar Tage danach.« Er wirft einen

Blick auf seine Uhr. »Und ich fliege gleich zu einem Familienbesuch nach Neuseeland.«

Ich knabbere an einem Fingernagel. Die Chance, mit Anaru zu sprechen, kann ich nicht einfach sausen lassen. Also stelle ich mich dicht vor Tamati.

»Kann ich denn zu ihm?«, frage ich.

Vielleicht kann Anaru etwas sehen. Ein Lebenszeichen von Nina. Etwas, aus dem ich erkennen kann, was genau los ist. Und wo sie ist. Mal angenommen, er kann das sehen? Dann muss ich nicht mehr im Dunkeln herumstochern.

»Nein, warum solltest du? Das geht nicht«, sagt er entschieden. »Hör zu, er zieht sich dorthin zurück, um seine Ruhe zu finden. Sonst spitzt sich die Situation zu, und dann laufen die Dinge ganz schnell in die falsche Richtung. Und ich will nicht, dass er in einer geschlossenen Anstalt landet. Das würde er nicht überstehen. So, wie es jetzt läuft … damit kann man leben.«

Er sieht mich durchdringend an.

»Und auch nicht heimlich hingehen«, sagt er warnend. »In den Katakomben ist es lebensgefährlich! Sie liegen nicht nur sehr tief unter der Erde, sondern sind auch noch Hunderte von Kilometern lang. Es ist dunkel dort, du würdest dich sofort verirren. All diese jahrhundertealten Gänge voller übereinandergestapelter Skelette … Da ist es nicht sicher. Du könntest von fallendem Splitt getroffen werden. Nur an einem einzigen Eingang gibt es Führungen in einem kleinen Teil der Katakomben, und das ist definitiv nicht die Stelle, wo Anaru sich aufhält! Außerdem laufen da überall Obdachlose, Drogenabhängige und Dealer herum. Du könntest ausgeraubt werden – oder noch Schlimmeres. Dort unten gilt das Recht des Stärkeren. Halte dich davon fern!«

»Aber vielleicht kann er mir helfen, jemanden wiederzufinden«, versuche ich es noch einmal. »Jemand Wichtiges.«

»Ich warne dich: Geh nicht dorthin. Komm mal vorbei, wenn er wieder hier ist.«

»So lange kann ich nicht warten.« In meiner Stimme klingt Verzweiflung mit. »Ich will ihn früher sprechen. Geht es denn wirklich nicht? Bitte! Kann ich ihn vielleicht anrufen?«

Tamatis stechender Blick durchdringt meine Haut. »Ich habe dir bereits geantwortet.« Er steht auf und macht Anstalten, sein Haus zu betreten. »*Kia ora.* Pass auf dich auf.«

11

In Gedanken bei Tamatis Bruder Anaru öffne ich die Haustür. Es ist so frustrierend, dass ich ihn nicht sprechen darf. Wenn *ich* schon manchmal Nina innerlich vor mir sehe, was mag er dann erst sehen? Aber ich muss es tun.

Auf meine eigene Intuition vertrauen, hat Tamati gesagt. Leichter gesagt als getan. Meine Intuition sagt mir leider nicht, wo ich Nina finden kann. Zum Glück habe ich die Telefonnummer ihrer Agentur.

Ich schleiche die Treppe hinauf. Im Wohnzimmer höre ich Josephine und Jean-Paul miteinander reden. Mein Vater schläft wahrscheinlich noch. Das ist meine Chance, die Haarspange aus dem Atelier zu holen. Noch eine letzte Stufe. Sie knarrt. Ich halte den Atem an und schaue mich um. Im Wohnzimmer geht das Gespräch ungestört weiter. Ich bin jetzt allein oben im Flur. Nicht trödeln. Schnell ins Atelier, Haarspange nehmen und wieder raus.

Vorsichtig öffne ich die Tür und gehe zum Sofa. Aber das sieht jetzt ganz anders aus. Die meisten Falten sind glatt gestrichen. Die Haarspange muss irgendwo in der Mitte liegen. Meine Hand gleitet über das Laken. Wo ist sie? Hat sie jemand weggenommen? Vielleicht liegt sie unter dem Sofa.

Ich bücke mich. Auch nicht. Obwohl … Keine Spange, dafür jede Menge Staub und etwas Längliches, ein Stift oder so. Höre ich da ein Knacken?

Ich schnappe mir den Gegenstand und renne in mein Zimmer. Fast schlage ich die Tür hinter mir zu, doch ich kann sie gerade noch festhalten, bevor sie zuknallt. Ich schließe sie so leise wie möglich und lasse mich rücklings aufs Bett fallen.

Meinen Fund halte ich noch fest umklammert. Ich schaue ihn mir an. Eine rote Halterung mit einer goldenen Feder. Man kann mit der Feder schreiben, wenn man sie in ein Tintenfass tunkt. Tuschefedern kenne ich aus der Schule, vom Zeichenunterricht. An der Spitze klebt ein wenig eingetrocknete Tinte. Ich kratze sie mit dem Fingernagel ab und zerreibe sie zwischen den Fingern.

Schritte auf dem Flur. Vor meiner Tür endet das Geräusch, und es klopft. Shit! Sofort lehne ich mich aufrecht an mein Kissen und schiebe die Feder hinter meinen Rücken. Ich schaue mich um. Womit könnte ich beschäftigt sein? Ich krame nach dem Notizbuch in meiner Tasche.

Mein Vater taucht in der geöffneten Tür auf. »Morgen, Lotte, kommst du mit zum Frühstück? Josephine und Jean-Paul sitzen schon am Tisch.«

»Komme gleich«, sage ich und bleibe auf meinem Bett sitzen.

»Ist alles in Ordnung?«, fragt er.

»Ja, klar. Ich schreibe nur gerade Tagebuch«, schwindele ich und halte mein Notizbuch hoch.

Er macht ein überraschtes Gesicht. »Hey, das ist ja toll! Ich dachte, nur Nina würde Tagebuch schreiben.«

»Ich habe es seit Ferienbeginn.«

Jetzt geh schon, denke ich. *Ich will mir die Tuschefeder anschauen.*

Könnte ich ihm doch nur erzählen, dass ich im Atelier eine Haarspange gesehen habe, die aussieht wie die von Nina. Aber ich weiß schon genau, was er sagen wird: *Bist du jetzt völlig irre geworden? Rumschnüffeln im Haus anderer Leute?*

»Dann bis gleich, ja?«

Sobald er die Tür schließt, hole ich die Feder wieder hervor. Aber da geht die Tür wieder auf, und er steckt den Kopf um die Ecke. Ich schließe meine Hand um die Feder.

»Oh, was ich noch schnell erzählen wollte …«, beginnt er. »Josephine genießt es sehr, dass wir da sind, hat sie gestern Abend gesagt.«

Das wird sich inzwischen geändert haben, vermute ich. »Ja? Na ja, äh, schön. Ich finde es auch … nett.«

Er wirkt froh. »Bis gleich!«, sagt er wieder.

»Bis gleich, Paps.«

Die Tür schließt sich erneut. Ist er weg? Ich spitze die Ohren. Seine Schritte hasten die Treppe hinunter. Ich halte meinen Finger ins helle Sonnenlicht. Die getrocknete Tinte glänzt schwarz, genau wie die Tinte auf Ninas Karte. Mit der scharfen Spitze der Feder könnte man Kratzer ins Papier ritzen …

Ich teste es in meinem Notizbuch. Es klappt. Ich halte die Seite ins Licht und lese: HLP. In meinem Notizbuch halte ich einen weiteren Hinweis fest:

– Tuschefeder im Atelier von J.P. und J. gefunden. Sind die Kratzer davon?

Dann öffne ich die Tür einen Spaltbreit. Aus dem Erdgeschoss dringt Stimmengewirr von meinem Vater, Josephine und Jean-Paul nach oben. Also schließe ich die Tür wieder, nehme schnell mein Handy und tippe die Nummer von Viva Model Management ein. Es läutet. Mein Herz wummert. Ich will so tun, als wäre ich ein in den Niederlanden gefragtes Model.

»*Allo. Je m'appelle* Lotte. *Can I make an appointment?*« Auf Englisch nenne ich Ninas niederländische Modelagentur und den Namen ihres Bookers. Gleich danach erwähne ich, dass mein Booker Viva empfiehlt, dass ich nur kurz mit dem Topfotografen Erwin Olaf für ein Shooting in Paris bin und dass ich ihnen so schnell wie möglich mein Portfolio zeigen möchte. Meine Überrumpelungstaktik scheint zu funktionieren, denn Inès – die Frau, die ich am Telefon habe – fängt an zu stottern.

Ich will noch eins drauflegen, aber Inès unterbricht mich und sagt, ich könne heute ganz kurz vorbeikommen. Sie trägt mich für dreizehn Uhr in den Kalender ein, meine Ansprechpartnerin heißt Kim, und sie spricht Niederländisch. Top! Mein Plan ist aufgegangen.

Jetzt ist es elf Uhr. Ich habe nicht viel Zeit, um herauszufinden, wo genau die Rue Duphot ist. Aus der Erklärung schließe ich, dass die Agentur in der Nähe des Louvre und der bekannten Rue Saint-Honoré liegt.

Im Wohnzimmer setze ich mich neben meinen Vater an den Frühstückstisch. Ich rutsche auf meinem Stuhl herum und versuche mir eine Ausrede einfallen zu lassen, damit ich hier wegkomme. Gleich werde ich Ninas Welt der Models betreten!

»Guten Morgen, gut geschlafen?«, fragt Josephine.

Zum Glück sagt sie nichts über unsere unerwartete Begegnung in ihrem Atelier.

»Ja, danke«, antworte ich möglichst lässig. Ich beiße ein Stück Banane ab und klappe den Stadtplan von Paris über meinem Teller auf. »Oh übrigens … Heute Nacht lag ein toter Vogel in meinem Zimmer.«

Alle starren mich an, aber niemand sagt etwas.

»Ich habe ihn mal vorläufig in den Garten gebracht, neben den Müllcontainer«, sage ich, um die Stille zu durchbrechen.

»Ein toter Vogel?«, fragt Josephine, als würde es jetzt erst zu ihr durchdringen. »Igitt. Wo kommt der denn her?«

»Das habe ich mich auch gefragt«, sage ich.

Jean-Paul schaut seine Mutter an. »Ob Fifi …«

»Unmöglich!«, sagt sie entschieden.

»Vielleicht ist er aus Versehen reingeflogen?«, überlegt mein Vater.

»So etwas dachte ich auch«, pflichte ich ihm bei. »Aber schon irgendwie verrückt, dass er dann einfach tot umfällt.«

»Fifi mag ja taub sein, aber ihr Geruchssinn funktioniert noch ausgezeichnet«, argumentiert Jean-Paul. »Vielleicht war der Vogel verletzt und nicht mehr schnell genug. Fifi ist ihrer Nase gefolgt, konnte ihn fangen – und töten.«

»Ich weiß nicht …«, sagt Josephine zweifelnd. »Ich kann mir kaum vorstellen, dass Fifi …«

»Letzten Endes stammt sie ja schon von Raubtieren ab, Mama.« Jean-Paul grinst. »Auch wenn man es ihr nicht ansieht …«

»Na ja, egal wie. Jedenfalls tapfer von dir, ihn wegzuräumen, Lotte. Tut mir leid, dass der Vogel dort lag. Sehr unangenehm.«

Ich zucke mit den Schultern. »Ist schon okay.«

»Nun, wie ist die Planung für heute?«, erkundigt sich mein Vater, wahrscheinlich, um dem Gespräch eine positive Wendung zu geben.

Ich denke an das, was die Telefonistin von Viva gesagt hat: Die Agentur liegt in der Nähe vieler imposanter Gebäude und Boutiquen.

»Ich will einfach ein bisschen durch die Rue Saint-Honoré

bummeln. Aber ich gehe gern allein«, setze ich schnell hinterher. »Vielleicht mach ich noch ein paar Fotos rund um den Louvre.«

»Wir wollten die beiden doch zur Ausstellungseröffnung mitnehmen, Mama?«, fragt Jean-Paul. »Das ist nicht weit von dort. Dann fahre ich vorher mit Lotte zur Rue Saint-Honoré.«

»Ach, das ist wirklich nicht nötig. Ich habe einen Stadtplan, und mit der Metro bin ich fix da.«

»Aber ich begleite dich gern«, sagt er. »Oder möchtest du das lieber nicht?«

»Doch, schon. Aber äh …«

Er sieht mich mit seinen schönen braunen Augen an, und ich bekomme ein »Nein« einfach nicht über die Lippen.

»Geh ruhig mit, Lotte«, mischt sich mein Vater schon ein, bevor ich genügend Mut sammeln kann. »Jean-Paul, das gefällt ihr.«

»Okay.« Jean-Paul schneidet ein Stück Baguette durch, legt Schinken zwischen die beiden Hälften und wickelt eine Papierserviette um das belegte Brot.

»Kommt ihr danach zur Ausstellung?«, fragt Josephine.

»Ja. Gegen vier sind wir bei euch.« Jean-Paul steht auf und geht Richtung Flur. »Kommst du, Lotte?«

»Komme schon«, murmele ich und stelle den Wecker meines Handys auf fünf vor eins. Ich mache mir Sorgen. Wie kann ich ungesehen in die Modelagentur schlüpfen, ohne dass Jean-Paul es mitkriegt?

»Da wären wir«, sagt Jean-Paul, als wir auf seinem Motorroller in die belebte Rue Saint-Honoré einbiegen.

»Sorry, aber würdest du vielleicht weiterfahren, zur Rue Duphot Nummer 15? Ich erkläre dir gleich, warum.«

»Ich dachte, du wolltest bummeln gehen?«

Ein leichtes Panikgefühl steigt in mir auf.

Denk nach! Wie kommst du aus dieser Situation?

»Meinung geändert?« Er gibt Gas, und wenig später lassen wir die Massen shoppender Leute hinter uns.

In der Rue Duphot halten wir vor einer großen grünen Tür. »*Nummer 15*« steht auf dem Schildchen darüber.

Ich steige ab und bleibe vor der Tür stehen. Meine Nerven liegen blank.

»Warum wolltest du hierhin?«

Lass dir was einfallen. Eine List. Schnell!

Wenn er nur den Mund hält gegenüber meinem Vater und Josephine!

»Kannst du ein Geheimnis für dich behalten?«, frage ich.

Er schaut überrascht auf. »Na klar.«

»Ehrenwort?«

Er setzt die Sonnenbrille ab, streicht sich eine Locke hinters Ohr und lächelt. »Erzähl.«

»Ich will Model werden.« Ich zupfe an meinem Nagel. »Und ich habe einen Termin bei einer Agentur«, schiebe ich in schuldbewusstem Ton hinterher.

»Warum ist das denn geheim?«

»Na ja, weil ...« Ich denke nach. Wird er anbeißen? Mein Blick wandert zu Boden. »Mein Vater will nicht, dass ich auch Model werde, so wie meine Schwester.«

Mein Wecker piept. Fünf vor eins. Zeit, bei Viva zu klingeln. Ich schalte den Alarm ab.

»Er hält mich für zu jung. Aber ich möchte es so gern.«

»Verstehe ich. An deiner Stelle würde ich das auch wollen.«

Ich kann nicht gut einschätzen, ob er das wirklich denkt

oder nur so dahinsagt. Kann ich ihm vertrauen? Ich möchte ihm gern glauben.

»Das ist meine einzige Chance«, fahre ich fort. »Versprich mir, dass du meinem Vater nichts sagst!«

»Ich verspreche es. Soll ich als Dolmetscher mitkommen?«

»Nein, das schaffe ich schon.« Ich ziehe mein T-Shirt glatt. »In einer halben Stunde bin ich wieder da.«

»Okay, dann geh nur. Ich warte hier nebenan.« Er zeigt auf eine Nudelbar, schaltet seinen iPod ein und steckt sich die Stöpsel in die Ohren. »Viel Erfolg. Ich bin sicher, sie wollen dich haben.« Er hebt einen Daumen.

12

»Ah, du bist Lotte? Komm mal mit«, sagt eine große, etwa dreißigjährige Frau. Sie trägt einen kurzen Rock und Schuhe mit hohen Absätzen. Beim Reinkommen hat sie mich blitzschnell von Kopf bis Fuß gemustert. Sie erzählt, dass sie Kim heißt, in Leeuwarden in Friesland geboren wurde und sich dort zu Tode gelangweilt hat, bis sie vor zehn Jahren nach Paris gezogen ist. Bei Viva kümmert sie sich um die Interessen der niederländischsprachigen Models.

Was sie sonst noch alles erzählt, höre ich nicht mehr. Ich schaue mich suchend um. Überall sehe ich Fotos schöner Gesichter an den Wänden. Frauen und Männer mit gestylten Haaren, herausforderndem Blick und weißen Zähnen. Ist Ninas Foto auch darunter?

Kim eilt an allen Schreibtischen vorbei durch das Büro und ich hinter ihr her. An der Decke kreisen Ventilatoren aus Holz, Telefone klingeln. Es wird gelacht, gerufen und geredet. Junge Frauen zeigen Mappen mit Fotos. Manche werden vermessen, andere gewogen.

Am hintersten Schreibtisch, in der Nähe des Fensters, bleibt Kim stehen.

»Wo sind deine Fotos?« Sie nimmt ein Maßband aus der Schublade.

»Sorry … Ich komme nicht wegen mir selbst.«

»Witzbold.« Kim legt mir das Maßband schon um die Brust. »Gerade stehen, Brust raus.«

Sie drückt meine Schultern runter, als wäre ich eine Puppe. Trotzdem mache ich automatisch, was sie von mir verlangt. Immer wenn ich von Nina anfangen will, ist sie mir voraus. Alles an Kim geht schnell; ihre Bewegungen, wie sie redet …

»Wie alt bist du?«

»Fünfzehn, aber …«

»Dreh dich mal um.« Sie legt das Maßband um meine Hüften. »Hm« ist der einzige Laut, den ich jetzt aus ihrem Mund höre. Dann tritt sie einen Schritt zurück. Ihre Hand tippt leicht an meinen Oberschenkel. »Ein bisschen zu kräftig. Aber nur dort. Ein paar Zentimeter weniger, dann ist es okay.«

Ich schaue an mir hinunter, aber ich sehe nichts Ausladendes. Nichts, was mich stört.

Sie rattert etwas über gesunde Smoothies und schlechte Fette herunter. Ich will das alles nicht hören. *Kräftig?* Ich kräftig? *Du meinst wohl deine Waden*, würde ich am liebsten sagen.

»Ich komme wegen meiner Schwester.«

»Also«, sagt Kim, während sie das Maßband durch ihre Finger zieht, »wenn du später auch auf den Catwalk willst, muss da was runter.«

Offensichtlich hat sie mich nicht gehört.

»Ich muss nicht auf den Catwalk!«, sage ich laut.

Sie zeigt auf einen Stuhl, legt sich das Maßband schwungvoll um den Nacken, setzt sich und öffnet ihren Kalender.

»Mach dir keine Sorgen, das passiert meistens auch nicht sofort. Du kommst in unseren Bestandskatalog. Ich finde, du hast eine hübsche Haut und leuchtende Augen. Bisschen *girl next door.* Ich halte Ausschau nach einem schönen Shooting für dich. Hast du denn Erfahrung?«

»Nein. Und ich will auch kein Model werden«, erkläre ich. »Ich komme wegen Nina, meiner Schwester. Nina Storm.«

Endlich hält Kim den Mund. Zum ersten Mal schaut sie mich länger als eine Sekunde an.

»Ah, das ist es! Du kommst mir schon die ganze Zeit so bekannt vor.« Sie fängt laut an zu lachen. »Ihr seht euch ähnlich. Du bist fast die jüngere Version von Nina!« Dann schüttelt sie mir die Hand. »Schön, dich kennenzulernen.«

Ich ziehe meine Hand schnell zurück. »Ich bin zu Besuch in Paris und habe weder Ninas Adresse noch ihre Telefonnummer.«

»Oh.« Sie zieht die Augenbrauen hoch und sieht mich einen Moment lang forschend an. Dann fragt sie: »Warum eigentlich nicht? Habt ihr kein gutes Verhältnis?«

»Doch, doch.« Ich muss mir etwas ausdenken. »Aber ... ich habe aus Versehen alle Nummern in meinem Telefon gelöscht. Deshalb.«

»Hm«, sagt sie. »Eigentlich darf ich nicht einfach so Privatdaten meiner Models rausgeben, aber weil du ihre Schwester bist, mache ich mal eine Ausnahme.«

Kim dreht den Monitor ihres Computers ein wenig zu mir, sodass ich mitgucken kann. *NINA STORM*, tippt sie in einen weißen Suchbalken. Ein Foto meiner Schwester erscheint auf dem Bildschirm. Mit einem warmen Blick schaut sie uns an. Sie zu sehen macht mich froh und unruhig zugleich. Neben dem Foto kann ich lesen, wie viel sie wiegt, welche Augenfarbe sie hat und welche Maße.

»Oh, stimmt ja. Ihre Adresse steht gar nicht hier drin«, stellt Kim fest. »Die wollte sie später durchgeben, weil sie noch auf Wohnungssuche war.«

Mein Herzschlag beschleunigt sich. »Wann hast du sie zum letzten Mal gesehen?«, frage ich.

»Vor ein paar Wochen.« Sie schaut auf ihren Computerbildschirm. »Ich habe hier übrigens auch nur ihre alte Telefonnummer. Die hilft dir nicht weiter.«

Warum hat sie keine Telefonnummer von Nina?

»Hast du denn gar keine Daten von meiner Schwester? Auch keine Übergangsadresse, wo ich sie finden könnte?«, frage ich verzweifelt.

»Warte mal.« Sie öffnet eine Schublade und zieht eine Visitenkarte und ein DIN-A4-Blatt mit Notizen heraus. »Ich hatte mir doch irgendwo eine Nummer notiert?«, murmelt sie, während sie sucht.

Mir entschlüpft ein Seufzer. Ich kann meinen Ärger nicht unterdrücken. »Du musst sie doch irgendwie erreichen können?«

Kim sieht mich mit einem entschuldigenden Blick an. »Wir hatten vereinbart, dass sie bald mal kurz hier vorbeikommt. Vielleicht macht sie Urlaub. Sie hat gerade einen großen Auftrag für eine bekannte Make-up-Marke. Solange die Kampagne läuft, darf sie keine Werbung für andere Auftraggeber machen.« Sichtlich enttäuscht fügt sie hinzu: »Leider, denn ich habe einen Eilauftrag für morgen reinbekommen, und sie haben speziell nach Nina gefragt. Lisandro wird das wohl übernehmen. Den kennst du bestimmt auch?«

Ich schüttele den Kopf.

»Er kümmert sich oft um ihre Frisur und ihr Make-up und ist ein guter Freund von ihr. In diesem Business geht alles schnell, also hat man schnell Freunde – und manchmal auch Feinde«, fügt sie hinzu. Ihr Finger gleitet über das DIN-A4-Blatt. »Ich muss hier doch irgendwo noch Daten von Nina notiert haben?«

Ich zupfe an meinem Shirt herum. Mein Rücken fühlt sich

klamm an. Dieser Freund von Nina – wenn ich mit dem in Kontakt käme …

Kim notiert etwas auf der Rückseite ihrer Visitenkarte. Dann nimmt sie das DIN-A4-Blatt wieder hinzu und studiert allerlei Kritzeleien, die neben durchgestrichenem Text stehen.

»Nein, tut mir leid. Die neue Nummer hat sie mir offensichtlich doch noch nicht gegeben.« Sie zuckt mit den Schultern. »Ich glaube, sie wurde hin und wieder von Männern belästigt. Wenn du sie siehst, sag ihr doch bitte, sie soll mich so schnell wie möglich anrufen. Ich habe schöne Aufträge für sie in der nächsten Zeit.«

Ich nehme die Visitenkarte entgegen und stecke sie in die Hosentasche.

Von Männern belästigt?, denke ich erschrocken.

Trotzdem erstaunt es mich nicht sehr. Als Nina noch zu Hause gewohnt hat, bekam sie auch oft Anrufe und Nachrichten von Jungs, die etwas von ihr wollten. Mehr Zeit, darüber nachzudenken, habe ich nicht, denn Kim steht auf.

»Ich bringe dich zur Tür«, sagt sie.

»Warte! Du hast gesagt, ich sehe meiner Schwester ähnlich. Lass mich den Auftrag morgen übernehmen.« Ich muss diesen Visagisten treffen, Lisandro. Er ist die einzige Verbindung zu Nina.

Kim verschränkt die Arme und scheint kurz nachzudenken.

»Du hast keine Erfahrung«, sagt sie dann, »und das ist kein einfacher Job. Außerdem kann ich dich morgen nicht begleiten, mein Kalender ist schon voll.«

»Ich bin sicher, dass ich das hinkriege«, bluffe ich.

»Echt?«

»Ja«, sage ich so entschieden, wie ich kann. »Als ich klein

war, habe ich schon auch mal Modell gestanden, in Holland. Ich habe nur keine Fotos davon mit.«

»Hast du nicht gesagt, du willst kein Model werden?« Sie sieht mich durchdringend an.

Auch wenn ich spüre, dass meine Wangen warm werden, erwidere ich ihren Blick, ohne zu blinzeln. Irgendwie muss ich sie überzeugen.

»Wenn ich all diese Fotos hier an den Wänden sehe …« Ich zeige willkürlich auf eins. »Alle sehen so schön aus. Und dann könnte ich wie Nina mein eigenes Geld verdienen, für mein Studium sparen und so.«

Ihr Gesicht taut auf.

Ich rede weiter. »Ich habe es mir überlegt. Das hier ist einfach … eine einzigartige Chance.«

»Also gut dann«, sagt sie schließlich. »Aber nur, weil ich vermutlich so schnell niemanden finde, der den Anforderungen des Auftraggebers entspricht. Du hast Glück.«

Innerlich jubele ich. Und ob ich Glück habe!

»Top!«, sagt Kim, nachdem wir durchgegangen sind, was ich morgen machen soll.

Ich folge ihr durchs Büro zum Ausgang. Als ich die Hand auf die Türklinke lege, hält sie mich am Arm fest.

»Warte, ich brauche aber schon noch die Zustimmung eines Elternteils. Einer von ihnen soll mich nachher kurz anrufen, ja? Sonst muss ich mich doch noch um ein anderes Model kümmern.«

»Oh. Äh, ja … Ja, natürlich.« Shit! Wie soll ich das nun wieder lösen? Mein Vater lässt mich im Leben nicht dorthin gehen.

»Und halte dich zurück bei dem Shooting, okay? Manchmal

sind da Leute, die etwas von dir wollen, aber gib niemandem deine Telefonnummer oder Adresse. Und dein Vater oder deine Mutter müssen dich bringen und abholen.«

Ich nicke. »Prima. Das klappt.«

Kim umfasst noch immer meinen Arm. »Ich meine es ernst, hier laufen genügend gefährliche Gestalten rum. Regel Nummer eins in Paris: Vertraue niemandem. Regel Nummer zwei: Sei immer auf der Hut. Als Mädchen bist du hier allein nicht sicher.«

»Ja, ja, ich werde daran denken.« Ich will weg, aber sie lässt mich nicht los.

»Im Ernst. Ich könnte dir Geschichten über Raubmorde und Überfälle erzählen …«

Das ist wirklich das Letzte, was ich jetzt hören möchte!

»Nicht nötig, ich verstehe schon.« Sobald ihr Griff um meinen Arm schwächer wird, ziehe ich ihn weg und öffne die Tür. Frische Luft, endlich.

»Vergiss nicht, deinen Eltern zu sagen, dass sie mich schnell anrufen sollen.« Kim winkt mir nach, ich winke zurück.

Morgen ein Shooting! Echt irre. Aber ich habe noch ein Problem. Meinem Vater werde ich es nämlich nicht sagen. Ich brauche Jean-Paul.

»Hat es geklappt? Bist du angemeldet?« Jean-Paul steigt vom Thekenhocker der Nudelbar, nimmt die In-Ear-Kopfhörer aus den Ohren und geht mit mir hinaus.

»Nicht nur das!« Ich wedele mit meinem *call sheet*, dem Papier, auf dem alle Daten zum Shooting stehen. Plötzlich habe ich große Lust, laut zu schreien – der erste Schritt in Ninas Welt ist gemacht. »Ich habe einen Auftrag, gut, was? Morgen schon.« Ich ziehe mein Handy aus der Hosentasche. »Kannst du ein bisschen schauspielern?«

Jean-Paul zuckt mit den Schultern. »Soll ich jemanden anrufen?«

»Ja«, sage ich, »und jemanden imitieren.«

»Boah, du hast ja ganz schöne Ansprüche. Ich soll Geheimnisse bewahren, du lässt mich eine halbe Stunde allein in der Bar hocken, und jetzt soll ich auch noch schauspielern!«

»Stimmt. Aber … Machst du es?«

»Lach mal, das war ein Scherz.« Er kitzelt mich in meiner Seite. »Was soll ich tun?«

»Du musst nur sagen, dass du mein Vater bist und dass du mir erlaubst, morgen zu arbeiten.« Ich reiche ihm Kims Visitenkarte.

Er geht zu seinem Roller, tippt auf das Display seines Handys und hält es sich ans Ohr. Hoffentlich glaubt Kim ihm!

Ich stelle mich auf die andere Straßenseite. Ich will das Gespräch nicht hören, dafür bin ich zu nervös. Noch nie habe ich Modell gestanden, und noch nie habe ich jemanden gebeten, sich als mein Vater auszugeben.

Ich beobachte, wie Jean-Paul telefoniert und neben seinem Roller auf- und abgeht. Dabei schirme ich meine Augen mit der Hand ab, denn die Sonne ist grell. Ich schaue auf meine Uhr. Der kleine Zeiger schiebt sich auf die Zwei zu. Jean-Paul macht sein Handy aus, und noch bevor er es weggesteckt hat, laufe ich schon auf ihn zu.

»Warum hat das denn so lange gedauert?«, rufe ich nervös.

»Es gab ein kleines Problem … Komm«, sagt er. »Dein Vater muss mit zu dem Shooting, weil du erst fünfzehn bist.«

Ich bleibe mitten auf der Straße stehen.

»Daraufhin habe ich ihr gesagt, ich könne wirklich nicht

mitkommen, dann müssten wir das Shooting eben canceln.« Er geht auf mich zu und gibt mir die Visitenkarte zurück. »Kommst du?«

Ich stehe noch immer stocksteif da. Wie konnte er das nur sagen?! Gerade jetzt, wo ich ein kleines Stück näher an Nina dran bin?

»Guck nicht so wütend.« Er lacht. »Kim ist einverstanden, dass du von jemand anderem begleitet wirst.«

»Von dir?«

»Ja! Ich komme morgen mit.«

Ich atme erleichtert auf, weil das Shooting doch stattfinden kann. Nun muss ich nur am Set dafür sorgen, dass Jean-Paul mich nicht mit Lisandro über Nina reden hört. Und heute noch einen sehr langen Tag Geduld haben. Es sei denn, es gibt eine Möglichkeit, allein durch die Gegend zu streifen. Wir haben noch rund zwei Stunden, bevor wir zu der Ausstellung müssen, und ich habe keine Lust, ziellos durch die Straßen zu laufen.

»Was sollen wir machen?«, frage ich deshalb.

»Ein Freund von mir hat meine Gitarre repariert. Die könnten wir abholen.«

Ich nicke, und wir gehen zu seinem Roller zurück. Dann überlege ich es mir anders.

»Könntest du mich doch zu Hause absetzen? Ich will noch ein paar Fotos im *quartier* machen.«

»Okay«, sagt er. »Ich hole dich um Viertel vor vier dort wieder ab.«

»Hast du vielleicht ein Fahrrad, das ich mir leihen könnte? Dann kann ich selbst zur Galerie kommen. Fände ich schön, die Stadt auf die Art zu erkunden.«

Oh, wie ich das sage! Es klingt so falsch. Ich habe keine

andere Möglichkeit, aber ich hasse es. Und Jean-Paul scheint mit offenen Augen in die Falle zu tappen …

»Du kannst das Rad meiner Mutter nehmen. Der Schlüssel liegt auf dem Couchtisch in der Diele. Ihr Rad steht links um die Ecke, das rote. Die Galerie heißt SEINE 51, und die Adresse ist 51, Rue de Seine. Meinst du, das klappt und du findest den Weg?«

»Na klar«, versichere ich und steige hinter ihm auf den Roller. »Raus aus dem Viertel, über die Seine, und wenn ich dann nicht mehr weiterweiß, kann ich fragen!«

»Oder den Routenplaner auf deinem Handy benutzen«, sagt er und startet den Roller.

Dass ich daran noch nicht gedacht habe!

Jean-Paul hat mich bei ihm zu Hause abgesetzt. Ich nehme Josephines Fahrradschlüssel vom Couchtisch und warte mit dem Rausgehen, bis ich Jean-Pauls Roller nicht mehr höre. Mit dem Rad kann ich das vierte Arrondissement schneller absuchen als zu Fuß.

Ich schaue zu Tamatis Haus hinüber. Die Fensterläden sind geschlossen. Bestimmt ist er jetzt auf dem Weg nach Neuseeland. Ich denke daran, was er über Intuition gesagt hat und darüber, sie mehr zu nutzen. Riechen, fühlen und genau hinsehen.

Plötzlich habe ich eine glänzende Idee. Ich kann jetzt noch etwas viel Besseres tun, als dieses Viertel auf der Suche nach Zeichen von Nina zu durchforsten – trotz Tamatis Warnungen, es mir aus dem Kopf zu schlagen. Ich weiß natürlich, dass ich vorsichtig sein muss, so allein in Paris, und dass ich Jean-Paul lieber mitnehmen sollte. Aber der ist nun mal gerade nicht da. Und außerdem müsste ich ihm dann von meiner Suche erzählen.

Zudem habe ich es eilig. Ich habe schon zu viel Zeit vergeudet.

Ich schließe die Augen. Ninas weiße Haut hebt sich in meiner Vorstellung scharf gegen ihre blutunterlaufenen Augen ab. Wenn ich noch länger warte, ist es vielleicht zu spät.

Niemand kann mich aufhalten. Ich muss es tun! Ich werde in die Katakomben gehen.

13

Ich entsperre Josephines Fahrradschloss, setze meine Sonnenbrille auf und verlasse das Viertel Le Marais. Anderthalb Stunden bleiben mir noch für Anaru, bevor ich auf der Ausstellung sein muss.

Die ersten Straßen kenne ich bereits. Der Routenplaner auf meinem Handy ist eingeschaltet, und ich sehe genau, in welcher Straße ich mich befinde. Ich bin der grüne Punkt, und irgendwie muss ich zum roten Punkt gelangen. Erst die Seine überqueren und dann fast die gesamte Strecke geradeaus, bis kurz hinter den Park Jardin du Luxembourg. Laut Routenplaner brauche ich mit dem Rad vierzehn Minuten zur Station Mouton-Duvernet, bei vielen roten Ampeln vermutlich etwas länger.

Tamati ist nicht da, er kann mich nicht davon abhalten. Ich verstehe, dass er seinen empfindsamen Bruder beschützen möchte, und auch, dass ich Anaru nicht belästigen soll. Er geht in die Katakomben, um Ruhe zu finden. Es klingt seltsam, dass er an einen so gefährlichen Ort geht, um seine Ruhe zu haben.

Egal, ich habe jedenfalls ganz stark das Gefühl, dass mir die Zeit davonläuft. Nina ist in Gefahr, und Anaru könnte meine vielleicht letzte Chance sein, sie bald zu finden. Die kann ich mir einfach nicht entgehen lassen!

Das erste Stück fahre ich sehr schnell. Mitten durch die Stadt, über die endlos langen Straßen, die so breit sind wie Fußballfelder. Ich schaue mich um. Caféterrassen mit Schutzdächern, Bekleidungs- und Schuhgeschäfte, shoppende Menschen. Überall Autos, Taxis, Busse – und Kreisel, um den hektischen Verkehr in Bahnen zu lenken, dazu stinkende Abgase. Über den Metrostationen hängen Schilder mit »*METROPOLITAN*« in zierlich geschwungenen Buchstaben. Ich muss aufpassen, denn die Straßen teilen sich hin und wieder.

Mein Handy halte ich in der Hand. Fahre ich noch richtig? Ich hoffe so sehr, dass ich Anaru gleich finde. Und dass er mir helfen will. Er muss mir helfen!

Plötzlich schießt ein Motorroller dicht an mir vorbei. Ich schreie vor Schreck auf und fasse den Lenker mit beiden Händen.

»Pass doch auf!«, brülle ich, mein Handy gerade noch zwischen Daumen und Zeigefinger geklemmt. Was für ein Idiot! Ich muss noch aufmerksamer sein.

Der Roller wird so langsam, dass ich ihn einholen kann. In einem großen Bogen fahre ich an ihm vorbei.

Noch einmal prüfe ich die Strecke. Bin ich gleich am Park? Von dort sind es nur noch etwa fünf Minuten. Mein Hals ist ganz trocken vom schnellen Fahren. Ich schalte in den vierten Gang, werde etwas langsamer. Ich spitze die Ohren. Hinter mir höre ich schon seit einer Weile das Knattern eines Auspuffs. Das nervige Geräusch kommt immer näher.

Ich schalte wieder höher und trete fester in die Pedale, aber ich höre es immer noch genauso laut. Ich schaue zur Seite. In einer reflektierenden Schaufensterscheibe sehe ich einen dunklen Roller, der dicht hinter mir fährt. Wer auch immer darauf sitzt, trägt einen schwarzen Helm mit verspiegeltem Visier. Ich kann nicht erkennen, ob es ein Mann oder eine Frau ist. Das monotone Brummen mit diesem typischen Ticken nervt mich total.

Dann überhol mich doch endlich, denke ich und werfe einen Blick über meine linke Schulter. Er schwenkt nach rechts. Überholt er mich jetzt von dort?

Er gibt Gas. Ein Schlag gegen mein Hinterrad! Ich schlingere und stürze fast, kann aber gerade noch so das Gleichgewicht halten.

»Was machst du denn da, du Blödmann?«, rufe ich und gestikuliere wild.

Was will er von mir? Ich erinnere mich an das beklemmende Gefühl, das mich beschlichen hat, als ich heute Morgen in der kleinen Parkanlage meinen Ball geworfen habe. Wie werde ich diesen Rollerfahrer nur schnell los?

Die Ampel, auf die ich zufahre, springt gerade auf Rot. Auch das noch! Oder … Moment. Das ist meine Chance! Ich höre auf zu treten, lasse mich ausrollen und beobachte den anfahrenden Verkehr, der in wenigen Sekunden meinen Weg kreuzen wird. Vor und neben mir stehen einige Räder. Das Rollergeräusch ist noch immer dicht hinter mir zu hören, wie eine tickende Zeitbombe.

Ich presse die Kiefer aufeinander. Jetzt! Mit einem Fuß stoße ich mich von der Straße ab, dann trete ich kräftig in die Pedale und schieße zwischen den wartenden Radfahrern hindurch über die Kreuzung. Ich höre meinen Herzschlag in den Ohren. Haarscharf streife ich an anfahrenden Autos und Rädern vorbei.

Ein Knall. Glasscherben klirren. Jemand hupt. Was mache ich da nur? Was? Hoffentlich verursache ich keine Unfälle!

Nicht umdrehen! Ich fahre weiter und weiter, immer nur

weiter, habe Krämpfe in den Waden. *Ich kann nicht schneller. Muss … weiter …*

Und dann ist es plötzlich, als würde ein DJ in meinem Kopf seine Beats abschalten. Ich höre kein Knattern mehr hinter mir, fahre langsamer. Erst jetzt traue ich mich, nach hinten zu schauen. In der Ferne, an der Kreuzung, sehe ich die Radfahrer noch immer an der Ampel stehen. Sie gucken alle in dieselbe Richtung, nach links.

Jemand hebt etwas auf. Ein Pfosten steht schief. Die Gestalt mit dem schwarzen Helm ist offenbar dagegen gedonnert und schleppt den Roller zum Bürgersteig. Ich wische mir den Schweiß von den Händen und fahre weiter zur Metrostation Mouton-Duvernet.

Als ich das Fahrrad abschließe, fangen meine Hände an zu zittern. Erst jetzt wird mir klar, dass ich um ein Haar einem Angriff entkommen bin.

Ich schaue mich noch einmal um und laufe dann schnell die Steintreppe zum Eingang der Metro hinunter. In der Halle kaufe ich eine Fahrkarte und stecke sie in den Automatenschlitz. Alle paar Meter werfe ich einen Blick über meine Schulter. Ich passiere die Schleusen, betrete einen langen Gang und schlängele mich durch den Strom von Menschen. Dann gelange ich an eine Gabelung, ich kann nach rechts oder nach links. Der linke Bahnsteig, hat Tamati gesagt, also gehe ich nach links, die Rolltreppe hinunter, über den Bahnsteig.

Wer war das auf dem Motorroller? Warum hat er – oder sie? – mich angerempelt, mich gejagt? Oder war es doch ein Versehen? Ich habe meinen Verfolger abgeschüttelt, aber ist er wirklich weg? Vielleicht ist nur der Scheinwerfer kaputt, und der- oder diejenige ist gleich weitergefahren?

Ich darf nicht mehr daran denken. Weitergehen, schnell!

Kurz vor Ende des Bahnsteigs bleibe ich stehen. Gerade fährt auf der anderen Seite eine Metro ein. Ein Windstoß bläst mir ins Gesicht. Ich schaue in den Tunnel, doch eine Nische kann ich nicht entdecken. Als ich mich umschaue, sehe ich, wie die letzten Fahrgäste einsteigen. Die Metro beschleunigt und verschwindet in dem dunklen Loch.

Der Bahnsteig ist jetzt leer, niemand kommt die Treppe hinunter. Wenn mir jemand etwas Böses will, hat er jetzt alle Gelegenheit dazu. Wie gebannt starre ich auf die Treppe. Höre ich jemanden kommen?

Dann wende ich mich wieder dem finsteren Tunneleingang zu. Zwischen der Tunnelwand und dem Ende des Bahnsteigs liegen etwa zwei Meter …

Ich stecke meine Sonnenbrille in die Hosentasche, hole tief Luft und springe vom Bahnsteig. Ich lande auf Geröll, rutsche fast aus und schwanke, schürfe mir die Fingerspitzen an der rauen Steinmauer auf. Spinnweben kleben an meiner Hand, igitt! Ich versuche sie abzuschütteln und wische sie schließlich an meinem Top ab.

Zögernd betrete ich den dunklen Tunnel. Es riecht muffig, nach staubigen Steinen und ein bisschen nach faulenden Lebensmitteln. Ich sehe immer noch keine Nische, und je weiter ich in den Tunnel vordringe, desto weniger Licht fällt vom Bahnsteig herein. Ich hätte nie allein hier reingehen dürfen!

Soll ich zurücklaufen? Auf Jean-Paul warten und mit ihm gemeinsam nach Anaru suchen?

Nein, keine Zeit verlieren. Durchhalten.

Mit einem Finger taste ich die abblätternde Mauer ab, mit der anderen Hand halte ich mein Handy so hoch, dass ein kleines Lichtbündel auf die Tunnelwand fällt. Ich sehe Graffitis und feuchte Flecken.

Wieder höre ich das Geräusch einer Metro. Sie nähert sich schnell. Ich gehe in die Hocke, lehne die Schultern an die Wand und halte mir die Ohren zu. So dicht am Boden ist der Gestank kaum auszuhalten. Es riecht säuerlich, nach Urin. Was mache ich hier, um Himmels willen?

Mit hoher Geschwindigkeit und donnerndem Lärm fährt die Metro an mir vorbei. Staub wird aufgewirbelt, und alles bebt. Das ist echt lebensgefährlich!

Wackelig stehe ich auf, wische mir den Staub vom Gesicht und halte noch einen Moment inne. Ich lehne mich an die Wand und atme tief ein, die Hand vor Mund und Nase gepresst. Noch immer dieser Geruch, eine Mischung aus verdorbenem Essen, Urin und feuchten Wänden.

Ich taste mich weiter. Mit dem schmalen Lichtbündel meines Handys leuchte ich von oben nach unten an der Mauer entlang.

So gehe ich eine ganze Weile, bis ich die erste Nische entdecke. Endlich! Es ist eine tiefe Einbuchtung in der Wand, groß genug, um darin zu stehen. Ein Kästchen mit dem Logo der Metro hängt darin. Bestimmt ein Telefon für Lokführer und Gleisarbeiter.

Ich gehe weiter, und kurz darauf stehe ich vor der zweiten Nische. Mit der Handylampe leuchte ich hinein. Ich sehe einen Spalt in der Mauer. Und dahinter … eine Treppe! Soll ich die wirklich nehmen? Wie tief müsste ich hinuntersteigen?

Komm schon, rede ich mir gut zu, *was soll's?* Selbst wenn Anaru in einem metertiefen Loch hockt – ich muss und werde mit ihm sprechen!

Ich gehe durch die Öffnung und presse sofort wieder eine Hand vor den Mund. *Oh Gott!* Ein widerlicher Geruch dringt in meine Nase. Während ich im Düsteren die baufällige Treppe in den Pariser Untergrund hinabsteige, höre ich es über und unter mir knarren, dazu ein lang gezogenes Fiepen. Ein Angstschrei?

An meinen Füßen schießt etwas vorbei. Eine Maus, Ratte, Kakerlake? Meine panische Atmung wird von der Wand zurückgeworfen. Ich trete in etwas Glibberiges und reiße hektisch den Fuß hoch. Was ist das bloß für ein dreckiges, finsteres Loch?

Das Licht an meinem Handy wird schwächer. Ausgerechnet jetzt ist der Akku fast leer. Am Fuß der Treppe leuchte ich noch ein letztes Mal meine Umgebung ab, damit ich sehe, wohin ich muss. Um den letzten Rest Akku zu sparen, stecke ich mein Handy danach in die Tasche.

Durch einen staubigen Tunnel voller Spinnweben, abblätternder Wandfarbe und widerlicher Gerüche zu gehen, während Züge an mir vorbeidonnern, ist das eine. Aber mir graut es bei der Vorstellung an diesen Schädelgang mit ganzen Wänden voller jahrhunderteralter aufeinandergestapelter Skelette.

Nicht sicher. Tamatis Worte spuken durch meinen Kopf.

Ich will hier nicht sein. Ich will hier nicht sein. Ich … pralle gegen etwas, schieße vor lauter Schreck in die andere Richtung und stoße mich erneut. Shit! Wie viel Platz habe ich zum Gehen, und wo muss ich überhaupt hin? Vielleicht gibt es ja noch mehr Abstiege oder sogar Löcher im Boden?

Vorsichtig taste ich mit dem Fuß die Oberfläche ab. Sie ist hart und von einer dünnen Sandschicht bedeckt. Das Labyrinth wurde zwar einst angelegt, aber – so wie es hier riecht und es sich anfühlt – schlecht unterhalten. Das ist eine gefährliche Strecke, auf der Leute Drogen kaufen und verkaufen oder anderen dubiosen Handel treiben. Man kann beraubt werden, sich verirren …

Ich darf gar nicht daran denken! Was, wenn jemand eine Pistole auf mich richtet? Was mache ich dann? Schon der Gedanke verursacht mir Bauchschmerzen.

Dort unten gilt das Recht des Stärkeren. Halte dich davon fern. Ich warne dich: Geh nicht dorthin.

Tamatis Stimme hallt in meinem Kopf wider. Nicht hinhören! Ich muss nur noch bis zum Ende des Schädelgangs laufen, und dann bin ich bei Anaru. Zumindest, wenn das, was Tamati gesagt hat, auch stimmt.

Ich atme tief ein und spüre, wie eine schwüle, feuchte Luft in meine Nase strömt. Dann breite ich die Arme aus. Rechts von mir ertaste ich eine Mauer. Schritt für Schritt gehe ich durch die Finsternis, die Kiefer fest aufeinandergepresst. Mein Finger streicht an etwas Rauem entlang. Ich ziehe ihn zurück und bleibe stehen. W-war das ein Schädel? Ich zittere bei der Vorstellung.

Nicht daran denken! Die Wand rechts von mir brauche ich. Ich versuche mich selbst aufzumuntern.

Stell dich nicht so an. Komm schon, halte durch. Das sind nur Knochen, die hast du selbst auch.

Ich lege meinen Finger wieder an die Wand und spüre eine Wölbung, ein Loch, wieder etwas Raues, ein Loch, einen scharfen Rand. Mir graut es. Augenhöhlen, Kiefer, Stirnplatten. Wie viele menschliche Knochen sind hier aufgestapelt, von wie vielen Menschen stammen diese Schädel?

Über mir höre ich ein dröhnendes Geräusch. Eine Metro. Ich spüre die Kraft und die Geschwindigkeit, mit der sie durch den Tunnel rast. Die Wände zittern. Meine Arme und Beine beben ebenfalls, auch meine Augen und meine Lippen. Habe ich es bald geschafft?

Ein warmer Windhauch streicht an meinen Haaren entlang. Ich halte den Atem an, wage es nicht, auch nur einen Laut von mir zu geben. Was ist das? Es fühlt sich an, als würde mir jemand ins Gesicht pusten. Unsicher weiche ich zurück, doch in dem Moment greift jemand nach mir!

»Nein!«, schreie ich. Ich erstarre vor Angst. Dann versuche ich, mich loszureißen. Ohne Erfolg. »Lass mich gehen! *Let me go!*«

Eine Taschenlampe leuchtet auf, und ein kräftiges Lichtbündel scheint mir ins Gesicht. Ich fühle mich wie ein erschrockenes Tier, das gerade vor ein Auto gesprungen ist.

»*Give me your money!*«, zischt der magere Mann, der vor mir steht und mich mit wildem Blick anschaut. Dabei drückt er mich gegen die Wand.

Seine Wangenknochen stehen vor, und sein Gesicht ist von kleinen Wunden übersät. Ein Junkie. Nicht gut.

Aus den Augenwinkeln sehe ich etwas Glänzendes. Mein Blick schießt nach unten. Ein Messer. In seiner Hand. Das hier ist bitterer Ernst!

Er will Geld. Habe ich etwas bei mir?

Zitternd fühle ich in meinen Hosentaschen. Ein Fahrradschlüssel, mein Handy und ein paar einzelne Münzen, mit denen er sich nicht zufriedengeben wird. Ich habe ein gewaltiges Problem.

Er macht einen Schritt nach vorn. »*Money!*« Mit seiner freien Hand drückt er mich wieder gegen die Schädelwand.

Ich keuche vor Angst. Wie konnte ich nur so dumm sein, hier reinzugehen? Ich kann überhaupt nichts machen, bin hier allein mit ihm. Schreien ist sinnlos, dann greift er mich erst recht an. Man wird mich zu spät finden.

Das Messer in seiner Hand bebt, und ich sehe den Wahnsinn in seinen Augen. Jetzt bloß keine unerwartete Bewegung machen! Ich traue mich nicht mal, zu schlucken oder zu blinzeln. Es ist, als würde die Zeit stillstehen. Als wäre ich eingefroren. Aber in mir herrscht ein einziges großes Chaos. Mein Herz hämmert wie verrückt, mein Magen schlägt Saltos vor Angst. Was wird er tun? Soll ich ihn weiter anschauen? Oder lieber nicht? Es muss etwas passieren, ich halte das nicht aus. Ich spekuliere auf Wegschauen.

»Lucas!«

Wer hat das gesagt?

Mit einem Ruck dreht sich der Junkie um und lässt mich los.

Reflexartig mache ich ein paar Schritte zur Seite. Aus dem Dunkel kommt eine Frau zum Vorschein. In der Hand hält sie eine Taschenlampe, die sie auf Lucas richtet. Er sieht sie flehend an und lässt sein Messer in der Tasche verschwinden. Sie steckt ihm etwas zu, und er entfernt sich eilends.

Meine Beine zittern immer noch. Ich lasse mich an der Wand hinunterrutschen und bleibe eine Weile so sitzen, den Kopf in den Händen.

Beruhige dich. Jetzt bloß nicht weinen. Nicht aufgeben!

Die Frau stellt sich als Deborah vor. Sie hat ein aufgedrehtes Lachen und einen traurigen Blick.

»*Sorry, girl*«, entschuldigt sie sich. »*What are you doing here? You shouldn't come here. You have to go back up.*«

»Ich suche Anaru«, antworte ich auf Englisch. »Kennen Sie ihn?«

Deborah beißt sich auf einen Fingernagel und fragt, ob ich etwas zu rauchen bei mir habe.

»Nein, nichts, tut mir leid.«

»Du musst hier weg. Du hast hier nichts zu suchen. Nichts!«

»Ich bin jetzt hier«, sage ich entschlossen, »und ich gehe nicht weg, bevor ich Anaru gesehen habe.«

Deborah seufzt.

»Es ist mir ernst damit.« Ich stehe auf und verschränke die Arme.

»Also gut, ich bringe dich zu ihm«, gibt sie sich geschlagen und zeigt mir mit ihrer Taschenlampe, wohin wir gehen müssen. »Aber sag ihm nicht, dass ich dich gebracht habe. Er hasst Besuch.«

Wir gehen nebeneinander durch den Schädelgang.

»Dieser Junkie schien Angst vor Ihnen zu haben«, sage ich.

»Ich verkaufe Zeug. Du weißt schon …« Sie zeigt auf ihre Rocktasche. »Meine Stammkunden laufen hier rum, auch Lucas. Er dreht hin und wieder durch. Du kannst froh sein, dass ich in der Nähe war.« Sie zieht etwas aus ihrer Tasche. »Zum Selbstschutz. Die Junkies wissen alle, dass ich eine Waffe habe. Nicht, dass ich sie benutzen würde. Drohen reicht.«

Ihre Taschenlampe erlischt, und ich sehe eine Aussparung in der Wand, durch die ein schwacher Lichtschein fällt.

»Hier ist es.« Sie legt eine Hand auf meinen Arm. »Wenn etwas ist, ruf mich, ich bin in der Nähe. Viel Erfolg, und lass dir keine Angst machen.«

Angst machen, noch mehr als eben?, denke ich. Ist Anaru so ein Widerling?

Auf was habe ich mich da nur eingelassen? Ich bücke mich, um mir nicht den Kopf zu stoßen, und strecke beide Hände nach vorne. Die Öffnung wird von einem Tuch verdeckt. Ich habe keinerlei Vorstellung davon, wie Anaru sein wird. Einen Augenblick zögere ich, dann ziehe ich das Tuch zur Seite und gehe auf die andere Seite. Ich stehe in einem kleinen Raum, der von drei brennenden Kerzen beleuchtet wird. Das Ganze hat etwas von einem Keller. An der rechten Wand liegt eine Matratze mit einem Laken.

Ich schaue nach links. Dort hockt er, im Schneidersitz, den nackten Rücken mir zugewandt. Das schwarze Tattoo auf seinem Rücken zeigt ein Labyrinth sich windender Linien, die auch seine Schultern und die Oberarme bedecken.

Ich räuspere mich. Bis auf das Geräusch der rasenden Metro in der Ferne bleibt es still.

»Anaru?«, frage ich und spitze die Ohren. Seine Atmung ist tief und ruhig. Ich warte. Es passiert nichts.

Darf ich ihn überhaupt stören? Vielleicht ist er in Trance. Aber ich habe mich nicht umsonst in so große Gefahr gebracht. Ohne eine Antwort auf meine Fragen gehe ich nicht zurück.

Behutsam bewege ich mich zu den Kerzen hinüber, ganz langsam und aufmerksam, den Blick auf ihn gerichtet. Jetzt sehe ich ihn von der Seite. Seine Augen sind geschlossen. Auf seinem Gesicht sind die gleichen schwarzen Linien eintätowiert wie bei Tamati. Er trägt eine leichte weite Hose, keine Schuhe. Die Hände ruhen auf den Knien.

Keine zwei Meter von ihm entfernt setze ich mich auf den Boden. Ich winkele die Knie an, lege die Arme um meine Beine und den Kopf auf ein Knie. Mein Blick ist fest auf ihn gerichtet. Ich glaube, ich blinzle nicht mal. So betrachte ich ihn eine Weile.

Plötzlich stößt er einen Schrei aus, sein Mund ist weit geöffnet. Erschrocken weiche ich zurück, die Fingernägel in den Boden gekrallt. Er schüttelt sich wild hin und her und keucht, als würde er ersticken. Dann springt er aus dem Schneidersitz auf und knurrt mit geschlossenen Augen, die Arme steif neben dem Körper. Die Zunge hängt ihm aus dem Mund.

Was geht denn hier ab? Er wirkt ja wie besessen! Das ist nicht gut. Ich sollte hier nicht sein.

Ich stütze meine Arme hinter mir auf den Boden und schiebe mich auf Händen und Füßen nach hinten. Bloß weg von ihm, weg von hier. Geht das noch?

Damit hatte ich nicht gerechnet, dabei hat Tamati mich gewarnt. Hätte ich nur auf ihn gehört. Ich hätte nie herkommen dürfen.

Anaru weint jetzt, leise und mit lang gezogenen Schluchzern.

»*No!*«, flüstert er immer wieder zwischen den Schluchzern.

Unterdessen sehe ich zu der Aussparung in der Mauer, noch zwei Meter bis dorthin. So schnell ich kann, bewege ich mich rückwärts darauf zu. Raus hier. Weg, weg, weg!

Fast habe ich es geschafft, aber gerade als ich am Tuch ziehe, ruft Anaru auf Englisch: »Du musst ihr helfen!«

»Was?« Ich drehe mich um. »Haben Sie ›ihr‹ gesagt?«, frage ich auf Englisch.

Ich habe noch nicht einmal mit ihm gesprochen. Wie kann er jetzt schon wissen …

»Ja. Du musst ihr helfen.« Er steht mitten im Raum, neben den drei Kerzen. Seine Arme hängen jetzt schlaff neben seinem Körper, und er wirkt müde, erschöpft. Er setzt sich vor die Kerzen und macht eine einladende Geste. Offenbar möchte er, dass ich mich ihm gegenüber hinsetze.

»Es tut mir leid«, entschuldige ich mich. »Ich hätte Sie nicht so überfallen dürfen.«

»Ich kann nichts dafür, es überkommt mich einfach«, sagt er.

»Was ist da gerade passiert?« Im flackernden Gesicht der Kerzen sehe ich die Ratlosigkeit in seinen Augen.

»Es lag an deiner Anwesenheit«, erklärt er. »Während meiner Meditation habe ich jemanden eintreten hören. Ich dachte, es wäre Deborah, die wieder versucht, mir Drogen zu verkaufen. Aber danach …« Seine Hand streicht über seinen Hals. »Plötzlich wurde mir sehr beklommen zumute.«

Ich erschrecke. »Und dann?«

»Ich habe etwas Süßliches gerochen. Blumen, glaube ich.«

Ninas gezeichnete Blumen geistern mir durch den Kopf. »War das vielleicht Klatschmohn?«

»Keine Ahnung, könnte sein. Sie haben jedenfalls gut gerochen. Das Verrückte war … Es war fast so, als könnte ich sie schmecken. Sie waren weich und süßlich, lagen wie Samt auf meiner Zunge. Da war Geigenmusik. Und danach … ein Saxofon, glaube ich.«

Ich springe auf. »War das *Banat?*«

»Was ist das?«

»Ein Lied, das ich sehr liebe. Wir. Meine Schwester und ich.«

»Das weiß ich nicht. Das Saxofon klang hektisch. Ich hatte keine Kontrolle mehr über meinen Körper … Mein Herz hat wie verrückt gehämmert, aber sonst habe ich mich wie versteinert gefühlt. Das ist nicht gut. Gefährlich.«

Er nimmt einen Schluck Wasser aus einer Trinkflasche, anschließend reicht er sie mir.

»Ich konnte nichts sehen. Das ist seltsam. Meistens sehe ich Bilder, eine Umgebung, Fetzen, Farben … Aber jetzt? Nichts. Es tut mir leid, aber ich kann dir nicht weiterhelfen.« Er steht auf und geht zu der Wandöffnung. »Du musst gehen, ich bin müde. Ich laufe mit bis zum Tunnel. Komm.«

Er knipst eine Taschenlampe an, streckt seine Hand nach mir aus und begleitet mich. Gemeinsam gehen wir im Dämmerlicht an den Schädelwänden vorbei und die Treppe hinauf. Seine Hand fühlt sich warm an, kräftig.

»Pass gut auf. Was du auch tust, du brauchst Verstärkung. Ich habe Unruhe gespürt, Wut. Du begibst dich in Gefahr.«

»Soll ich die Polizei informieren?«

»Glaubst du, dass man dir dort helfen kann?«

»Nein, sonst wäre ich nicht zu Ihnen gekommen.«

Er streicht mir über den Kopf. »Du erinnerst mich an meine Tochter. Auch so eine Vorwitzige.«

»Kann ich etwas für Sie tun?«, frage ich.

»Komm nie wieder hierher«, sagt er. Dann geht er die Treppe hinunter, zurück zu seinem Meditationsort.

Im Tunnel warte ich einen Moment, bis die Metro vorbei ist, dann laufe ich eilig am Gleis entlang. Als ich mich der Metrostation nähere, sehe ich keine Leute auf dem Bahnsteig. Ich klettere hinauf und fange an zu rennen.

Im hellen Tageslicht muss ich blinzeln. Hastig setze ich die Sonnenbrille auf und atme in tiefen Zügen die frische Luft ein. Hier oben, am Ausgang der Metrostation, riecht es so viel besser als dort unten!

In der Mauer des Gebäudes gegenüber entdecke ich einen kleinen Springbrunnen, bei dem das Wasser aus dem Mund einer gusseisernen Wassernymphe sprudelt. Ich laufe hin und trinke gierig. Wasser spritzt mir ins Gesicht. Ich mache beide Hände nass und reibe mir über Wangen, Hals, Arme und Beine.

Immer noch ganz durcheinander, schließe ich Josephines Fahrrad auf, gebe Namen und Adresse der Galerie in den Routenplaner ein und fahre los. Beim Gedanken daran, was da unten passiert ist, zittere ich erneut. Anaru, in Trance … der Junkie, das Messer … Das hätte alles auch ganz anders ausgehen können. Mir wird klar, dass ich nicht zu lange darüber nachdenken darf, sonst traue ich mich keinen Meter mehr weiter und kann Nina nicht mehr suchen.

Ich fühle mich, als hätte ich vierundzwanzig Stunden nicht geschlafen. Jede kleine Veränderung des Geruchs oder der Geräusche um mich herum reizt meine Nerven. Mein Herzschlag wummert in den Ohren, und die Haare auf meinen Armen richten sich auf, sobald mir irgendetwas in der Umgebung auffällt. Ich lausche auf jedes Knattern und schaue mich ständig um, ob ich irgendwo einen dunklen Roller sehe.

Gleichzeitig konzentriere ich mich auf das, was Anaru gesagt hat: Geigen, Saxofon, Blumen, Unruhe, Wut. Und ihm ist die Luft weggeblieben. Kann ich damit etwas anfangen? Hat das etwas mit der Blüte zu tun, die Nina auf ihre Karte gezeichnet hat? Noch einmal: Geigen, Saxofon, Blumen, Unruhe. Könnte sie irgendein Typ bei einem Konzert angemacht haben? Nein, Unsinn. Diese Blumen, Anaru meinte, er könne sie schmecken.

Ich denke an die Information aus dem Internet, dass Mohn giftig ist, und mir stockt der Atem. Was, wenn Nina vergiftet wurde? So komme ich keinen Schritt weiter. Ich fühle, dass mir etwas entgangen ist, aber was?

Der Routenplaner zeigt, dass ich die Galerie fast erreicht habe, noch ein kleines Stück, dann bin ich da. Hinter mir höre ich einen brummenden Motor und schaue mich flüchtig um. Kein dunkler Roller weit und breit. War es doch Zufall, dass er mich touchiert hat?

Josephine wird mir die Geschichte bestimmt nicht abnehmen. Mein Blick wandert von ihrem Fahrrad, das ziemlich unversehrt aussieht, zu meinen eingerissenen Fingernägeln.

Ich werde langsamer. Etwas weiter vorn sehe ich weiße Ballons an einer Hausfassade und vor dem Eingang jede Menge Leute, die sich unterhalten. Das muss die Galerie sein.

Ich schließe das Fahrrad ab, stecke die Sonnenbrille wie ein Diadem in die Haare und reibe mir über Wangen und Arme. Ich fühle mich schmutzig, als würden die Spinnweben aus den Katakomben noch an mir kleben. Das Gefühl der Unsicherheit ist kaum von mir abgefallen, seit ich die dunklen Gänge verlassen habe. In der Galerie muss ich dennoch versuchen, lebhaft und unbesorgt zu wirken. Ich frage mich, wie lange ich das durchhalten werde.

14

Die Galerie SEINE 51 ist überheizt, und ich sehne mich nach einem kühlen Ort. Jemand fasst mich am Arm.

»Du bist ganz schön spät!« Jean-Paul betrachtet mich mit einem besorgten Blick. »Du siehst aus, als hättest du an einem Bootcamp teilgenommen! Ist alles in Ordnung?«

Ich versuche zu lächeln, aber meine Gesichtsmuskeln fühlen sich völlig verkrampft an. »Sorry, ich habe mich wohl doch verirrt und bin ziemlich weit gefahren.«

Er streicht mir mit einem Finger über die Wange. »Schön, dass du da bist. Ich muss mal eben zur Toilette. Josephine und Boris stehen dort hinten. Gehst du schon mal zu ihnen? Dann sehen wir uns gleich.«

Bevor ich ihn fragen kann, ob er etwas zu trinken mitbringt, ist er an mir vorbei und in der Menschenmenge verschwunden. Überall sehe ich blitzende Kameras und angeregt plaudernde Männer und Frauen. Sie lachen, trinken und zeigen auf die Gemälde an den Wänden. Die klirrenden Gläser, das Klappern hoher Absätze auf dem Steinboden und die schrillen Stimmen dröhnen in meinem Kopf. Ich stelle mich in eine Ecke neben eine Skulptur und versuche, meinen Vater und Josephine zwischen den anderen Galeriebesuchern ausfindig zu machen.

Meine Atmung ist unruhig. Die Ereignisse von vorhin spuken weiter in meinem Kopf herum. Der Rollerfahrer, die Katakomben, der Junkie und Anaru. Seine Warnung, ich würde mich in Gefahr begeben und Verstärkung brauchen.

Der Lärm in der Galerie hat sich in einen summenden Ton verwandelt. Zittrig lege ich die Hände auf meine Ohren. Ich schließe die Augen. Ninas Gesicht zuckt wie ein Blitz durch meinen Kopf. In Todesangst schaut sie mich an, den Mund halb geöffnet.

Alles wird weiß. Schwindelig suche ich nach einem Halt, ich greife zu, aber ich spüre nichts. Wackelige Beine, als stünde ich auf einem schwankenden Schiff. So schlapp. Ich lasse mich einfach fallen.

Ich höre nichts mehr, sehe nichts mehr …

Jemand drückt meinen Kopf nach unten, zwischen die Knie. Danach hält man mir einen Becher an den Mund. Wasser tropft über mein Kinn. Noch ganz benommen öffne ich die Augen.

»Danke«, flüstere ich.

»Bitte schön«, sagt der Mann, der mich an den Schultern festhält.

Weil ein Sonnenstrahl genau über ihn fällt, sehe ich nur die Form seines Gesichts. Er tupft Wasser aus dem Becher auf meine Stirn. Das Licht wird von einem Ring an seinem Finger reflektiert – direkt in mein Auge. Geblendet drehe ich den Kopf zur Seite.

»Geht es besser?« Mein Retter tritt aus dem Sonnenlicht. Er trägt ein dunkelblaues Jackett und eine weiße Hose mit Farbspritzern. Glänzend blonde Locken fallen auf seine Schultern, und seine Augen sind azurblau. Er geht neben mir in die Hocke und fragt: »Geht es wirklich?«

»Ich habe zu wenig getrunken«, behaupte ich.

Er streckt die Hand aus und sieht mich weiterhin an, ohne ein Wort, aber mit durchdringendem Blick.

»Ja, schon in Ordnung«, sage ich, auch, um mich selbst zu beschwichtigen. Dann nenne ich meinen Namen.

Ich sehe, dass Jean-Paul nach mir sucht. Meine Hand liegt in der des blonden Mannes. Eine Weile bleiben wir so sitzen. Er scheint zu zögern. Vielleicht will er mich loslassen, fürchtet aber, dass ich dann wieder zu Boden gehe.

»Abe. Angenehm«, sagt er schließlich. »Ich bin Abe Blom. Du hast dich vorhin ziemlich verängstigt angehört. ›Wo bist du, Nina?‹, hast du gerufen.«

»Das habe ich gesagt?« Ich kann mich nicht erinnern. Das muss passiert sein, als mir so schwindelig wurde. Als ich Nina in Gedanken vor mir gesehen habe.

Eine junge Frau in einem eng anliegenden schwarzen Spitzenkleid kommt auf uns zu. Sie schlingt einen Arm wie einen Tentakel um Abe und zieht ihn von mir weg.

»Pass gut auf dich auf!«, ruft Abe, bevor er zwischen den anderen Leuten verschwindet.

Ich nehme eine Serviette von einem Tisch, tupfe mein Gesicht ab und grabbele eine Handvoll Cashewnüsse aus einem Schälchen. Die schmecken gut, salzig. Als sich das Benommenheitsgefühl in meinem Kopf ein wenig gelegt hat, sehe ich Jean-Paul auf mich zukommen.

»Na, hast du sie schon gefunden?«, fragt er.

Ich schüttele den Kopf.

»Was ist denn los? Du bist weiß wie die Wand.«

»Ich fühle mich nicht gut.« Ich reibe über meine Wangen. »Aber es wird schon wieder besser.«

»Kann ich etwas für dich tun?«, fragt er besorgt. »Sag es nur, was möchtest du?«

Das vierte Arrondissement durchkämmen. Hinter jede Haustür schauen. Treppen hinaufstürmen, Zimmertüren aufreißen. Mir die Lunge aus dem Leib schreien, so lange, bis ich Nina gefunden habe. Das möchte ich.

Ich schaue mich um. »Interessante Leute hier.«

»Manche kommen auch zu uns nach Hause, wenn sie Modellierunterricht von meiner Mutter bekommen.« Er zeigt auf ein Bild an der Wand. »Sollen wir uns ein bisschen umschauen?«

»Eine kleine Runde. Und dann gern nach draußen.«

Gemeinsam schlendern wir an den Gemälden vorbei. Auf den meisten sehe ich Gesichter und Teile von Gesichtern. Einige haben einen verzweifelten Ausdruck, andere hingegen wirken richtig glücklich.

»Wie findest du sie?« Er geht zu einem Bild, das ein kühl dreinschauendes Gesicht zeigt. Kurz davor bleibt er stehen und tritt dann ein paar Schritte zurück.

Ich stelle mich neben ihn und betrachte die weit aufgerissenen Augen auf der Leinwand.

»Man kann ziemlich gut erkennen, wie sie sich fühlen. Verängstigt. Einsam.« Ich denke an Ninas erschrockenen Blick.

»Wusstest du, dass der Maler gesichtsblind ist?«, fragt er.

»Was bedeutet das?« Ich denke darüber nach. Sieht er einen Fleck statt einem Gesicht? Oder überhaupt nichts?

Egal, ich will hier weg, zurück in unser Viertel. Ich bin nur hier, weil es sein muss. Für meinen Vater. Um ihn in dem Glauben zu belassen, dass es mir gut geht und dass ich mich ausgezeichnet amüsiere. Wenn der wüsste!

»Wenn er dich zum zweiten Mal sieht, erkennt er dich nicht«, sagt Jean-Paul.

»Hä? Was? Wer?«

»Der Maler. Wer sonst?« Jean-Paul sieht mich stirnrunzelnd an. »Geht es dir wirklich gut?«

»Äh, ja … Oh ja, natürlich. Das muss unpraktisch sein. Kann man dann überhaupt jemanden kennenlernen?«, frage ich und versuche, Jean-Paul aufmerksamer zuzuhören.

»Gute Frage. Wirklich kennenlernen? Keine Ahnung.«

Ich laufe hinter ihm her. »Sollen wir gleich gehen?«, frage ich, als wir zum letzten Gemälde kommen.

Jean-Paul nickt.

»Schau mal, das gefällt mir«, sage ich.

Auf dem Bild sehe ich ein sehr großes Auge. So groß, dass das Blau der Iris aus einzelnen Teilchen zu bestehen scheint. Wie Häutchen einer Mandarinenspalte. Je länger ich hinschaue, desto weniger ist das Auge ein Auge, sondern eine Landschaft. Die blauen Teilchen werden zu einer unruhig schwappenden See. In der Mitte schaukelt ein schwarzer Punkt. Ich stelle mir vor, dass es ein Mensch ist, ganz allein auf einer Insel im Pazifik.

»Wessen Ausstellung ist das?«, frage ich Jean-Paul.

»Seine.« Er zeigt auf jemanden hinten in der Galerie. »Der Mann, der gerade mit meiner Mutter spricht.«

»Der Künstler ist Abe? Der Niederländer?«

»Ja, Halbniederländer, wie ich. Kennst du ihn?«

»Ich habe ihn gerade kennengelernt.« Ich wische mir eine Strähne aus dem Gesicht. »Netter Junge.«

»Junge?«, fragt Jean-Paul leicht empört. »Er ist schon Anfang dreißig!«

»Von mir aus. Netter Mann«, sage ich und zucke mit den Schultern. Innerlich muss ich grinsen, denn Jean-Paul klingt eifersüchtig.

Neben Abe steht mein Vater ein wenig unglücklich herum, die Hände in den Hosentaschen und mit dem typisch ernsten Blick. Fühlt er sich nicht wohl zwischen den ganzen künstlerischen Leuten hier? Oder weiß er nicht, was er von Josephine halten soll? Sie steht jedenfalls mit einem Glas Wein dicht neben Abe und lacht die ganze Zeit.

»Haben Abe und Josephine was miteinander?«, frage ich.

Jean-Paul schüttelt den Kopf. »Meine Mutter hat ihn unterrichtet, sie sind einfach nur befreundet. Außerdem ist er viel jünger.«

»Ich weiß: Anfang dreißig.«

Während ich lache, sehe ich, dass Josephine in meine Richtung zeigt und etwas zu Abe sagt. Er dreht den Kopf und schaut mir einen Moment direkt ins Gesicht. Ich lächele ihm zu, aber er scheint durch mich hindurchzusehen. Dann verschwindet er zwischen den Galeriebesuchern.

Mein Vater steht noch immer reglos herum, die Hände in den Hosentaschen, aber nicht mehr lange, denn Josephine reicht ihm ihr leeres Weinglas und zieht sich zum zigsten Mal die Lippen nach.

»Lass uns gehen«, sage ich zu Jean-Paul und gebe meinem Vater ein Zeichen, dass er kommen soll.

»Schöne Ausstellung«, sagt Jean-Paul, als Josephine und mein Vater rauskommen.

»In ein paar Tagen stellt er wieder aus, mit anderen Werken. Da müsst ihr einfach mitkommen!«, entgegnet Josephine.

»Lasst uns hier weggehen, wir versperren den Durchgang«, sage ich, aber Josephine hat noch nicht zu Ende gesprochen.

»Abe ist wahrlich talentiert. Er erweckt jedes Material, das er anfasst, zum Leben. Farbe, Ton, Metall ...«

Mensch, halt doch mal den Mund, denke ich.

Doch als wollte sie mich auf die Palme bringen, fährt sie fort: »Er schlägt einen neuen Weg ein. Neulich erst habe ich einen Workshop gegeben, bei dem ich ihm eine neue Technik beigebracht habe. Ich weiß nicht genau, was er damit machen wird, aber es wird zweifelsohne wieder ein Meisterwerk dabei herauskommen.«

Durch das Fenster der Galerie sehe ich Abe im Gespräch mit Presseleuten. Dann schaue ich wieder zu Josephine hinüber. Ihre ganze Haltung mit den gespitzten Lippen und ihrem honigsüßen Lächeln strahlt Stolz aus. Stolz auf ihren Freund Abe, den gefeierten Künstler.

Josephine geht mir auf die Nerven. Ja, sie hat mich in ihrem Haus willkommen geheißen, ich esse und schlafe dort, und tatsächlich kann ich dank ihr nach Nina suchen. Aber irgendwas an ihr kann ich einfach nicht ausstehen. Sie hat etwas, wobei sich mir die Haare sträuben.

Wenn ich ganz ehrlich bin, liegt es vielleicht nicht nur an der Haarspange. Hat es auch etwas mit meinem Vater zu tun? Habe ich vielleicht Angst, er könnte in Josephine verliebt sein und von ihr verletzt werden? Nein, das ist kein Argument. Das geht mich nichts an! Außerdem gibt es jetzt Wichtigeres.

»Ich will hier weg.« Ich schaue meinen Vater an.

»Wollt ihr auf den Eiffelturm?«, fragt Josephine.

»Deine Entscheidung, du bist zum ersten Mal in Paris!« Mein Vater legt seinen Arm um mich und sieht mich abwartend an.

Ich habe überhaupt keine Lust, den Eiffelturm zu besteigen. Wäre es doch nur schon morgen, und ich könnte Lisandro beim Shooting ein Loch in den Bauch fragen. Es dauert noch so lange bis dahin!

Aber den Rest des Tages mit allen gemeinsam verbringen? Darüber brauche ich nicht lange nachzudenken, wirklich nicht.

Bei Anaru bin ich nicht viel klüger geworden. Jetzt will ich hier in der Gegend suchen. Allein.

»Lasst uns ein Eis kaufen«, schlage ich vor. »Wir können es in den Hängematten in eurem Garten essen.« Wie ich meinen Vater kenne, wird er dann bestimmt einschlafen.

»Aha, ihr möchtet gern faulenzen?«, fragt Josephine. »Gute Idee, dann werde ich nach dem Eis ein bisschen modellieren.«

Perfekt, denke ich, *sie fällt darauf rein.*

Hoffentlich hat Jean-Paul auch etwas anderes zu tun …

15

»Also zweimal Erdbeer-Zitrone, einmal Melone-Haselnuss und einmal Pistazie-Haselnuss«, sagt Josephine. »Ich bin sofort wieder da.«

Mein Vater macht es sich in einer Hängematte bequem und döst sofort ein. Das geht schon mal in die richtige Richtung. Gleich nach dem Eis muss ich nur noch zusehen, wie ich Jean-Paul entkomme.

Er zupft auf seiner Gitarre herum und singt. Seine Stimme ist warm und ein wenig heiser.

»*I'm over the moon. But you left me stunned …*«

Er sieht mich mit einem intensiven Blick an, als würde er speziell für mich singen. *Over the moon* … Im siebten Himmel. Und dann geht es weiter: Aber du lässt mich betäubt zurück. Meint er das vielleicht ernst?

Ich tue so, als würde ich nicht zuhören. Eigentlich bin ich viel zu angespannt und besorgt, dennoch regt sich ein anderes Gefühl in mir: Ich mag ihn. Angestrengt versuche ich, dieses Gefühl zu ignorieren, denn es lenkt mich zu sehr von meinem Ziel ab. Während er weitersingt, begutachte ich meine Nägel ausgiebiger als notwendig.

»Ist was?«, fragt er. »Macht dich was nervös?«

»Wieso?«

Er zeigt auf mein Bein.

»Oh.« Ich spanne die Muskeln an. Immer dieses Wippen mit meinem Bein. Oft merke ich es nicht einmal, wenn es passiert. Aber ja, ich bin tatsächlich nervös. Ich bin auf dem Sprung, will weg hier, loslegen. Wenn jetzt jemand einen Schuss löst, bin ich die Erste, die lossprintet. »Das habe ich immer, wenn ich Lust auf Sport habe«, flunkere ich.

»Und das hast du jetzt auch?«

»Ja, klar. Ich habe immer Lust auf Sport, vor allem, wenn ich eine Weile nichts getan habe. Dann werden meine Arme und Beine unruhig.« Zufrieden überlege ich, dass ich damit auch gleich eine logische Erklärung dafür habe, wenn ich nachher angeblich ein bisschen Ballwerfen übe. In der Hitze.

»Boah, worauf du Lust hast bei dem Wetter …«

Er sieht mich an. Ich glaube, das nimmt er mir nicht ab.

»Beim Sport wird einem sowieso warm.« Ich muss mir schnell ein anderes Gesprächsthema einfallen lassen. Hauptsache, es dreht sich nicht um mich. »Was malst du eigentlich?«

»Ich? Porträts. Aber ich bin nicht so fanatisch wie meine Mutter. Im Übrigen sind sie auch echt nichts, verglichen mit den Bildern, die du heute Nachmittag in der Ausstellung gesehen hast. Abe ist so talentiert!«

Ich denke an Abes Gesichtsblindheit, von der Jean-Paul erzählt hat.

»Es muss sehr unangenehm sein, sich nie an ein Gesicht erinnern zu können«, sage ich. »Glaubst du, dass er sie deswegen malt?«

»Ja.« Jean-Paul nickt. »Und auch spezielle Gesichtsausdrücke. Dazu hat er eine Studie gemacht. Er kann Menschen nur erkennen, wenn sie etwas Typisches haben, beispielsweise im Gesicht, oder wenn sie laut lachen oder weinen.«

Da muss ich grinsen. »Wenn er jemanden nicht erkennt, bittet er den- oder diejenige dann, kurz zu lachen?«

Jean-Paul grinst jetzt auch. »Nein, so funktioniert das nicht.

Gesichtsblinde können einen auch an etwas erkennen, was man immer bei sich hat, zum Beispiel an einem Spazierstock. Oder in deinem Fall an einem Ball. Aber auch deine Stimme oder dein Gang können ein Erkennungsmerkmal sein.«

»Ach ja? Wie das denn? Ich rede und gehe doch nicht besonders typisch.«

»Pass auf …« Er steht auf und geht vom Tisch zum Gartentor. »Wenn du beobachtest, wie ich gehe, was fällt dir dann als Erstes auf?«

»Deine Haare wehen um dein Gesicht.«

»Und was noch?«

Ich betrachte erst seine Gestalt und kehre dann zu seinem Gesicht zurück.

Deine schönen Augen und dein fröhlicher Blick, denke ich. Ich schmelze fast dahin, wenn ich ihn länger anschaue.

»Du bist groß und machst lange Schritte«, sage ich schnell. Wo bleibt nur Josephine mit dem Eis?

»Gut, jetzt du«, fordert er mich auf.

So normal wie möglich laufe ich eine Acht durch den Garten, zuerst an der Hängematte vorbei. Darin liegt mein schnarchender Vater, und ich schubse ihn leicht an. Danach um den Baum, am Tisch entlang zum geöffneten Gartentor und wieder zurück. Noch immer keine Josephine in Sicht.

»Und wie du läufst …« Er macht eine Pause und lächelt.

Ich bleibe stehen und streiche eine Haarlocke vor meinen Augen zur Seite. »Und zwar?«

»Wie soll ich es sagen? Schön. Als würdest du nichts wiegen, du läufst sehr leicht. Daran würde ich dich bestimmt erkennen, wenn ich gesichtsblind wäre. Und an den Locken um dein Gesicht, die sind fast golden. Aber auch an deiner Stimme. Die klingt sehr hell. Ich glaube, ich würde dich unter Tausenden wiedererkennen.«

Für einen Moment weiß ich nicht, was ich sagen soll. Ich höre nur noch das träge Knarzen der Hängemattenseile. Hätte ich doch bloß ein Glas Wasser für meinen trockenen Hals! Und wäre Jean-Paul nur nicht so süß.

»Eis!« Josephine kommt in den Garten und hält vier Eishörnchen in den Händen. »Schnell, es schmilzt schon.«

Gerettet. Eilig stehe ich auf und nehme mein Eis entgegen.

»Ich gehe in den Park, ein bisschen Ballwerfen«, sage ich zu Jean-Paul, der mit einem Buch in der anderen Hängematte liegt. »Bis gleich.«

Ich stecke meine Haare hoch. Eigentlich ist es viel zu warm zum Trainieren. Zum Glück nimmt er es so hin.

Mein Vater schläft schon wieder und schnarcht dabei laut vor sich hin. Ein bekanntes und vertrautes Bild. Hände auf dem Bauch, den Kopf ein wenig schief, die Lippen leicht geöffnet. Er wirkt zufrieden, als würde er im Traum eine Zigarre rauchen.

Von oben erklingt Geigenmusik aus Josephines Atelier. Wenn ich schnell bin, kann ich einfach so weghuschen.

Schnell gehe ich die Treppe zu meinem Zimmer hoch und öffne dort das Fenster. Eine warme Brise weht herein. Kims Visitenkarte und das Formular mit den Informationen zum Fotoshooting lege ich auf das Nachtschränkchen. Dabei fällt ihre Karte zu Boden. Als ich sie aufheben will, bleibt mein Blick auf der Rückseite hängen. Eine hingekritzelte Handynummer und darunter ein Name.

Ich bücke mich und hebe die Karte auf. Mein Atem stockt. *NINA*, steht darauf! Kim hat sie natürlich aufgeschrieben, als ich nach Ninas Nummer gefragt habe. Aber die benutzt sie doch nicht mehr, oder? Sie wollte sie ändern wegen der Männer, die sie belästigen, hat Kim gemeint. Aber möglicherweise ist die Nummer ja noch aktiv.

Nachdenklich betrachte ich die Ziffern. Wer weiß, vielleicht führen sie ja zur Antwort auf die Frage, wo Nina steckt. Angenommen …

Wo kann ich ungestört telefonieren? Nicht hier im Haus. Irgendwo anders, wo mich niemand hören kann.

Schnell nehme ich die Visitenkarte, mein Handy und den Stadtplan von diesem Viertel, laufe die Treppe hinunter und schnappe mir den Hausschlüssel vom Couchtisch. Entschlossen setze ich meine Sonnenbrille auf und gehe hinaus in die pralle Sonne, Richtung Park.

16

Bevor ich die Grünanlage betrete, laufe ich nervös an der Umzäunung entlang und halte Ausschau nach dunklen Motorrollern, nur für den Fall, dass …

In meinem Bauch kribbelt es. Ich habe eine Telefonnummer von Nina in der Hand, außerdem mein Handy und den Stadtplan von Le Marais. Ich kann es kaum erwarten, endlich anzurufen.

Vatan sitzt am Eingang, als hätte er geahnt, dass ich komme. Ich streichle seinen Kopf und gehe zu einem kleinen Spielplatz, der unter dem Blätterdach einiger dicker Bäume liegt. Vatan trottet neben mir her. Bleibe ich stehen, hält auch er an.

Bevor ich mich auf einen hölzernen Pilz setze, schaue ich mich gründlich um. Ich nehme mein Handy und die Visitenkarte. Wieder schaue ich mich um. Ein Jogger rennt über den Kiesweg. Irgendwo im Viertel schwillt das Geräusch einer Sirene an – eine unschöne Unterbrechung der angenehmen Stille von eben.

Ich warte, bis ich die Sirene nicht mehr höre, dann tippe ich die Nummer ein. Vatan liegt zu meinen Füßen und leckt sich ausgiebig die Pfote. Ich höre einen Piepton, einen langen, gefolgt von Stille. Wieder ein Piepton. Und noch einer. Die Nummer existiert jedenfalls.

Plötzlich höre ich nichts mehr. Anscheinend hat jemand das Gespräch angenommen, aber ich höre keine Stimme.

»Hallo! Hallo? Nina? Ich höre nichts. Bist du da?« Ich warte und presse das Handy fester an mein Ohr. Atmet da jemand, oder bilde ich mir das nur ein?

Ich schaue mich noch einmal um. In der Ferne lehnt der Jogger an einem Baum. Ich höre noch immer nichts, aber die Stille am anderen Ende der Leitung scheint nicht ganz lautlos zu sein. Vielleicht ist Nina an einem Ort mit schlechtem Empfang. In einer Metro oder hinter dicken Wänden. Diese Stille schreit geradezu nach einer Antwort.

»Nina! Hörst du mich? Ich bin in Paris! Ich suche dich … Ich will dir helfen … Wo bist du?« Meine Stimme hallt nach.

Etwas weiter entfernt flattert eine Taube hoch. Vatan rennt ihr hinterher.

Ich denke nach. Angenommen, die Unruhe und die Wut, von der Anaru sprach, sagt etwas über Ninas geistigen Zustand aus. Angenommen, sie trinkt, und man kann gar nicht vernünftig mit ihr reden … Wenn sie drogenabhängig ist, will sie dann überhaupt Hilfe? In meinem Kopf jagen sich die Gedanken.

»Wenn du das hörst, ruf mich bitte zurück«, sage ich leise und lege auf. Ich stecke das Handy in meine Hosentasche, verlasse den Spielplatz und mache ein Kreuz auf dem Stadtplan. An dieser Stelle, auf die Josephines Straße zuläuft, startet meine Suche. Ich will jede Straße im vierten Arrondissement abklappern. Wer weiß, vielleicht hängt ja irgendwo ein Namensschild, auf dem »*N. STORM*« steht. Wenn ich in Paris wohnen würde, hätte ich auch gern mein eigenes Namensschild.

»Claudel«, murmele ich. Ich schaue auf die anderen Namensschilder. »Vadim, Amadou, Moncorge, Moreau.« Vier Namen hinter einer Tür. Die nächste Tür. Kein Namensschild zu entdecken. Ich nehme mein Notizbuch und schreibe auf:

- Tür ohne Namen

Ich lese den Satz laut – und streiche ihn gereizt durch. Das ergibt doch keinen Sinn. Soll ich so vielleicht Hunderte von Häusern beschreiben? Wahnsinn. Sowieso unmöglich, das allein zu machen. Und was, wenn Nina gar kein eigenes Namensschild hat? Soll ich dann überall klingeln und nach ihr fragen?

In einer Schaufensterscheibe sehe ich meinen grübelnden Blick. Mein Pferdeschwanz ist tiefer gerutscht. Ich ziehe das Gummi aus den Haaren und schüttele sie. Mein Blick wird nicht weniger ernst.

Der Fotograf muss wirklich gut sein, wenn er ein Zahnpastalächeln von mir will.

Plötzlich höre ich hinter mir ein Knarren. Schuhsohlen! Werde ich verfolgt? Nicht schon wieder! Mein Puls schießt in die Höhe.

Nicht umsehen, ruhig weitergehen.

Ich versuche es, aber meine Beine machen nicht, was ich will. Mit wackligen Knien biege ich in die erstbeste Seitenstraße ein. Mist. Eine Gasse, noch dazu eine Sackgasse. Links liegt ein kleines weißes Gebäude mit Bleiglasfenstern. Eine dunkle Holztür steht einen Spaltbreit offen. Schnell schlüpfe ich hinein und ziehe die schwere Tür hinter mir zu.

Drinnen ist es kühler als draußen. Ich rieche Weihrauch. Tastend bewege ich mich voran und gehe hinter einer etwa anderthalb Meter hohen Mauer in Deckung. Auf ihrer anderen Seite liegt der Eingang. Wo kann ich mich in der Eile verstecken?

Meine Augen müssen sich erst an die Dämmerung gewöhnen, aber dann erkenne ich, dass ich in einer kleinen Kirche gelandet bin. Über einer Heiligenfigur aus Stein, die mich anstarrt, fallen dünne Lichtstrahlen durch die bunten Bleiglasfenster. Bankreihen stehen vor einem Altar. Kann ich mich dort verbergen?

Lange brauche ich darüber nicht nachzudenken, denn ich höre, wie sich die Tür quietschend öffnet. Ich traue mich nicht, zu schauen, wer da reinkommt, und gehe in die Hocke. Meine Nase kitzelt, und ich habe einen trockenen Hals. In dieser Haltung kann ich nicht lange verharren. Jetzt nur nicht hüsteln!

Schritte nähern sich – sie klingen wie die knarrenden Schuhsohlen von eben. Jemand steht höchstens einen Meter von mir entfernt, schätze ich. Ich schlucke. Keine Schritte mehr. Jetzt höre ich eintönige schwere Beats, ganz leise, rhythmisch. Wie ein beschleunigter Herzschlag. Mein eigener.

Mit einem klammen Arm lehne ich mich an die Mauer. Von der anderen Seite kommt ein Knacken, ein metallisches Klicken. Die Beats haben aufgehört. Ich kneife meine Augen fest zusammen. Mein Arm schiebt sich an der Mauer nach hinten, und Schrittchen für Schrittchen rücke ich nach, weiter nach hinten, in den Schatten. Ich halte den Atem an. Nur noch ein kleines Stück. Mucksmäuschenstill.

Hoch über meinem Kopf flattert etwas. Vor Schreck schaue ich auf und gerate ins Wanken. Meine Zehen verkrampfen sich, und ich verliere das Gleichgewicht.

Eine Hand um meinen Arm. Jemand hält mich fest.

»Nein!«, schreie ich und trete, so fest ich kann.

»Shit! Aua!« Eine bekannte Stimme, dicht an meinem Ohr.

»Was?« Ich reiße mich los und drehe mich um. »Was machst du denn hier?«

»Ich? Dasselbe könnte ich dich fragen.« Jean-Paul hinkt zu einer Bank. Er reibt über sein Bein und flucht.

Ich warte, bis er sich beruhigt hat.

»Ich habe mich zu Tode erschrocken, als du mich angefasst

hast«, sage ich dann und setze mich neben ihn. »Lieber Himmel, warum hast du das denn gemacht? Ich habe ein Klicken gehört und dachte, da will jemand auf mich schießen!«

»Auf dich schießen? Wie kommst du denn auf *die* Idee? Ich habe gesehen, dass du hier reingeschlüpft bist, und bin dir nachgelaufen.« Jean-Paul nimmt sein iPhone und wischt über das Display. Ich höre wieder ein Klicken. »Hiermit kann ich dich nun wirklich nicht ermorden.« Er klingt wütend.

»Warum hat du mich dann nicht einfach gerufen?« Meine Stimme überschlägt sich. »Warum hast du mich verfolgt? Hast du mich schon öfter verfolgt? Erzähl, warum machst du das?«

»Ho, ho, jetzt mal ganz ruhig. Tu doch nicht so paranoid. Dein Vater hat mich gefragt, ob ich wüsste, wo du bist. Ich habe nur nach dir gesucht.«

Sprachlos denke ich nach. In der Parkanlage … als ich Nina angerufen habe. Hat er das gehört?

»Du hast dich im Park ständig umgesehen, dein Handy am Ohr«, sagt er, als könnte er meine Gedanken lesen. »Ich habe mich nicht getraut, dich anzusprechen. Sonst hättest du vielleicht gedacht, ich würde dich belauschen. Aber das habe ich nicht mit Absicht gemacht.«

Gemeinsam gehen wir nach Hause zurück. Unterwegs beichtet er mir, dass er meinen Anruf bei Nina gehört hat. Er habe mich nicht erschrecken wollen, sagt er. Er hat mich gesucht, weil mein Vater einen Anruf aus den Niederlanden erhalten hat. Einer seiner Klienten hat einen Selbstmordversuch unternommen und braucht schnell Hilfe. Er will aber nur mit meinem Vater reden, mit sonst niemandem. Also hat mein Vater nach dem Anruf seinen Koffer gepackt, und Josephine hat Jean-Paul losgeschickt, um mich zu holen.

Nach Jean-Pauls Geschichte bin ich an der Reihe, ihm meinen – in seinen Ohren sehr seltsamen – Anruf zu erklären. Ich muss ihm die Wahrheit sagen, es geht nicht mehr anders. Ihm vom Weggang meiner Mutter damals erzählen, von unserer Angst, dass meine Schwester eines Tages auch nicht mehr zurückkommen wird.

»Ich habe meinem Vater versprochen, ihm nichts von meiner Suche nach Nina zu berichten«, erläutere ich. »Er hat Angst vor seiner eigenen Reaktion, wenn er sie sieht. Sie haben sich schon früher oft gewaltig in den Haaren gehabt. Deswegen steckt er lieber den Kopf in den Sand, als wieder mit ihr zu streiten.«

»Glaubst du wirklich, dass sie in Schwierigkeiten ist?« Kurz bevor wir bei ihm zu Hause angekommen sind, bleibt Jean-Paul stehen. »Bist du etwa an den Türen entlanggelaufen, um sie zu suchen?« Er sieht mich mit einem Blick an, als könnte er es nicht fassen.

»Ja. Was soll ich sonst machen?«

»Ich glaube nicht, dass deinem Vater klar ist, wie sehr du mit ihr beschäftigt bist, denn von ihm aus darfst du ruhig noch eine Weile hierbleiben«, sagt er, bevor er die Tür öffnet. »Wenn du dir so große Sorgen um sie machst, helfe ich dir gern bei der Suche. Wir reden darüber, sobald er abgefahren ist, okay?«

17

»Ich verspreche es!«, sage ich und halte zwei Finger hoch.

»Wirklich, ich will keinen Ärger. Ich finde es sehr unangenehm, dass ich wegmuss, aber ich kann nicht anders.«

»Ja, nun fahr schon …« Ich gebe meinem Vater einen kleinen Schubs in Richtung geöffneter Haustür. Er stellt seinen Koffer auf den Bürgersteig. Auf den Zehenspitzen stehend umarme ich ihn. »Tschüs, bis ganz bald!«

Ich bekomme eine feste Umarmung von ihm, dann nimmt er seinen Koffer und geht die Straße hinunter. Ich winke ihm hinterher, bis er um die Ecke ist.

Ein paar Tage vor meinem ersten Wettkampf in der Auswahl werde ich nach Hause zurückkehren, doch morgen kann ich ohne Ausrede zu dem Shooting, mit Jean-Pauls Hilfe. Er hat mir versprochen, seiner Mutter nichts davon zu erzählen. Ich gehe davon aus, dass ich ihm vertrauen kann.

Jean-Paul und ich hängen auf dem Sofa und sehen fern, irgendeine Sendung sucht nach Talenten. Ich lasse meinen Ball von der einen in die andere Hand fallen.

»Ich verstehe es nicht. Es ist doch merkwürdig, dass sich sonst niemand wundert, wo meine Schwester abgeblieben ist, oder?« Ich starre auf die sich bewegenden Bilder im Fernsehen und lege den Ball neben mir ab.

»Wenn sie Urlaub macht, ist es doch völlig normal, dass niemand fragt, wo sie ist. Es wird schon nicht gleich was passiert sein.« Jean-Paul reißt eine Tüte Chips auf und legt sie zwischen uns aufs Sofa. »Ich weiß zwar, wo Nina gewohnt hat, aber ich habe sie schon eine Weile nicht mehr gesehen. Einmal ist sie hier vorbeigekommen. Kurz darauf hat meine Mutter gemeint, Nina würde in Urlaub fahren.«

»Was, sie ist hier gewesen?!« Ich springe vom Sofa auf. »Wie … wie ging es ihr da, und wo hat sie gewohnt? Warum erzählst du das denn jetzt erst? Weiß mein Vater auch davon?«

»Nur die Ruhe! Ich wusste vorher doch nicht, dass es dir so wichtig war, das zu erfahren. Meiner Ansicht nach weiß dein Vater auch nicht, dass sie hier war. Sie sah gut aus. Sie hat gesagt, sie sei in einem Hotel, aber sie wolle dort weg. Wir wissen nicht, wo sie jetzt wohnt. Wirklich nicht, sonst hätte ich es dir sofort erzählt.«

Ich gehe zu den offenen Terrassentüren, um nachzudenken. Nina ist also wirklich hier gewesen. Aber danach ist sie laut Josephine in Urlaub gefahren? Sagt Josephine auch die Wahrheit? Ich muss sie im Auge behalten.

In der Türöffnung bleibe ich stehen. Ich rieche einen Hauch von Lavendel. Auf den Steinplatten liegen frisch gepflückte Blumen, rote und violette. Josephine bindet sie zu einem Strauß und kommt zu mir.

»Gefallen sie dir?« Sie hält den Strauß in die Höhe und riecht daran.

»Oh, schön!«, sage ich. Vielleicht klinge ich unfreundlich, aber es ist mir egal. »Sie halten sich nur nicht so lange bei der Hitze.« Ich wische ein paar Erdkrümel unter meinen Füßen beiseite und schaue weiter zu Boden.

»Müssen sie auch nicht. Hier wachsen genug. Ich pflücke bald wieder neue. Ich kümmere mich gut um den Garten, denn von einigen Pflanzen kann Fifi ganz schön krank werden.«

Ich habe keine Lust, dem Schnattern über ihre Blumen und Pflanzen zuzuhören. Irgendwie kann ich sie auch schlecht einschätzen. Mal jagt sie mir mit ihrem kühlen Blick Schauder über den Rücken, und im nächsten Moment ist sie plötzlich nett. Mit den Blumen im Arm geht sie an mir vorbei ins Haus.

Ich gähne und lasse in Gedanken noch einmal alles vorüberziehen, was Jean-Paul gerade erzählt hat. Nina ist hier gewesen, und ebenso wie Kim von der Modelagentur glauben sie, dass sie in Urlaub gefahren ist. Ninas Telefonnummer funktioniert noch, jemand hat den Anruf entgegengenommen, aber nichts gesagt. Das ist alles so vage!

Dann gehe ich wieder ins Haus und sehe, dass Jean-Paul den Fernseher ausschaltet. War ich vorhin zu kratzbürstig? Mir wird bewusst, dass er mir geholfen hat und dass ich ihn morgen wieder brauche, wenn wir zum Shooting fahren. Obwohl ich erst dachte, dass Jean-Paul mir vor allem nicht in die Quere kommen sollte, bin ich jetzt froh, dass er da ist. Schnell laufe ich hinter ihm die Treppe hinauf.

»Hey, tut mir leid wegen eben.«

Er nickt. »Ist schon gut.«

Ich hoffe, das meint er auch wirklich. Dann höre ich ein Bollern, einen dumpfen Schlag. Irgendwo fällt etwas. Oben.

»Könnte es sein, dass Fifi in einem Zimmer eingesperrt ist und rauswill?«, frage ich.

»Hm, sie ist sehr faul. Wahrscheinlich würde sie sich nicht die Mühe machen, sich selbst zu befreien.«

Oben sehe ich, dass die Katze lang ausgestreckt vor meiner Zimmertür liegt und schläft. Von ihr kam das Bollern also nicht. Jean-Paul schiebt Fifi ein wenig zur Seite, aber sie rollt sich sofort wieder an ihren Liegeplatz zurück.

»Vergiss nicht, deinen Wecker für das Shooting zu stellen«, sagt Jean-Paul auf dem Weg zu seinem eigenen Zimmer.

»Nein, bestimmt nicht. Morgen ist der große Tag!« Ich mache einen Schritt über Fifi hinweg. »Gute Nacht«, wünsche ich ihm.

In meinem Zimmer riecht es nach Lavendel. Ich knipse das Licht an und bin erstaunt, als ich einen großen Strauß rote und violette Blumen auf dem Schreibtisch sehe. Wie nett von Josephine! Vielleicht ist sie ja doch nicht so übel.

Das Fenster ist noch offen. Gähnend ziehe ich den Vorhang zu. Während ich mich bettfertig mache und die Zähne putze, schalte ich den Deckenventilator ein und werfe einen Blick auf das Shooting-Formular, das auf dem Nachtschränkchen liegt. Um neun soll ich dort sein. Dann stelle ich den Wecker und lösche das Licht.

Der helle Schein einer Straßenlaterne fällt durch einen Spalt im Vorhang. Widerwillig stehe ich auf und gehe zum Fenster, um den Vorhang ganz zu schließen. Dabei stoße ich mir den Fuß an etwas Hartem. Ein Schmerz zuckt durch meinen Zeh. Ich reibe über die schmerzende Stelle und versuche zu sehen, woran ich mich gestoßen habe. Auf dem Boden, nah am Fenster, liegt ein großer zusammengeknüllter Papierball. Ich hebe ihn auf. Er fühlt sich schwer an und ist mit einer Schnur umwickelt. Ich löse die Schnur und falte das Papier auf. Darin ist ein ziemlich dicker Stein. Wie merkwürdig!

Ich lege ihn samt seiner Verpackung aufs Bett und streiche das zerknüllte Papier im Licht der Laterne glatt. Was ich sehe, ist anscheinend ein Bild von ein paar Bäumen. Die Abbildung wirkt körnig, wie ein Foto in einer Zeitung. Auf der Rückseite steht nichts.

Müde reibe ich mir die Augen. Zeit zu schlafen. Den Zettel lege ich auf das Nachtschränkchen, unter den Stein. Morgen frage ich Jean-Paul danach, vielleicht ist er ja von ihm.

Ich lege mich ins Bett und denke an Lisandro. Was wird er mir über Nina erzählen können? Weiß er, wo sie ist? Ich starre auf den Wecker. Die Zeit verstreicht so langsam. Und es ist warm.

Im Licht meines Handys sehe ich Ninas Puppe auf dem Nachtschränkchen. Der starre Blick des einen Auges macht mich nervös. Ich bewege meine Hand darüber, um es zu schließen. Die Nylonwimpern piksen mich in die Handfläche. Als ich meine Hand zurückziehe, springt das Auge mit einem Klicken wieder auf, also wollte die Puppe mir sagen, dass sie mich beobachtet. Als würde sie mich fragen, warum ich Nina noch nicht gefunden habe …

Wo ist Nina?

Erhitzt werfe ich das Laken von mir ab und lege die Arme weit ausgebreitet neben mich. Ich drehe mich auf den Bauch. Ob Nina auch nicht schlafen kann? Arme über den Kopf. Ein leiser Windhauch streift mir über den Rücken und die Haare. Noch sechs Stunden.

18

Mein Wecker klingelt. Ich öffne die Augen, und schlagartig weiß ich, dass es endlich so weit ist. Gleich treffe ich Lisandro, einen Freund von Nina!

Als ich den Wecker ausschalten will, sehe ich, dass er schon seit zehn Minuten läutet. Schnell stehe ich auf, dusche kurz und ziehe mich an. Dann stecke ich Geld ein, nehme mein Handy und will mit dem *call sheet*, auf dem alle Daten für das Shooting stehen, nach unten laufen, doch vorher nehme ich noch das Foto von den Bäumen vom Nachtschränkchen, um es Jean-Paul zu zeigen.

Oh nein! Erst jetzt, im vollen Morgenlicht, sehe ich, dass ein rotes Kreuz über die Abbildung gekratzt wurde. *Holy Shit!* Gestern Abend im Dämmerlicht habe ich nur eine Baumreihe gesehen.

Mir wird eiskalt. Dort sitze ich, in der Mitte des Fotos, und telefoniere auf dem Holzpilz! Auf dem Foto ist mein Gesicht kaum zu sehen, das rote Kreuz liegt exakt darüber. Jemand hat mich gestern im Park heimlich fotografiert. Vielleicht doch der oder die mit dem dunklen Roller? Oder … ich trau mich fast nicht, es zu denken, aber Jean-Paul war auch dort …

Nein! Diesen Gedanken schiebe ich sofort von mir. Er kann es nicht sein. Er ist mir bis in die Kirche gefolgt und hatte keine Kamera bei sich.

Obwohl … Er hatte sein iPhone dabei. Nein. Nein. Nein.

Warum sollte er das tun? Nicht er! Das muss jemand anderes gewesen sein.

Ich tigere durchs Zimmer, und bei dem Gedanken, dass mir jemand nachspioniert hat, läuft es mir kalt den Rücken hinunter. Wer und warum? Was kann das mit Nina zu tun haben?

Jemand will mir Angst machen. Er oder sie hat ein Paket geschnürt und es mir ins Zimmer gelegt – oder geworfen. War das der dumpfe Schlag gestern? Als ich den gehört habe, war ich mit Jean-Paul zusammen, wiederum ein Beweis, dass er es nicht gewesen sein kann.

Ich frage mich, wo Josephine zu diesem Zeitpunkt war. Vielleicht im Garten?

Und der Vogel? War das auch ein makabrer Streich?

Ratlos setze ich mich aufs Bett, schließe die Augen und lasse langsam den Atem zwischen meinen Lippen entweichen.

Geh weg von hier, geh so schnell wie möglich nach Hause, schleicht sich eine warnende Stimme in meinen Kopf. *Du bist hier nicht sicher.*

Ich will nicht so denken, aber ich kann es nicht verhindern. Jemand, über den ich nichts weiß, weiß, wer ich bin. Jemand folgt mir und weiß, wo ich schlafe.

Ich schaue auf das Foto. Das ist eine Warnung, genau wie die Verfolgung mit dem Motorroller und die Schwalbe mit dem gebrochenen Genick. Die Botschaft ist klar: Er will mich hier weghaben, und vielleicht wird er es nicht dabei belassen …

Zögernd gehe ich die Treppe hinunter, bedrückt und schockiert.

Jean-Paul schaut von seinem iPhone auf. »Guten Morgen, Schönheit, schlecht geschlafen?« Er lächelt beruhigend und schiebt mir ein Croissant hin. »Du musst gut essen.« Dann nimmt er ein Messer und fängt an, einen Apfel zu schälen.

Noch immer verwirrt von dem bedrohlichen Foto, überlege ich, ob ich Jean-Paul davon erzählen soll.

»Na?«, sagt er, während er den geschälten Apfel zerteilt und auf meinen Teller legt. »Woran denkst du?«

Ich weiß nicht, was ich sagen soll. Ihm vertraue ich ja, denke ich, aber Josephine nicht.

»Wo ist deine Mutter?«

»Im Atelier«, antwortet er. »Sie bereitet eine Modellierstunde vor.«

Ich schaue auf die Uhr. Wegen meiner Grübelei über das Foto ist viel Zeit verstrichen.

»In zehn Minuten muss ich schon am Set sein!«, stelle ich erschrocken fest.

Kurzerhand entscheide ich, ihm das Foto nicht zu zeigen, keine Zeit mehr. Außerdem würde er mich dann vor lauter Sorge vielleicht keine Sekunde mehr allein lassen. Oder er sagt, wir müssen zur Polizei, obwohl die mit so einem Foto doch sowieso nichts anfangen können. Und wenn der Stalker dahinterkommt, dass ich sie informiert habe … Was, wenn er Nina dann etwas antut? Oder mir?

Nein, keine Polizei, stoppe ich meine kreisenden Gedanken.

Ich kann nichts tun. Doch trotz der warnenden Stimme in meinem Kopf werde ich nicht nach Hause fahren. Ich bleibe, bis ich Nina gefunden habe!

Ich lege die Adresse für das Shooting vor Jean-Paul auf den Tisch.

»Mit dem Roller höchstens fünf Minuten«, stellt er fest. »Dann komm, auf geht's!«

Auf dem hinteren Sitz schaue ich mich dauernd um. Schon wieder habe ich das Gefühl, verfolgt zu werden.

Dieser Stalker muss gestört sein! War die tote Schwalbe nur ein Zufall oder auch ein Andenken von ihm? Ist sie, ebenso wie der Stein, durchs Fenster geworfen worden? Obwohl ich mich weigere, mich verjagen zu lassen, beunruhigt mich das alles ganz gewaltig.

Mein Griff um Jean-Pauls Taille ist jetzt fester. Wir fahren durch die Rue Vieille du Temple und müssen in die Rue des Petits Champs. Ich sehe Bistros und hippe Modeläden, deren Fassaden in frischen Farben gestrichen sind. Wir fahren am Breizh Café vorbei, auf dessen Fenstern Crêpes abgebildet sind. Auf dem Bürgersteig geht ein Mann mit Schläfenlocken. An jeder Hand hält er ein Kind, und alle drei tragen schwarze Käppchen. Einen Moment fühlt es sich so an, als wären Jean-Paul und ich Teil eines Films.

»Hier ist es«, sagt er schließlich und parkt den Roller vor einem großen Herrenhaus.

Neben der Tür hängt eine Gegensprechanlage mit Namensschildern verschiedener Unternehmen. Ich klingele beim Fotostudio. Wir gehen durch eine lange Diele und gelangen zu einem geräumigen Innenhof.

»Ich nehme an, wir müssen nach dahinten «, sagt Jean-Paul und zeigt auf das Gebäude, das an den Innenhof grenzt, eine Art Lagerhalle.

Ein Mann mit blondierten hochstehenden Haaren kommt auf den Innenhof. Er trägt eine Latzhose und stellt sich als Dominique vor, Assistent des Fotografen. Jean-Paul stellt mich vor.

Während er uns das Fotostudio zeigt, redet Dominique in schnellem Französisch mit Jean-Paul.

Vorsichtig steige ich über eine große weiße Papierfläche, die wie ein Teppich über dem Boden ausgerollt wurde und an der Wand fast bis zur Decke reicht. Ich schaue mich um und frage mich, wie Lisandro wohl aussieht.

Ein paar Leute sind schon an der Arbeit. Ein Mann verschiebt eine große weiße Lampe, und ein anderer stellt eine Windmaschine an den Rand des weißen Papiers. In der Ecke steht ein Kleiderständer, daneben ein Tisch mit einem Spiegel.

Ich schubse Jean-Paul an. »Fragst du Dominique mal, wo Lisandro ist?«

»Lisandro ist unterwegs«, sagt Jean-Paul. »Dominique hat mir gerade erzählt, dass der Zeitplan ziemlich eng ist. Alain ist der Fotograf, er ist der Chef. Achte genau auf seine Anweisungen, und stell vor allem keine Fragen.«

»Kein Problem.« Der Einzige, dem ich Fragen stellen werde, ist Lisandro. Wo bleibt er?

»*Asseyez-vous.*« Dominique stellt einen Frisierstuhl vor mich und klopft auf die Sitzfläche. »*Du thé ou du limonade?*«

»Setz dich«, dolmetscht Jean-Paul für mich. »Willst du Tee oder …«

»*Limonade, s'il vous plaît.*« Ich schaue Jean-Paul an. »Was hat das mit diesem Fotografen zu bedeuten?«, flüstere ich.

»Bestimmt ein Mensch ohne jeglichen Sinn für Humor. Einfach den Mund halten, und alles wird gut.«

In dem Moment kommt jemand in die Lagerhalle gerannt, ein schmächtiger Mann mit dunklen Haaren und einer Locke vor den Augen. Er haucht Dominique und den anderen im Studio einen Handkuss zu und nähert sich mir dann mit einem großen Koffer auf Rädern und einem strahlenden Lächeln.

»*Allo, je suis Lotte Storm.* Sie sind Lisandro?«, mache ich dann auf Englisch weiter.

Mit beiden Händen umfasst er meine Wangen und sieht mich von ganz nah an. Seine Augen funkeln, und ihn umgibt ein süßlicher Rosenduft. Ich zucke leicht zurück.

»Freut mich, Ninas kleine Schwester. Du kannst mich Lis nennen, Baby.« Ein schmatzender Kuss landet auf meiner Wange, danach gibt er Jean-Paul die Hand und knipst die Lämpchen am Make-up-Tisch an. Offensichtlich haben wir wenig Zeit zum Reden.

Ich bin furchtbar nervös, weil ich ihm nun endlich begegne. Einem Menschen, der Nina kennt und sie vor nicht allzu langer Zeit gesehen hat.

»Bist du ein guter Freund von *Nina?*«, frage ich ihn.

»*Yes.* Sie ist so ein Schatz«, antwortet er und öffnet seinen Make-up-Koffer. Schnell bindet er sich einen breiten Gürtel mit unterschiedlichen Fächern, aus denen verschieden große Make-up-Pinsel ragen, um die Hüften.

Ich rutsche von einer Pohälfte auf die andere und schiebe eine Haarsträhne zur Seite. Dann frage ich, ob er weiß, wo Nina jetzt ist. Ich wische meine klammen Hände an den Beinen ab.

Bitte, sag was, denke ich. *Schieß los. Eine Adresse oder eine neue Telefonnummer, damit ich nach dem Shooting gleich zu ihr kann.*

Abwesend schüttelt er den Kopf. »Nein, keine Zeit.« Klar. Viel zu tun.

Konzentriert betrachtet er eine Palette mit verschiedenen Lipgloss-Farben. Dann fängt er an, mit einem Pinsel Farben zu mischen. Ich soll stillsitzen und den Mund leicht öffnen, damit er gut drankommt. Mit einem kleinen Pinsel streicht er so lange über meine Lippen, bis sie sich so dick anfühlen, dass ich nicht mehr wage, sie zu bewegen. Danach macht er sich mit einer Pinzette über meine Augenbrauen her.

Das ziept. Was für ein Gedöns! Dieses Herumfummeln an meinem Gesicht mag ich gar nicht.

»Darf ich dich fragen …«, setze ich an.

»Pst«, sagt er. Er fasst meinen Kopf mit einer Hand und geht mit einer Rundbürste routiniert durch meine Haare. Er hält den Föhn hoch, mein Ohr wird heiß.

»Au!« Ich ziehe den Kopf weg.

»Stillhalten, bitte!« Er sprüht Haarlack auf seine Hand und knetet ihn geschmeidig in meine Haare.

»Lisandro?«, versuche ich zu sagen, ohne mein Gesicht zu bewegen.

Er scheint mich nicht zu hören. Im Spiegel sehe ich, wie ernst sein Gesicht ist. Er wirkt, als würde er ein Kunstwerk schaffen! Kein einziges verirrtes Härchen steht mehr ab. Ich sehe aus wie ein Model auf dem Cover der ELLE.

Ist er jetzt fertig? Darf ich mich bewegen, ist das Zeug getrocknet? Kann ich endlich etwas fragen? Vorsichtig fasse ich mit einem Finger an meine Frisur.

»Nicht anfassen!«, ruft er.

»Lisandro …«

»Einfach Lis.«

»Äh, Lis, hast du Nina in letzter Zeit mal gesehen?«

Einen Moment scheint er nachzudenken. Er nimmt ein Kosmetiktuch und gibt mir ein Zeichen, dass ich stillhalten soll. Sein Mund ist geöffnet, als ob er etwas sagen möchte, aber es kommt kein Wort heraus. Vorsichtig wischt er mit etwas Make-up-Entferner einen Tupfer Mascara weg.

»Sie geht nicht ans Telefon«, sagt er schließlich. »Ich glaube, sie ist im Urlaub.«

Ich bin perplex. Er glaubt also auch, dass sie im Urlaub ist! *Shit, shit, shit*, was jetzt? Was könnte ich ihn denn sonst noch fragen? Ich muss mir etwas einfallen lassen, er ist meine einzige Verbindung zu Nina.

Hier und da betupft Lisandro mit beiger Creme ein Fleckchen in meinem Gesicht und fährt anschließend mit einem großen Pinsel darüber. Puder. Meine Haut wirkt wie Porzellan und fühlt sich straff an, wie eine Maske. Als könnte sie zerbrechen, sobald ich meine Gesichtsmuskeln bewege.

Ich betrachte mich im Spiegel. Meine Augen sind stark geschminkt, und ich habe pfirsichfarbene Wangen, so wie Nina auf dem Werbeplakat. Jetzt ähneln wir uns noch mehr.

Ich muss an das beängstigende Bild von ihr denken, das in den letzten Tagen so oft in meiner Vorstellung aufgetaucht ist. Sie wirkt so anders. So … grauenerregend. Ein Schatten der Nina, die sie war.

Ist. Ein Schatten der Nina, die sie ist, korrigiere ich mich.

Plötzlich fällt mir ein, was ich Lisandro noch fragen kann. Zumindest, wenn er fertig ist mit Pudern, denn seine Hand umklammert meinen Kiefer.

Irgendjemand am Set klatscht in die Hände. Offenbar sollen wir uns beeilen.

»Lisandro, hör zu«, setze ich an, aber wieder reagiert er nicht. Er fasst mich am Arm und zieht mich eilig mit zum Kleiderständer. Dort steht schon eine Frau mit einem Kleid bereit und hilft mir beim Aus- und Ankleiden. Noch ein letztes Mal überprüft Lisandro mein Make-up und wedelt flüchtig mit dem Puderpinsel über meine Stirn.

»Lisandro, kann ich dich was fragen …«

»Keine Zeit. *Go!*« Er gestikuliert zum Zeichen, dass ich mich vor die Kamera stellen soll. Barfuß, ein Getränk in der Hand, gehe ich in die Mitte der Papierfläche. Meine Augen müssen sich erst an das grelle Licht gewöhnen.

Ein Mann hält einen silbernen Schirm in die Höhe und blendet mich damit noch mehr. Dieser Schirm soll zusätzliches Licht auf meinem Gesicht reflektieren lassen, damit ich ohne Schattenflecken aufs Foto komme. Das weiß ich von Nina.

Ich schirme die Augen mit einer Hand ab und sehe zum ersten Mal den Fotografen. In aller Gemütsruhe stellt Alain seine Kamera ein, danach erst schaut er zu mir. Er sieht selbst aus wie ein Fotomodel. Wie jemand, der an jedem Finger eine Freundin hat. Er schickt mir einen Handkuss und vertieft sich wieder in die Kamera.

Wie sagte Kim noch? *Pass gut auf dich auf. Es gibt immer Leute, die etwas von dir wollen.*

Wie würde Nina mit all diesen Typen umgehen?

Jean-Paul stellt sich an den Rand der weißen Papierfläche. »Alain sagt, du sollst glücklich schauen. Als würdest du über den Strand laufen und hättest große Lust auf so ein köstliches Getränk.«

Ich seufze. »Ich weiß nicht, wie.«

»Lauf einfach hin und her. Jedenfalls kannst du nicht wie eine Schaufensterpuppe stehen bleiben.« Er nimmt einen Stuhl und setzt sich hinter Alain, dann gibt er mir ein Zeichen, dass ich anfangen soll.

Alain steht einfach nur da und starrt durch seine Kamera. Wie soll ich auf einem weißen Boden und vor jemandem, mit dem ich sonst überhaupt keinen Kontakt habe, so tun, als würde ich froh und glücklich über einen Strand laufen?

Dominique macht Musik an und schnipst hüftwiegend mit den Fingern im Takt.

»Lotte, *dance!*«, ruft er.

Tanzen? Vor all diesen Leuten? Ich bekomme einen Schweißausbruch. Aber es muss sein, ich muss das hier zu Ende bringen!

»Komm schon«, sagt Jean-Paul. »Du kannst das!«

Zögernd mache ich ein paar Schritte. Die Lampen, die auf mich gerichtet sind, strahlen viel Wärme ab. Ich denke an Cola und an einen weißen Strand mit warmem Sand, der mir durch die Zehen rieselt. Ruhig atme ich ein und aus. Das hilft beim Entspannen.

Anschließend probiere ich ein paar Posen aus. Wie hat Nina das noch vorgemacht? Eine Hand in die Seite, Hüften ein wenig schief und ein Knie leicht angewinkelt. Ich fühle mich wie eine Barbiepuppe.

Dominique und Lisandro singen und klatschen in die Hände, die Windmaschine bläst kühle Luft in meine Haare. Wie lange dauert das noch? Ich will hier weg und vorher Lisandro noch etwas fragen.

Aber wie schnell es geht, hängt von mir selbst ab. Erst muss ich Modell stehen. Ich versuche, den Fotografen zu vergessen und nur noch das Auge der Kamera zu sehen, mich zu konzentrieren, so wie beim Softballspielen. Der Ball und ich. Die Kamera und ich.

»*Silence!*«, ruft Alain.

Alle hören auf zu reden und zu lachen. Ganz ruhig geht er mit der Kamera um mich herum, und jedes Mal, wenn er den Auslöser betätigt, höre ich ein Piepen.

»*Parfait. C'est tout*«, sagt er kurz darauf.

Ich seufze vor Erleichterung und suche Jean-Pauls Blick. Er zwinkert mir zu.

»Alain hat gemeint, du bist ein Naturtalent!« Jean-Paul reicht mir meine Kleidungsstücke und dreht sich um.

»Glaubst du das?« Ich werfe ihm das Kleidchen über die Schulter und ziehe meine Jeans mit dem Top an.

Mit Watte entfernt Lisandro das Make-up aus meinem Gesicht. In dem Moment fällt mir wieder ein, was ich noch von ihm wissen wollte. Ich bitte Jean-Paul, ihn nach Ninas Adresse zu fragen. Wenn er das für mich macht, geht es um einiges schneller.

Jean-Paul stellt ein paar Fragen, und dann sehe ich, wie Lisandro etwas auf einen Zettel schreibt. Yes! Er nimmt einen Schlüssel aus seinem Geldbeutel und schwenkt ihn lachend.

»*Surprise, surprise!*«, sagt er.

»W-was? Ihr Schlüssel?«, stammele ich. In einem Reflex fasse ich danach und schließe die Hand darum.

Lisandro lächelt mich an. Dann räumt er seine Make-up-Utensilien weiter zusammen. Ich schaue in meine Hand.

»Gut, was? Ninas Reserveschlüssel. Lisandro hat mir gerade erzählt, dass sie seit Kurzem ein eigenes Zimmer bei einer Wirtin hat«, sagt Jean-Paul. »Ich habe behauptet, du wolltest Nina zu ihrem Geburtstag überraschen …«

»Clever von dir. Offensichtlich weiß er nicht, dass der erst in einigen Monaten ist.« Ich lasse den Schlüssel in meine Hosentasche gleiten. »Er meint, sie ist im Urlaub, aber ich glaube das einfach nicht.« Ich gebe Jean-Paul den Zettel mit Ninas Adresse. »Bringst du mich bitte schnell dorthin?«

19

»219 Rue de l'Université, wir sind da.« Während Jean-Paul seinen Roller auf den Hauptständer stellt, studiere ich die Namensschilder bei Nummer 219. Ich tippe das oberste Schildchen an. *N. STORM.* Dort steht er! Der Name meiner Schwester.

Ich bin wahnsinnig nervös. Was erwartet mich dadrin? Sofort erscheint wieder das Bild meiner verängstigten Schwester vor meinem inneren Auge, die hohlen Augen mit den dunklen Ringen darunter. Zerzauste Haare, blasse Haut. Ich reibe mir die Augen. Jedes Mal sehe ich ihr Gesicht ein wenig schärfer, als käme ich ihr näher – und damit auch der Antwort auf meine Fragen.

»Lotte! Was ist los?« Jean-Paul rüttelt an meinem Arm. »Jetzt mach die Tür auf.«

»Was? Ja. Beeilung.« Ich stecke den Schlüssel ins Schloss, doch er lässt sich nicht weiter als bis zur ersten Kerbe reinschieben. »Warum passt er nicht?«, rufe ich verzweifelt. Ich drücke auf alle Klingeln, trete einen Schritt zurück und schaue hinauf. »Ist denn wirklich niemand zu Hause?«

Hinter dem Fenster neben der Tür bewegt sich ein Vorhang.

»Da schau an, wir werden beobachtet«, sagt Jean-Paul.

Durch die Gardine versuche ich, einen Blick ins Innere zu erhaschen, aber ich sehe nicht mehr als schemenhafte Umrisse in einem dunklen Zimmer.

Kurz darauf tönt ein krächzendes »*Qui?*« aus der Gegensprechanlage.

Jean-Paul sagt etwas auf Französisch, und mit einem summenden Geräusch öffnet sich das Türschloss. Als ich hinter ihm das Haus betrete, kommt mir ein Schwall süßliches Parfüm und Zigarettenqualm entgegen. Im Flur steht eine alte Frau. Ist das Ninas Zimmerwirtin? Eine dicke Schicht Lidschatten liegt wie ein bunter Klecks auf ihren Augenlidern. Sie hat dunkelblonde Haare mit grauem Ansatz. In der Hand hält sie eine straff gespannte Leine, an deren anderem Ende ein schwarz glänzender Hund keucht. Erstaunlich, dass sie nicht umfällt, der Hund wirkt stark. Er steht auf den Hinterbeinen, hat eine spitze Schnauze und kleine Augen. Die Ohren liegen flach in seinem Nacken, und er knurrt. Ich trete einen Schritt zurück.

»*Bonjour, mes chéries! Allez, entrez!*« Ihre Stimme knarrt wie Zugräder, die geölt werden müssen.

Sie nimmt einen Zug von ihrer Zigarette und lässt den Rauch aus ihrem Mund aufsteigen. Wir werden von Kopf bis Fuß gemustert. Dann stellt sie sich als Madame Moreau vor.

Jean-Paul ergreift das Wort. Die Sätze fliegen hin und her. Schließlich dreht er sich zu mir um.

»Sie sagt, du darfst den Hund nicht streicheln, das mag er nicht.«

Höflich nicke ich Madame Moreau zu. Überhaupt kein Problem – das wäre mir auch im Traum nicht eingefallen. Ich bleibe, wo ich bin, und behalte den Hund im Auge. Jean-Paul hat sich wieder Madame Moreau zugewandt. Sobald er Ninas Namen nennt, bekommt ihre Stimme einen wütenden Unterton. Der Hund fängt an zu kläffen. Madame Moreau reißt kurz an der Leine, und das Bellen hört auf.

Was sagt Jean-Paul da? Ich höre etwas über Schwestern … und Kummer … nicht schlafen können? Madame Moreaus Blick wird freundlicher, und irgendwann schaut sie mich an, als hätte sie Mitleid mit mir. Sie wedelt mit ihrer Hand in Richtung Treppe und watschelt mit dem Hund zu ihrer Wohnungstür. Wir haben die Erlaubnis, nach oben zu gehen.

»Komm«, sagt Jean-Paul und lässt mich vorausgehen. »Wir müssen uns beeilen. Sie gibt uns fünf Minuten Zeit in Ninas Zimmer. Und wir müssen uns dringend etwas einfallen lassen, wie wir es hinbiegen, dass wir ihr kein Geld geben müssen.«

Ich nehme immer zwei Stufen auf einmal. »Wie, Geld?«

»Nina hätte vor ein paar Tagen ihre Miete zahlen müssen, hat sie aber nicht.«

»*Shit!* Wie untypisch für sie. Das sind schlechte Nachrichten.«

In einem schmalen Flur im vierten Stock bleibe ich vor Ninas Tür stehen. Mein Hals ist trocken. Ich habe Angst vor dem, was ich hinter dieser Tür finden werde, und werfe Jean-Paul einen Blick zu.

Er legt seine Hand auf meine Schulter. »Soll ich aufmachen?«

»Ich … nein, ich mache das schon.« Kaum habe ich den Schlüssel ins Schloss gesteckt, überlege ich es mir anders und klopfe dreimal.

»Madame Moreau hockt bestimmt den ganzen Tag hinter dem Vorhang und starrt hinaus«, mutmaßt er. »Sie hat erzählt, Nina sei noch einmal aus der Tür gegangen, aber sie habe deine Schwester nicht zurückkommen sehen. Deswegen dachte sie, Nina sei wegen eines Auftrags im Ausland. Ich habe ihr verraten, dass du dir Sorgen machst. Klappt es?«

»Nein, es ist schwergängig. Eins, zwei, drei ... Na, bitte ...« Ich atme tief ein und drücke die Tür auf.

»Nina?« Einen Moment bleibe ich auf der Schwelle stehen, dann gehe ich hinein. Der Kühlschrank brummt, und die Dielen unter meinen Füßen knarren. Das Zimmer riecht nach alten Büchern.

Los jetzt, wir haben es eilig!

Ich gehe durch den Raum und schaue mich schnell um. Ein Schrank, ein Fernseher auf einer kleinen Holzkiste, eine Stehlampe. Durch das Fenster hinten im Zimmer sehe ich eine Feuerleiter, an dem Fenster zur Straße hinaus steht ein Tisch mit einem Laptop und einer Vase mit verwelkten Blumen. In einer Zimmerecke thront ein großes Bett, nur notdürftig gemacht, daneben ein Stapel Zeitschriften auf dem Boden – und Ninas halb geöffneter Koffer.

Warum steht der Koffer dort, wenn sie im Urlaub ist? Kleidung quillt heraus. Ich gehe auf das Bett zu.

»Guckst du mal, ob du was auf ihrem Laptop finden kannst?«, bitte ich Jean-Paul. »Eine Voicemail oder was auch immer. Ich durchsuche in der Zeit ihren Koffer.«

Als ich mich vor den Koffer knie, sehe ich, dass die Matratze nicht ganz gerade liegt. Mit einer Hand hebe ich sie ein Stück an. Darunter steckt ein Buch. Das sieht ja aus wie ... Ninas Tagebuch!

Es liegt an der gleichen Stelle wie auch zu Hause immer. Nina hatte es mir einmal gezeigt zum Beweis, dass sie wirklich keine Geheimnisse vor mir hat. Gleichzeitig wusste sie aber auch, dass ich nie darin lesen würde. Doch Not kennt kein Gebot ...

Ich ziehe das Tagebuch unter der Matratze hervor und blättere es blitzschnell durch. Nichts Alarmierendes, jedenfalls nicht auf den ersten Blick:

Mein erster Catwalk lief super ... Einkaufen gewesen bei Lafayette ... Unterwegs mit Mimi, nette Jungs getroffen ... Shooting für Vanessa Bruno ...

Ich setze mich aufs Bett. Diese Seiten sind vor drei und zwei Wochen geschrieben worden.

»Ich hab's!«, ruft Jean-Paul. »Sie war im Internet, ich sehe Suchbegriffe wie ›Restaurants‹, ›Modeschau‹, ›Louvre‹, und sie hat ein paarmal den Namen Rossellini gegoogelt.«

»Pst, ich habe vielleicht auch etwas.«

Ich checke die Zeit auf meiner Uhr. Wir haben noch ungefähr drei Minuten. Mein Herz schlägt schneller, als ich lese:

Ich date jemanden. Er sieht gut aus, ist lieb und sagt, er sei noch nie zuvor so verliebt gewesen.

Danach folgt eine Anekdote über ein Fest, wo auch Berühmtheiten wie Mick Jagger und seine Model-Töchter herumliefen. Nächste Seite. Mein Blick fliegt über die Sätze. Da. In der Mitte der Seite, wieder etwas über diesen Freund.

Ich finde ihn sehr nett, aber er verhält sich ein wenig seltsam. Manchmal ist er urplötzlich düster gestimmt. Aus heiterem Himmel. Und dann ruft er mich an, dass ich schnell zu ihm kommen soll. Ich will ihm so gerne helfen, aber wenn ich frage, was los ist, bekomme ich keine Antwort, und er schaut mich nur mit glasigem Blick an. Wie kann ich ihn besser kennenlernen?

Hastig blättere ich zur nächsten Seite.

Ich vermute sehr stark, dass er etwas verbirgt. Um mehr von ihm zu erfahren, habe ich seine Schreibtischschubladen durchsucht. Ganz unten habe ich eine Mappe mit einer französischsprachigen Akte gefunden, ich vermute von der Polizei, und ein paar Rechnungen vom berühmten Friedhof Père-Lachaise. Auf jeder einzelnen standen derselbe Betrag und der Name einer Person, die dort begraben liegt. Als ich ihn später gefragt habe, ob er schon mal jemanden verloren hat, ist er erstarrt. So merkwürdig! Ich habe mich nicht getraut, ihm von meinem Fund zu erzählen. Was mache ich jetzt mit diesem Wissen?

Was kann dieser Freund verborgen haben? Die Akte, der Friedhof, ein toter Mensch … Was können Leute vor anderen verbergen wollen? Dass sie kriminell sind, im Gefängnis gesessen haben, Drogen verkaufen oder drogenabhängig sind, trinken … Lieber Himmel, es kann alles Mögliche sein!

»Welchen Namen hast du gerade genannt?«, frage ich Jean-Paul.

»Rossellini. Wir müssen uns beeilen. Hier scheint nichts herumzuliegen, woraus wir schließen könnten, wo Nina ist. Lass uns gehen.«

»Warte«, sage ich. »Ich will das nur noch eben lesen.«

Mein Blick huscht über die letzte beschriebene Seite.

Ich habe ihm erzählt, dass ich demnächst meine Schwester besuchen möchte. Ich vermisse sie.

Na bitte. Ich beiße mir auf einen Fingernagel und lese weiter.

Er ist erschrocken und hat sofort gefragt, ob ich denn nach Paris zurückkommen werde. Ich sagte, natürlich, aber sein Blick blieb seltsam, irgendwie wütend. Plötzlich hielt er mein Gesicht fest und sagte, Samstag, der 13. Juli, sei ein wichtiges Datum. Dann habe er eine Überraschung für mich. Ich darf keine andere Verabredung treffen an diesem Tag. Ich bin so gespannt! Danach werde ich Lotte überraschen.
Aber jetzt besuche ich erst einmal diesen Friedhof. Wer ist dieser oder diese Rossellini? Ist er deswegen manchmal so bedrückt? Hoffentlich erfahre ich auf dem Friedhof etwas mehr. Vielleicht kann ich ihm dann irgendwie helfen.

Hier enden Ninas Aufzeichnungen. Ich prüfe das Datum auf der letzten Tagebuchseite und rechne zurück. Das hier hat sie vor einer Woche geschrieben. Am selben Tag hat sie mir die alarmierende Ansichtskarte geschickt. Ist sie etwas Schrecklichem auf der Spur?

Nina ist bestimmt zu diesem Friedhof gegangen. Danach gibt es keine weiteren Einträge mehr in ihrem Tagebuch. Was ist passiert, als sie dort war? Was hat sie gesehen? Vielleicht ist sie deswegen nicht mehr in ihr Zimmer zurückgekehrt?

»Wir müssen unbedingt zum Friedhof Père-Lachaise«, sage ich.

Die Treppe knarrt. Ich klappe das Tagebuch zu und schaue auf die Uhr. Mist, die Zeit ist längst um! Diese Lady wird uns doch wohl nicht ihren Hund auf den Hals jagen? Das traue ich ihr durchaus zu. Und ich kann Ninas Mietschulden nicht bezahlen. Ich habe nicht mal Geld bei mir!

Jean-Paul legt ein Ohr an die Tür. »Da kommt jemand die Treppe hinauf …«

Eine Sekunde lang starren wir uns an. Gebell nähert sich.

»Weg hier!«, rufe ich Jean-Paul zu.

Ohne zu zögern, springe ich vom Bett auf, schnappe mir Ninas Laptop vom Tisch und renne, mit Laptop und Tagebuch unter dem Arm, zur Rückseite des Zimmers. Ich schiebe das Fenster hoch und stecke meinen Kopf ins Freie. Können wir so entkommen?

Mein Blick schießt von links nach rechts. Alle Häuser haben Zugang zu einem Innengarten. In der Mitte des Gartens verläuft ein Pfad zu einer Holztür, die zu beiden Seiten von einer hohen Mauer eingerahmt ist.

»Hey, was machst du da?«, ruft Jean-Paul.

»Keine Fragen stellen, mitkommen.«

Hastig lasse ich mich von der Fensterbank rutschen und lande auf der Feuertreppe. Während ich die Stufen hinunterrenne, klingen Jean-Pauls Schritte metallisch hinter mir. Auch das Kläffen kommt näher.

Ich schaue nach oben. Ein schwarzer Kopf. Der Oberkörper des Hundes ragt schon aus dem Fenster, er setzt zum Sprung an! Ich hätte mich nicht umdrehen sollen, denn ich verliere das Gleichgewicht und stolpere ein paar Stufen hinunter.

Ninas Laptop rutscht mir aus den Händen. Im letzten Moment kann ich das Tagebuch noch an mich pressen, während der Laptop durch die Luft segelt und danach metertief auf den harten Boden knallt. So schnell ich kann, renne ich die Stahltreppe weiter hinunter, bis ich im Innengarten lande. Ich schaue mich nicht mehr um. Keine Zeit mehr, um den Laptop – oder was davon noch übrig ist – mitzunehmen.

Jean-Pauls Schritte hinter mir, Getrappel der Hundepfoten auf der Feuertreppe. Wie weit ist es noch?

Keuchend renne ich über den Pfad zum anderen Ende des

Gartens und reiße an der Tür. Fest verschlossen! Ich rüttele daran.

Jean-Paul schiebt mich zur Seite, stemmt ein Bein gegen die Mauer und zieht an der Klinke. Die Tür fliegt quietschend auf. Wir schießen raus und ziehen sie von außen zu. Der Hund keucht und kratzt auf der anderen Seite am Holz. Ich bin außer Atem.

Sekundenlang schauen Jean-Paul und ich uns an. Dann nimmt er meine Hand und zieht mich mit. Wir rennen weiter, bis wir wieder vor dem Haus sind. Erst auf dem Motorroller merke ich, dass mein Arm wie ein Schraubstock um Ninas Tagebuch klemmt. Ich wische mir den Schweiß von der Stirn.

»Was für ein Tag ist heute?«, frage ich.

Er wird langsamer. »Freitag, der Zwölfte. Wieso?«

»Dann ist morgen ein wichtiger Tag für Nina. Ich glaube, wir müssen uns beeilen.« Ich tippe ihm auf den Rücken. »Gib Gas!«

20

Beim Eingang zum Friedhof Père-Lachaise gehe ich, gefolgt von Jean-Paul, zu einem Tisch und nehme mir für zwei Euro einen Lageplan. Ich versuche, die Karte zu lesen, aber ich sehe unscharf. In mir hüpft alles. Die ganze Zeit habe ich recht gehabt. Und Anaru auch. Nina ist nicht fröhlich dabei, Geld zu verdienen, wie mein Vater glaubt. Und sie ist auch nicht im Urlaub, wie die anderen sagen. Ihr Koffer steht einfach in ihrem Zimmer, und den würde sie auf jeden Fall mitnehmen, wenn sie Urlaub machen würde. Außerdem, warum hat sie die Miete nicht bezahlt, wenn sie angeblich im Urlaub ist? Irgendwas Schlimmes ist hier passiert. Ganz sicher!

Plötzlich ist es so echt. Von wegen Schwarzmalerei! In ihrem Tagebuch hat sie geschrieben, dass sie diesen Friedhof besuchen wird, und vor ein paar Tagen kam ihre Karte mit dem Hilferuf. Was hat sie entdeckt?

Einen Moment schwanke ich, ob ich nicht lieber doch zur Polizei gehen soll. Aber ich kann dort ja schlecht nur mit dem Gefühl ankommen, dass sie in Gefahr schwebt. Und wenn ich ihr Tagebuch vorzeige, lachen sie mich nur laut aus. Nein, erst muss ich konkrete Hinweise haben.

Ich zwinge mich, die Namen auf dem Lageplan zu lesen. Dieser Friedhof ist irre groß, ein Dorf der Toten. Die Nummern in den grünen Kreisen geben den Bezirk an, in dem die Gräber liegen, die Nummern in den orangefarbenen Kreisen bezeichnen das Grab selbst. Dahinter stehen die Namen der

Verstorbenen. Manche Namen kenne ich aus der Musiksammlung meines Vaters. Chopin hat klassische Musik komponiert. Er – oder vielmehr das, was von seinen Knochen noch übrig ist – liegt im elften Bezirk. Der Sänger Jim Morrison liegt im sechsten.

»Welche Allee müssen wir nehmen?«, fragt Jean-Paul.

»Wie war der Name? Etwas mit Rossi?«

»Rossellini.«

Ich betrachte den Lageplan und suche das R. »Oh nein!«

»Was ist? Kein Rossellini dabei?«

»Da sind sogar zwei Rossellinis!« Ich schaue auf die lange Allee vor mir und falte den Lageplan zusammen. »Wir müssen in den achtundachtzigsten Bezirk für Laetitia, und im neunundachtzigsten liegt Bella.«

»Aha. Ich verstehe zwar nur die Hälfte, aber offensichtlich geht es um eine Frau.«

»Wow, du würdest wirklich einen guten Detektiv abgeben.«

Er grinst. »Wir sind ein gutes Team.«

Wir biegen in die erste Allee ein und gehen über einen Kiesweg an hohen alten Bäumen entlang, die das bisschen Wind, das es gerade noch gab, einfangen. Ich reibe mir über die Stirn. Erstickend warm ist es hier.

An beiden Seiten der nächsten Allee stehen Bauwerke aus Stein: die Grabstätten. Manche sehen aus wie Zimmer oder kleine Häuser, aber ich sehe auch ganz kleine Gräber mit einem runden Stein oder einem Kreuz. Es gibt Steine mit einem kurzen Text und Familiengräber mit mehreren Namen, die untereinander in den Stein graviert wurden.

Ich höre nur das Knirschen unserer eigenen Schritte auf dem Kies und das leise Schaben von einem Besen. Etwas weiter oben fegt ein Mann den Weg. Im Vergleich zur Straße ist es hier so still, dass ich den Drang habe, zu flüstern. Noch lieber sage ich aber gar nichts. Vielleicht werde ich ja beobachtet. Mit Jean-Paul neben mir kann mir nichts passieren, sage ich mir, trotzdem bin ich auf der Hut.

»Gehen wir noch richtig, Sherlock?«, fragt er.

»Dort entlang«, flüstere ich. »Da muss Laetitia liegen.«

Auf ihrer Grabstätte steht eine gusseiserne smaragdgrüne Tür. Als Erstes fällt mir auf, dass sie voller Spinnweben ist. Die hängen allerdings so dekorativ in den Ecken, dass sie wie eine Werbung für alte Türen wirken.

Langsam umrunde ich das Grab und nehme alle Einzelheiten in mich auf. Mit dem Fuß wische ich ein wenig Erde von der steinernen Stufe, die zur Tür führt. *LAETITIA ROSSELLINI 1897–1982* steht da. Mehr nicht.

Ich mache ein paar Fotos und will weitergehen, doch in dem Moment, als ich mich abwende, höre ich ein Knacken.

Erschrocken schaue ich mich um. Zwischen zwei Grabstellen bewegt sich etwas. Ist da gerade jemand davongeschossen?

»Hast du eben was gesehen?«, flüstere ich gehetzt.

»Was meinst du?« Jean-Pauls ruhige Stimme beschwichtigt mich ein wenig.

»Ach, lass. War bestimmt nur ein Ast.«

Ich fächere mir mit dem Lageplan etwas Luft zu, deute mit einem Kopfnicken in Richtung der nächsten Allee und lege einen Zahn zu.

»Wow«, sage ich staunend.

»Unglaublich!« Jean-Paul stellt sich neben mich. »Was für ein riesiges Teil.«

Ich trete einen Schritt zurück und mache ein Foto mit meinem Handy. Aus zusammengekniffenen Augen schaue ich zum Gesicht der Statue auf dem zweiten Grab, das wir uns ansehen.

»Ob das die Verstorbene selbst sein soll?«

Er nickt. »Das ist bestimmt eine Ehrenerweisung. Ich glaube, dieses Standbild hat jemand anfertigen lassen, um zu zeigen, wie schön sie war.« Seine Hand gleitet über die Statue. »Es ist bestimmt cool, so eine Skulptur aus dem Stein zu schlagen.«

Auf dem Sockel sehe ich den eingravierten Namen BELLA ROSSELLINI. Unter ihrem Namen lese ich CARPE DIEM.

»Pflücke den Tag? Na toll, das konnte sie ja wirklich nicht lange«, sage ich. »Sie ist nur vierundfünfzig geworden.«

»Vielleicht gerade deswegen«, sagt Jean-Paul.

»Genieße jeden Tag, weil du nicht weißt, wie lange du hast?«

»So ähnlich. Apropos: Sollen wir gleich gehen? Ich kriege allmählich Hunger.«

Wieder höre ich etwas knacken.

»Was war das?« Das Geräusch ist so nahe, dass ich nur nach unten zu schauen brauche. Um mein Bein streicht eine Katze. »Hey, bist du uns etwa gefolgt?«, frage ich erleichtert.

Ich bücke mich, um ihren Kopf zu streicheln, aber sie springt weg und rennt am Standbild vorbei ins Gebüsch. Ich bleibe in der Hocke und betrachte verblüfft den Boden vor mir. Zwischen meinen Füßen und der Figur liegen Blütenblätter, wie hingestreut. Klatschmohn!

Ich hebe ein Blatt auf und rieche daran. Es ist zart und hat einen leicht süßlichen Duft, der fast schon verflogen ist. Was habe ich auf Wikipedia gelesen? Etwas mit Trost, Schlaf und … Ich weiß es nicht mehr.

Suchend schaue ich mich um – und dann sehe ich es. Vor dem Gebüsch hinter dem Grab ragen einige Klatschmohnstiele aus der Erde. Mohn wird bestimmt häufiger gepflückt und auf Gräbern abgelegt, aber trotzdem. Ninas gezeichnete Blüte auf der Karte, und jetzt diese hier am Grab von Bella Rossellini … Gibt es da eine Verbindung?

Ich reibe mit den Fingern über das Blättchen, das bei jeder Berührung dünner und fransiger wird, bis es schließlich kaputt ist.

»Vergänglichkeit«, sage ich plötzlich und lasse das zerriebene Blütenblättchen zu Boden fallen. Es hinterlässt einen hellroten Abdruck an den Fingerspitzen.

»Was?«, fragt Jean-Paul.

»Trost, Schlaf und Vergänglichkeit. Das alles symbolisiert der Klatschmohn. Die Vergänglichkeit irdischer Pracht … Das habe ich im Internet gelesen.«

»Und was ist damit?«

»Das versuche ich zu verstehen«, sage ich, »aber es gelingt mir nicht.«

»Hm«, macht er. Es klingt, als könne er mir nicht ganz folgen. »Aber wie finden wir jetzt raus, um welche Rossellini es geht?«

Ich betrachte die Blütenblätter auf dem Boden. »Diesen Klatschmohn hat erst kürzlich jemand verstreut. Das andere Grab wirkte so … unbesucht.«

Jean-Paul zeigt auf den Mann im grünen Overall, der etwas weiter oben den Weg säubert. »Ich frage ihn mal, ob er hin und wieder Leute bei den Gräbern sieht.« Er geht zu ihm hinüber, erst langsam, aber als sich der Mann entfernt, beschleunigt er seinen Schritt. »*Monsieur, Monsieur! Attendez-vous, s'il vous plaît.*«

Der Gärtner dreht sich um. Ich renne hinter Jean-Paul her. Wir reichen dem Mann die Hand und stellen uns vor.

Victor, der Gärtner, erzählt Jean-Paul, dass nur Touristen das erste Grab besuchen und dort Fotos machen, bei denen sie selbst im Vordergrund stehen. Bei dem zweiten Grab hingegen sieht er hin und wieder Menschen, die er nicht beschreiben kann. Er darf nicht so nah an den Gräbern vorbeigehen, bei denen Leute sitzen. Angehörige müssen die Verstorbenen in aller Ruhe besuchen können.

Ich schreibe meine Telefonnummer auf ein Stück Papier und gebe es Victor. »Bitte, wenn Sie etwas erfahren über Freunde oder Familie, die zu den Gräbern der beiden Frauen kommen, würden Sie es mir sofort erzählen?«

Jean-Paul dolmetscht wieder für mich. Victor nickt und sagt noch etwas zu Jean-Paul. Dann nimmt er seinen Besen und macht sich wieder an die Arbeit.

»Wir müssen in diese Richtung, von dort sind wir gekommen.«

Ich gehe an dem Standbild auf Bella Rossellinis Grab vorbei, wobei ich darauf achte, nicht auf die Blütenblätter zu treten. Es sieht fast so aus, als würde mir das Gesicht der Statue freundlich zulächeln. Ihre steinernen Haare sind in Wellen gelegt.

Jean-Paul stellt sich neben mich. »Victor wird im Friedhofsarchiv Informationen zu den Rossellinis für dich suchen. Und er hat gesagt, dass im Centre Pompidou ein Porträt von Bella Rossellinis Großmutter hängt.«

»Was habe ich mit der Oma einer Frau zu tun, die hier begraben ist?« Ich merke, dass meine Ungeduld wächst. Obwohl ich immer mehr davon überzeugt bin, dass Nina in ernsthaften

Schwierigkeiten steckt, habe ich das Gefühl, in einer Sackgasse gelandet zu sein.

»Ich glaube jedenfalls, dass wir uns Bella vornehmen sollten. Laetitia ist schon über dreißig Jahre tot«, sagt Jean-Paul.

»Das glaube ich auch. Aber was bringt es, wenn ich mir dieses Porträt anschaue?«

»Na ja, vielleicht, dass …«

»Sei mal leise!« Ich schaue mich um. Es ist so still auf dem Friedhof – und doch habe ich immer wieder das unbehagliche Gefühl, heimlich beobachtet zu werden.

»Nur keine Panik«, sagt Jean-Paul. »Das Bild heißt *L'actrice Paulette Pax.* Vielleicht kannst du über den Maler mehr über ihre Großmutter erfahren – und über Bella selbst.«

»Wann schließt das Museum?«

»Erst am späten Abend, du hast also Zeit genug.«

Am Ausgang kauft Jean-Paul zwei Fläschchen Orangina und ein kleines Baguette mit Brie.

»Hier, du brauchst Energie.« Er teilt das Brot in der Mitte und reicht mir eine Hälfte. Auf dem Bürgersteig neben seinem Motorroller trinken wir die Limonade, und ich beiße in mein Baguette.

»Wie fandest du die Statue?«, frage ich.

»Schon schön. Ein bisschen traurig. Und so ein Standbild aus Stein hat auch immer etwas Hartes.«

»Und etwas Imposantes, als wäre sie wichtig gewesen.«

»Sonst läge sie nicht auf diesem Friedhof.« Er wirft die Fläschchen in einen Abfalleimer, setzt sich auf seinen Motorroller und startet ihn.

Ich nehme hinter ihm Platz.

»Ich bringe dich zum Centre Pompidou, aber danach fahre

ich nach Hause«, sagt er. »Meine Mutter braucht neuen Ton, und ich soll ihr beim Schleppen der Eimer helfen.«

Unterwegs erklärt er mir, wie ich vom Centre Pompidou wieder nach Hause komme. Eigentlich muss ich nur um die Ecke gehen und immer geradeaus laufen. Nach der fünften Kreuzung stehe ich dann an ihrem Häuserblock.

Er setzt den Helm ab. »Es ist nicht weit. Ruf mich an, wenn etwas ist.«

»Nicht nötig, ich schaff das schon.« Ich steige vom Roller und stelle mich neben ihn. »Danke schön. Bis gleich.«

Und bevor ich weiß, was ich tue, habe ich ihm schon einen Kuss gegeben.

Als ich mich umdrehe, sehe ich, dass er mir, den Helm in der Hand, grinsend hinterherschaut.

Direkt vor mir liegt ein großer Platz, auf dem sich eine Besucherschlange langsam voranschiebt. Einer nach dem anderen betritt das von durchsichtigen Röhren umgebene Centre Pompidou. Sicherheitshalber halte ich Ausschau nach einem dunklen Motorroller. Nichts zu sehen.

Als ich endlich an der Reihe bin, kaufe ich ein Ticket. Am Informationsschalter erkundige ich mich, wo ich das Gemälde *L'actrice Paulette Pax* finde, und gehe danach, ein wenig gehetzt, mit einem Lageplan durch die langen Gänge des Museums. Wenn Jean-Paul jetzt nur hier wäre!

Ich schaue nach links und nach rechts, überall hängen Gemälde. Ich sehe ein großes blaues gemaltes Viereck, das sehr schlicht aussieht.

Aber darum geht es nicht immer, höre ich meinen Vater in

Gedanken sagen. *Einfachheit kann auch sehr schön sein und zum Nachdenken anregen.*

So wie die Frauenplastik, an der ich gerade vorbeikomme und deren Kleid auf den ersten Blick aus Müll besteht. Plastikpüppchen, eine Spülbürste, Eisendraht. *Gebrauchte Gegenstände mit einer neuen Bestimmung von Niki de Saint Phalle*, lese ich.

Das Gemälde, das ich suche, hängt hier nicht. Aber laut Plan bin ich fast da.

Plötzlich bleibe ich stehen und drehe mich so ruckartig um, dass mich jemand anrempelt.

»*Excusez-moi!*«, sagt eine Frau und schiebt ihren Buggy, in dem ein Kind schläft, in einem Bogen um mich herum.

»Oh, *pardon!*«, sage ich erschrocken. Werde ich vielleicht verrückt? Niemand verfolgt mich. »Komm schon, weiter!«, murmele ich leise vor mich hin.

Ich schaue mich noch einmal um und haste dann weiter, kreuz und quer zwischen den schlendernden Museumsbesuchern hindurch in die nächste Halle.

Dann sehe ich das Kunstwerk. *L'actrice Paulette Pax* aus dem Jahr 1928. Ich schaue geradewegs in die gemalten Augen der Großmutter von Bella Rossellini. Ihr Gesicht ist schön, und sie sieht lieb und sanftmütig aus. Aufrecht steht sie da, das linke Knie leicht gebeugt. Über ihre Schulter ist ein Pelzmantel drapiert, und sie trägt eine Halskette mit großen glänzenden Steinen. Mein Blick wird von dem Ring um ihren Mittelfinger angezogen. Der Edelstein darauf glitzert genau wie ihre Halskette.

Manche Farben scheinen beinah von der Leinwand zu springen. Ich sehe viel Grün, Blau und Braun. Der Pinsel ist mit schnellen Strichen wieder und wieder über die Leinwand gegangen, und ich würde sie gern berühren, um die Farbschichten zu spüren. Den Namen des Malers schreibe ich in das Tagebuch meiner Schwester: Kees van Dongen. Leider gibt es keine zusätzlichen Informationen zu ihm.

Was jetzt? Ich beschließe, das Werk noch einmal ganz genau zu betrachten. Welche Informationen kann ich dem Bild selbst entnehmen?

Der Pelzmantel wirkt vornehm, und der Schmuck wird ziemlich teuer gewesen sein. Paulette Pax war Schauspielerin, und vielleicht hatte sie viel Geld. Aber was sagt das über ihre Enkelin Bella? Und über das Verschwinden meiner Schwester? Mir fällt nichts dazu ein.

Genau in dem Moment, als ich das Gemälde fotografiere, fühle ich eine Hand auf meiner Schulter. Ich stoße einen Schrei aus, doch noch bevor ich mich umdrehen kann, werde ich weggezogen. Fast stolpere ich über meine eigenen Beine. Ein Museumswärter sieht mich grimmig an und zeigt auf das Absperrband, das vor dem Gemälde gespannt ist. Offenbar habe ich es berührt, und so nah hätte ich dem Kunstwerk nicht kommen dürfen. Erschrocken schiebe ich mein Handy in die Hosentasche, entschuldige mich und entferne mich schnell von dem Wärter.

Ich werfe einen flüchtigen Blick über die Schulter. Ein weiteres Foto werde ich nicht machen können. Der Mann hat die Arme vor der Brust verschränkt und behält mich im Auge. Ich will nach Hause. Vielleicht finde ich ja im Internet mehr Informationen zu Bella.

21

Josephine und Jean-Paul sind noch nicht daheim, und ich habe keine Lust, mit meinem kleinen Handydisplay im Internet zu suchen. Also starte ich schnell ihren Laptop, öffne Firefox und tippe *BELLA ROSSELLINI* ein. Enter.

Bingo! Ich kaue so heftig auf meinem Kaugummi, dass ich meine Zähne klappern höre. Mein Blick schießt über die Informationen, die ich über Bella finde.

Bella Rossellini (Paris, 13. Juli 1957 – 15. August 2011) war eine französische Bildhauerin. Sie ist die Enkelin der Schauspielerin Paulette Pax.

Bella Rossellini liebte die Werke des Bildhauers Auguste Rodin und war wie er in ihren Skulpturen auf der Suche nach der Wahrheit. Sie wurde gerühmt wegen ihrer Gabe, mit subtilen Einzelheiten Gesichtsausdrücke und Körperrundungen in Stein wiederzugeben. Sie starb auf dem Höhepunkt ihrer Karriere.

Ich reibe mir über die Schläfen. Ist das alles? Was hat das mit Nina zu tun?

Okay, nicht zu schnell denken. Schritt für Schritt, erst mal die Fakten. Nina hat das Grab von Bella Rossellini besucht. Sie hat eine Mohnblüte auf die Karte gezeichnet, und rund um das Grab lagen Klatschmohnblüten.

Aber was sonst? Was verbindet Nina mit dem Grab einer

Bildhauerin? Warum soll es sie in Gefahr gebracht haben? Und was hat das mit ihrem Freund zu tun?

Ich suche im Internet nach einer Abbildung des Gemäldes, das ich gerade im Centre Pompidou gesehen habe, doch irgendwie habe ich das Gefühl, damit nur Zeit zu verplempern. Ich schaue auf meine Uhr. Josephine und Jean-Paul kommen erst in ein paar Stunden zurück, hat er geschrieben.

Als es klingelt, lösche ich schnell den Browserverlauf. Ein paar Sekunden bin ich unsicher, ob ich überhaupt öffnen soll, aber meine Neugier siegt über das nagende Gefühl im Magen.

Ich fahre den Laptop herunter, schiebe ihn an seinen üblichen Platz und gehe zur Tür. Dann überlege ich es mir anders und gehe zu dem Tisch zurück, auf dem mein Ball liegt. Ich nehme ihn mit, dann habe ich etwas, womit ich mich im Notfall verteidigen kann. Ein Softball kann einen sehr hart treffen.

Wieder klingelt es, diesmal länger. Fifi liegt lang ausgestreckt auf der Fußmatte. Das nagende Gefühl in meinem Magen will einfach nicht weichen. Sicherheitshalber schiebe ich die kleine stählerne Kette, die am Türpfosten befestigt ist, über den Haken an der Wand, sodass die Tür nur ein kleines Stück geöffnet werden kann. Fifis raue Nase schabt über mein Bein.

»Nein, hierbleiben!«, sage ich streng und schubse sie mit dem Fuß auf die Matte zurück. Anschließend warte ich noch eine Sekunde und öffne dann die Tür.

Draußen steht ein Mann mit einem widerspenstigen blonden Lockenschopf und einem Eimer in der Hand. Sein Arm ist voller Farbspritzer, und er riecht nach Terpentin. Erleichtert hole ich Luft.

»Hey, hallo Abe«, sage ich. »Zum Glück, du bist es.«

»Äh, hallo.« Er sieht mich fragend an.

Fast will ich erklären, warum ich erleichtert bin, aber dann fällt mir ein, dass er ja gesichtsblind ist.

Ich nehme die Kette vom Schloss und strecke ihm die Hand entgegen. »Lotte.«

»Du kennst mich also schon«, stellt er fest und schüttelt meine Hand. »Schön, dich kennenzulernen. Josephine hat mir von dir erzählt.«

»Ja, ich war auf der Eröffnung deiner Ausstellung. Josephine und Jean-Paul sind nicht da.«

»Das ist schade, ich wollte mir ein wenig Material von Josephine leihen.« Er hält den Eimer hoch und schaut danach hinter sich, auf die Straße. »Wann kommen sie zurück?«

»Erst in ein paar Stunden. Willst du reinkommen?«

»Nein, nicht nötig, danke. Dann komme ich lieber ein andermal wieder.« Er zeigt auf die Eisdiele. »Möchtest du auch eins?«

Ich sehe Vatan vor Tamatis Tür sitzen, direkt neben der Eisdiele. Er schaut mich mit einem hungrigen Blick an. Er tut mir leid, auch wenn Tamati gemeint hat, das sei nicht nötig.

»Warum nicht?« Ich taste in meiner Hosentasche, ob ich den Hausschlüssel bei mir habe, und lege den Ball auf die Fußmatte. Dann folge ich Abe in die Eisdiele.

Vatan kommt uns entgegen. Erst schnüffelt er an Abes Bein, dann ist meins an der Reihe.

»Du darfst hier nicht rein. Gleich bringe ich dir was Leckeres.« Ich halte ihn zurück. »Geh!«

Mitten auf der Straße bleibt er stehen und beobachtet uns.

Abe zieht einen Barhocker für mich unter der Theke hervor. »Setz dich. Welche Sorte willst du?«

»Was nimmst du?«, frage ich.

»Für mich ist es ganz leicht. Ich mag nur Vanille. Mit Sahne.«

»Ich nehme Melone.« Ich lasse mich auf dem Barhocker nieder.

Abe bestellt zweimal Eis im Hörnchen bei dem Mitarbeiter der Eisdiele und schiebt ihm das abgezählte Geld über die Theke.

»Und, wie gefällt es dir hier?«, fragt er dann.

Ich zupfe an dem Band um mein Handgelenk. »Ganz gut.«

»*Ganz gut?* Das ist Paris, die schönste Stadt Europas! Oder nicht?«

Der Mann von der Eisdiele steckt ein cremefarbenes und ein grünes Eisbällchen in der Waffel in einen Ständer. Ich nehme das grüne.

»Du hast recht«, pflichte ich ihm bei. »Bestimmt weißt du nicht mehr, dass du mir bei deiner Ausstellung aufgeholfen hast, als ich ohnmächtig geworden bin?«

Er reibt sich über die Wange. »Warst du das?«, fragt er grübelnd und mustert mich einen Moment.

Ich lächele ihm zu, vielleicht fällt es ihm dann wieder ein.

»Oh ja! Dir ging es nicht so gut. Ich erinnere mich, dass du verstört geklungen hast, als du ›Wo bist du, Nina?‹ gerufen hast. Weißt du noch?«

»Äh … ja. Das hast du gesagt. Dass ich das gerufen habe.«

»Hast du sie noch gefunden?«, fragt er.

Ich schüttele den Kopf.

»Aber offensichtlich geht es dir ja jetzt wieder besser.«

»Ja, schon.«

»Wirklich? Ich höre Zweifel in deiner Stimme. Erzähl. Was bedrückt dich?«

»Na ja, äh …«

»Na?« Er sieht mich lächelnd an.

»Na ja, es ist so: Ich suche meine Schwester. Sie ist auf Reisen, und ich weiß nicht, wo sie sich aufhält. Mein Vater sagt, dass sie schon von selbst wiederkommen wird. Aber ich weiß nicht …« Ich schüttele den Kopf. Warum erzähle ich ihm das? »Ach, lass nur.« Ich wippe mit dem Fuß und stoße dabei immer wieder gegen die Theke.

»Ich bin auch der Ansicht, dass man Menschen ihren Freiraum lassen sollte«, sagt er beruhigend. »Manchmal brauchen sie einfach ein wenig Zeit für sich. Wenn sie genug gereist sind, kommen sie von allein wieder zurück.« Er isst den letzten Rest Eis.

»Irgendwas stimmt da nicht«, widerspreche ich. »Alle glauben, dass sie verreist ist. Aber ihr Koffer steht in ihrem Zimmer.«

»Vielleicht hat sie nur eine kleinere Reisetasche mitgenommen?«

»Daran habe ich noch nicht gedacht. Könnte auch sein.« Ich zucke mit den Schultern. »Aber trotzdem …«

Trotzdem stimmt was nicht. In ihrem Tagebuch steht nichts von einem Urlaub.

Meine Eiskugel ist aufgegessen. Ich halte das Hörnchen fest und folge mit den Augen den Bewegungen von Abes Fingern, die eine Serviette in kleine Fetzen zupfen.

»Ist bestimmt nicht leicht, wenn man jemanden verloren hat«, sagt er.

Ich nicke. Dann beobachte ich mit ihm zusammen, wie er die einzelnen Fetzen auf der Theke wieder zusammenschiebt, bis ein neues Muster entsteht.

»Ich werde so lange hierbleiben, bis ich Nina gefunden habe.«

Ich strecke meinen Rücken und rutsche vom Barhocker.

»Du machst dir wirklich Sorgen, was? Hast du schon mit der Polizei gesprochen? Wenn sie wirklich nicht zu finden ist, sollte dein Vater sie als vermisst melden.«

»Meinen Vater darf ich damit nicht belästigen. Und bei der Polizei würden sie sich nur an den Kopf fassen. Schließlich habe ich keinerlei Beweise, dass ihr tatsächlich etwas passiert ist.«

»Vielleicht übernachtet sie ja bei einer Freundin.« Er legt mir eine Hand auf die Schulter. »Pass gut auf dich auf, hörst du? Nicht, dass du auch noch Probleme bekommst. Diese Stadt ist viel zu gefährlich für ein Mädchen, das allein unterwegs ist.« Dann schüttelt er meine Hand. »Grüß Josephine von mir. Leider habe ich keine Zeit mehr, um zu warten. Richte ihr aus, dass ich demnächst noch mal vorbeikomme.«

Ich sehe zu, wie er weggeht, mit seinen schwingenden Locken und dem leeren Eimer. Fast macht es mich fröhlich.

Bevor ich nach Hause gehe, bringe ich Vatan das leere Eishörnchen. Über die Straße streicht das sanfte Licht der Nachmittagssonne.

Was soll ich bloß tun? Anaru hat nicht gesehen, wo Nina ist, und die Spur Bella Rossellini hat auch nichts ergeben. Ich habe einfach keinen einzigen konkreten Hinweis, wo ich Nina finden kann. Obwohl die Mohnblüte ein Signal sein könnte. Drei Worte kreisen ständig durch meinen Kopf: Trost, Schlaf, Vergänglichkeit. Was könnte es für einen Zusammenhang geben zwischen der Mohnblüte auf Ninas Karte und den Blütenblättern rund um das Grab? Ob ich eine Antwort finde, wenn ich versuche, meinen Kopf mal ganz leer zu kriegen?

Zu Hause hole ich meinen Ball und spaziere zu der kleinen Parkanlage. Meine rechte Schulter fühlt sich nicht mehr so steif an. Wieder und wieder werfe ich den Ball in gerader Linie gegen das Tor neben Bogengalerie und Café.

Tipp. Tipp. Tipp.

Die Worte Trost, Schlaf und Vergänglichkeit dröhnen bei jedem Auftippen in meinem Kopf.

Tipp, tipp, tipp.

Immer schneller.

Vatan kommt herbei und legt sich dicht neben mich. Ich streichele ihm über die Schnauze.

»Wenn ich meine Schwester gefunden habe, frage ich meinen Vater, ob wir dich zu uns nach Hause mitnehmen dürfen.«

Der Ball prallt wieder gegen das Tor. Zweimal Aufprallen beim Einatmen, zweimal beim Ausatmen. Es geht immer fließender, fast von selbst, und meine Schulter protestiert nicht.

Du musst eins werden mit dem Ball, sagt Mike jedes Mal.

Körperlich komme ich allmählich in Form, aber das ist unwichtig, sage ich in Gedanken zu mir selbst.

Nina bleibt verschwunden, auch wenn ich so eine Ahnung habe, dass ich etwas gesehen habe, was mich zu ihr führen könnte. Aber was bloß?

22

Josephine und Jean-Paul sind immer noch nicht zurück. Josephine hat angerufen, um zu fragen, ob ich es schlimm fände, wenn sie in der Stadt etwas essen würden. Offenbar haben sie unterwegs einen Freund getroffen.

»Kein Problem«, habe ich gesagt und mir ein Stück Baguette mit Käse belegt.

Jetzt setze ich mich damit aufs Sofa. In der Hoffnung, Zusammenhänge zu erkennen, die ich bislang noch nicht gesehen habe, klappe ich mein Notizbuch auf und lese mir die Hinweise laut vor.

- *Zeichen auf der Ansichtskarte, HLP und die gezeichnete Klatschmohnblüte*
- *Symbol Mohn: Trost, Schlaf, Vergänglichkeit …*
- *PS: Grüß Mama von mir*
- *Gedankenblitze einer verängstigt aussehenden Nina*
- *4e arr. l. 4e arr. bedeutet 4e arrondissement.*
  L ist …?
- *Ninas (?) Haarspange im Atelier von Josephine & Jean-Paul gesehen*
- *Tuschefeder im Atelier von J.P. und J. gefunden. Sind die Kratzer davon?*
- *Anaru sagt, ich muss Nina helfen. Er hört Geigen, ein Saxofon. Könnte das Saxofon auf Banat hinweisen, unseren Lieblingssong? Und er hat Blumen gerochen, geschmeckt. Vielleicht Mohnblüten. Er ist fast erstickt, hat Unruhe gespürt, Zorn.*

– *Tagebuch Nina gefunden.*
– *An Bella Rossellinis Grab gewesen.*
– *Mohnblüten rund um das Grab.*
– *Gemälde von Kees van Dongen: L'actrice Paulette Pax, Porträt von Bellas Oma.*

Ganz unten setze ich ein großes Fragezeichen. Mein Stift folgt den Linien des Fragezeichens so lange, bis es ganz dick ist. Was mich in meinem bangen Vorgefühl verstärkt, dass mit Nina wirklich etwas nicht stimmt, ist, dass Anaru mir aus dem Nichts heraus gesagt hat, ich müsse *ihr* helfen. Ich hatte ihm ja nicht einmal erklärt, warum ich zu ihm gekommen war.

Mein Notizbuch klappe ich zu, aber meine Ohren sind gespitzt, denn die Haustür öffnet sich. Josephine und Jean-Paul sind zurück. Sie reden miteinander, während sie die Treppe hochkommen.

Schnell fege ich die Brotkrümel vom Sofa, nehme ein Buch und schlage es auf einer willkürlichen Seite auf. Sobald Jean-Paul und ich allein im Wohnzimmer sind, werde ich ihm von Anaru erzählen. Vielleicht versteht er ja, was seine Vision bedeuten könnte.

Jemand kommt die Treppe hinuntergestürmt.

»Wo ist Fifi?« Josephine klingt hysterisch. Sie stampft ins Wohnzimmer, bückt sich und schaut hinter dem Sofa, hinter dem Vorhang und unter dem Tisch nach. Wie besessen läuft sie umher. »Fifi? Fifiiiii?« Sie hört sich wütend und zugleich verzweifelt an. »Fifi lag weder unten, noch war sie oben an ihrem üblichen Platz! Sie ist nirgends zu finden. Wo hast du sie gelassen?«

Wo *ich* sie gelassen habe? Huch! Wie kommt sie denn darauf?

»Fifi?« Ich denke nach. »Sie kann doch nicht weg sein. Ich habe sie im Flur liegen sehen.«

Dann schlage ich mir die Hand vor den Mund. Es ist, als würde mein Herz stillstehen. Ich habe versucht, Fifi von der Tür wegzuhalten! Oh nein, sie muss rausgeschlüpft sein, als ich Abe heute Mittag die Tür geöffnet habe! Was soll ich sagen? Das ist wirklich dumm. Natürlich wartet Josephine nur darauf, mir eine Standpauke zu halten.

»Ich habe an all ihren üblichen Liegeplätzen nachgeschaut«, sagt Jean-Paul, als er das Zimmer betritt. »Nirgends zu finden.« Er drückt auf die Fernbedienung, um den Fernseher einzuschalten. »Gleich gibt's Fußball. Kommt ihr auch gucken?«

Josephines Kopf ist rot angelaufen. Sie stellt sich mit verschränkten Armen vor mich, das Kinn erhoben.

»*Du* hast Fifi als Letzte gesehen. Sie muss verschwunden sein, als wir weg waren. Hast du die Haustür geöffnet?«

»I-ich, äh …«, stammele ich.

»Hast du die Haustür aufgemacht, ja oder nein?«

»Sorry«, sage ich heiser. Ihr Blick durchbohrt mich, und ich schaue schuldbewusst zu Boden. »Ganz kurz nur. Abe ist vorbeigekommen. Er wollte zu dir, und ich habe die Tür aufgemacht. Ich dachte, ich hätte Fifi gut zurückgehalten.«

Ich sehe, wie Josephine sich in Bewegung setzt, und weiche einen Schritt zurück, aber sie packt mich am Arm.

»Du wirst doch wohl nicht Abe die Schuld zuschieben? Ich will, dass du Fifi suchen gehst. Jetzt.« Ihre Nasenflügel zittern. »Sonst kannst du den ersten Zug nach Hause nehmen.«

»Jetzt ist aber gut, Mama!«, geht Jean-Paul dazwischen.

»Lotte kann nichts dafür. Fifi ist taub und faul, die kann im Leben nicht weit weg sein.«

Josephine lässt meinen Arm los und geht zur Terrassentür.

»Ich passe hier auf, ob sie nicht über irgendein Dach versucht, in den Garten zu springen.« Sie klingt ratlos. »Würdet ihr bitte jetzt sofort draußen suchen? Ich darf gar nicht daran denken, dass ihr etwas passieren könnte.«

Sie dreht sich zu mir um. Wenn Blicke töten könnten …

23

Vor Josephines Haustür gehe ich nach links, Jean-Paul nach rechts. In einer Viertelstunde wollen wir uns wieder hier treffen.

Die Abendhitze schlägt mir ins Gesicht. Meine Haut fühlt sich klamm an, mein Hals trocken. Ich will schlafen. Rennen. Flüchten. Anarus Worte schießen mir immerzu durch den Kopf. *Du musst ihr helfen.* Ich will zu Nina, mich in ihre Arme kuscheln und in den Schlaf gewiegt werden. Wissen, dass alles in Ordnung ist.

Ich reibe mir die Augen. Warum musste Fifi auch unbedingt weglaufen? Was, wenn sie irgendwo im Sterben liegt, weil sie von einem Motorroller oder Auto überfahren wurde? Dann wäre es meine Schuld!

Nicht daran denken. Suchen!

Ich gehe die Straße hinunter und lausche, ob ich irgendwo das Miauen einer Katze höre. Aus offen stehenden Fenstern dringen Fetzen überlauter Fernsehstimmen. Das Fußballspiel zwischen Paris Saint-Germain und Olympique Lyon, das Jean-Paul sehen wollte. Aus den verschiedenen Fenstern erklingt gleichzeitig Jubel, als ein Tor fällt.

Ich blicke zurück. Am Ende der Straße biegen ein paar Touristen um die Ecke. Ein Auto fährt an mir vorbei. Josephine hat mich vor die Tür gejagt, und jetzt laufe ich hier allein im Dunkeln herum.

Noch einmal schaue ich hinter mich. Aus dem Nichts beschleicht mich wieder das unbehagliche Gefühl, dass jemand jeden Schritt verfolgt, den ich mache. Ich spüre, wie die Blicke in meinen Rücken stechen, und denke an das Drohfoto. An den Motorroller, der mich gejagt hat. Daran, dass zwar jemand ans Telefon gegangen ist, als ich Ninas Nummer angerufen habe, aber nichts gesagt hat …

Vielleicht werde ich ja verrückt? Was, wenn ich allmählich an Verfolgungswahn leide?

Ich muss mich konzentrieren! Die Katze, wo kann sie sein? Fieberhaft schaue ich von links nach rechts und versuche, jede Bewegung um mich herum wahrzunehmen.

Die nächste Straße wirkt grau und wenig beleuchtet. Wind kommt auf, irgendwo klappert ein Fenster. Zieht da etwa ein Unwetter auf?

Ich reibe mir über den Arm. Wären die fünfzehn Minuten doch nur schon vorbei!

Zweimal links – oder ist es die nächste Straße? Den Weg links erkenne ich nicht. Habe ich eine Straße nicht mitgezählt?

Hastig laufe ich ein paar Meter zurück und bleibe vor einer dunklen Gasse stehen. Ich höre etwas knacken, da hinten bei der Mülltonne. Aber die Gasse ist nicht beleuchtet, und ich sehe nur einen großen dunklen Block, der wie ein Schatten vor der Wand steht. Ich bin ganz sicher, dass ich ein Rascheln höre.

Nur keine Angst! Jean-Paul ist in der Nähe, und ich bin gleich wieder zu Hause.

Ich halte den Atem an, trete einen Schritt vor und bücke mich.

»Fifi? Komm her.« Ich schnalze mit der Zunge. »Komm schon …«

Kein Knacken mehr. Bestimmt war es nur eine Maus. Angst zu haben ist Unsinn.

Da schießt aus der Finsternis ein Schatten nach vorn. Ein harter Schlag trifft meinen Kopf, und zwei Hände fassen nach meiner Kehle. Mir stockt der Atem. Gurgelnd schlage ich um mich.

»Hilfe!«, versuche ich zu rufen, aber es klingt wie ein kratziges Flüstern.

Weit entfernt ertönt Jubel. Das nächste Tor ist gefallen. Menschen hupen und schreien sich die Kehle wund, während ich fast ersticke.

Eine Hand umfasst noch immer meinen Hals, die andere presst sich mir grob auf Mund und Nase. Ich spüre Stoff in meinem Gesicht und gerate in Panik. Was ist das? Ein durchdringender Geruch! Er sticht in der Nase. Nicht mehr einatmen! Er will mich betäuben!

Ich halte es nicht lange durch. Meine Brust zuckt. Sauerstoff! Ich brauche mehr Sauerstoff! Die Hand muss da weg!

Beißen klappt nicht. Bei jedem Versuch krallen sich die Nägel tiefer in meine Wangen.

Ich muss loskommen!

So fest ich kann, stoße ich meinen Ellenbogen nach hinten. Und noch einmal. Ich spüre etwas Hartes, das Gesicht? Getroffen! Die Hand fliegt von meiner Nase und dem Mund.

Wir schnappen beide nach Luft, doch der Angreifer fasst mich sofort wieder am Handgelenk und dreht mir den Arm auf den Rücken. Er ist schneller und stärker als ich. Ich sitze fest, kann mich nicht mehr bewegen. Noch einmal atme ich tief ein, dann schiebt er mich tiefer in die Gasse hinein, die Hand wieder auf Mund und Nase. Ich zerspringe fast, ich brauche Sauerstoff!

Mein Kopf brennt, und etwas Feuchtes läuft an meinen Schläfen hinunter. Ich rieche Eisen, Blut. Vor meinem geistigen Auge sehe ich meinen Körper neben dem meiner Schwester auf dem Boden liegen.

Nein, so weit darf es nicht kommen! Ich will nicht sterben!

Die Nägel meiner freien Hand krallen sich so tief es geht in die Hand, die meinen Mund bedeckt. Ein Stöhnen. Die Hand rutscht von meinem Mund. Ich schnappe nach Luft und drehe mich um. Blitzschnell schlage ich meine Faust mit allem, was an Kraft und Wut in mir steckt, gegen das Kinn des Angreifers.

Ich schaue direkt in zwei hohle Augen. Zwei schwarze Löcher. Das ist eine Maske. Hinter den Löchern glänzen Augen. Mann oder Frau? Es ist zu dunkel, um es richtig zu erkennen.

Der Maskierte lässt mich los und stolpert aus der Gasse. Ich versuche, aufrecht stehen zu bleiben, aber alles dreht sich. Erschöpft gehe ich in die Knie. Mein Hals und meine Wange brennen, und ich kann nicht aufhören zu zittern. Meine Hand ist noch immer zu einer Faust geballt.

»Au«, flüstere ich heiser.

»Lotte?«

Benommen öffne ich die Augen. Diese Stimme … die kenne ich. Jean-Paul … Wie kommt er so schnell hierher?

»Hier.« Ich bringe nur ein kratziges Geräusch heraus, höre aber, dass sich seine Schritte nähern.

»Wo warst du denn nur?!« Er kniet sich neben mich und nimmt mich in die Arme. »Wir wollten uns doch nach einer Runde Suchen wieder vor der Tür treffen! Ich konnte dich nirgends finden … Was ist das? Du blutest ja!«

»Bring mich hier weg.« Alles dreht sich, und mein Kopf fühlt sich schwer an.

»Kannst du stehen?« Er hilft mir auf, nimmt meinen Arm und legt ihn sich über die Schulter.

24

»Hast du die Polizei angerufen?«, frage ich Josephine. Wenn ich die Augen schließe, dreht sich wieder alles.

»Ist unterwegs«, sagt sie resolut.

Ich liege auf dem Sofa und starre auf einen festen Punkt an der Decke. So geht es besser.

Der Arzt ist gerade weg. Er hat mich untersucht, mir mit einem Lämpchen in die Augen geleuchtet. Die Beule an meinem Kopf sei ziemlich heftig und die Wunde offen, aber ich scheine keine Gehirnerschütterung zu haben, hat er zu Josephine gesagt. Trotzdem müsse ich heute Nacht sicherheitshalber alle paar Stunden geweckt werden. Nachdem er mir eine Spritze gegeben hatte, um die Stelle zu betäuben, hat er die Wunde genäht.

Josephine setzt sich neben mich aufs Sofa. Vorsichtig tupft sie die Kratzer auf meinen Wangen sauber.

»Erzähl der Polizei nachher ehrlich, was passiert ist«, sagt sie. »Augen zu.«

»Wie, *ehrlich?*«, frage ich.

Meine Haare kleben an meiner Wange. Ich ziehe sie ab, aber Josephine schiebt meine Hand zur Seite.

»Bist du ganz sicher, dass du angegriffen wurdest? Halt den Kopf still.« Mit einem Papiertuch streicht sie mir übers Kinn. »Vielleicht bist du ja ausgerutscht und mit dem Kopf gegen etwas Hartes geknallt.«

»Nein! Ich sagte doch schon: Jemand hat mich festgehalten,

ich bin fast erstickt. Und heute Mittag auf der Straße war auch jemand, der …«

»Nur die Ruhe. Das kannst du gleich der Polizei erzählen.« Ihre Stimme klingt gereizt. Bestimmt hält sie mich für eine höchst unbequeme Nervensäge. Als könnte ich etwas dafür, dass ich angegriffen wurde!

»Es war nicht glatt auf der Straße«, sagt Jean-Paul. »Jetzt lass sie doch mal einen Moment in Ruhe, Mama. Ich koche ihr einen Tee.«

Doch Josephine lässt nicht nach. »In der Galerie bist du auch umgekippt. Wegen der Hitze, hast du gesagt. Vielleicht ist das ja wieder passiert. Warum sollte dir jemand etwas antun wollen?«

»Weiß ich nicht.« Ihre Fragen machen mich aggressiv.

Warum glaubst du nicht, was ich sage?, will ich herausschreien, aber das hat ja doch keinen Sinn. Außerdem tut mein Kopf weh, und ich wünsche mir nichts mehr als Stille um mich herum. Einen Augenblick nichts hören, vor allem nicht ihre Stimme.

»Zum Glück ist Fifi wieder da«, sagt sie. »Sie war auf dem Dachboden. Ich hatte aus Versehen die Tür zu dem Zimmer dort oben offen gelassen, aber weil sie sonst nie dorthin geht, haben wir nicht sofort daran gedacht, dort zu suchen. Dumm von mir.«

Bestürzt sehe ich sie an. Nicht zu fassen! Dann hat sie mich also völlig umsonst auf die Straße geschickt?

»Verbirgst du vielleicht etwas vor mir?«, fragt sie plötzlich.

»Natürlich nicht«, schnauze ich. »Warum glaubst du das?«

»Ich werde nicht um den heißen Brei herumreden. Es tut mir leid, dass ich das so sagen muss, aber ich finde, dass du ein sehr seltsames Verhalten an den Tag legst. Geht es dir wirklich gut?«

Sie schaut mich mit einem scharfen Blick an, argwöhnisch. Offenbar glaubt sie, dass ich sie nicht mehr alle habe, ich sehe es an ihrem Blick.

»Mit mir ist alles in Ordnung!«, rufe ich. »Ich habe Fifi gesucht, und da kam dieser Irre aus dem Dunkeln!«

Die Tränen brennen in meinen Augen. Schnell wende ich den Blick ab.

»Vielleicht sind das ja Wahnbilder. Vielleicht hast du es so erlebt, aber das entspricht nicht der Realität.«

Das geht echt zu weit! Ich platze fast vor Wut.

»Jetzt hör mir doch zu! Ich wurde wirklich angegriffen!« Ich versuche aufzustehen. Wo ist Jean-Paul? Er glaubt mir doch, oder?

Josephine drückt mich in die Sofakissen zurück.

»Nur ruhig«, sagt sie beschwichtigend. »Nur ruhig jetzt.«

»Ich habe mir das nicht ausgedacht. Wirklich nicht«, flüstere ich. »Wirklich nicht …«

Jean-Paul kommt mit dem Tee und reicht ihn mir.

»Trink«, sagt seine Mutter. »Kräutertee hilft.«

Mit beiden Händen halte ich den Becher fest, doch gerade als ich den ersten Schluck nehmen will, klingelt es.

Josephine steht auf, verlässt das Zimmer und öffnet die Haustür. Ich höre sie auf Französisch mit zwei Männern reden.

Den Teebecher in der Hand und Jean-Paul neben mir, betrachte ich die beiden Polizisten auf der anderen Seite des Tisches. Sie haben meine Anzeige wegen des Angriffs aufgenommen, aber weil ich den Täter nicht beschreiben kann, können sie nicht viel für mich tun. Das mit dem Gefühl, schon vorher verfolgt worden zu sein, hören sie anscheinend öfter von Mädchen und Frauen. Und dann bekomme ich auch noch eins auf den Deckel, weil ich ganz allein in der Stadt unterwegs war. Es laufen nun mal viele Gestörte herum, meinen sie, die ein makabres Vergnügen daran finden, Mädchen in Angst und Schrecken zu versetzen.

Am liebsten würde ich sie fragen, ob sie nicht vielleicht zu viele Thriller gelesen haben. Ich komme mir schon vor wie mein Vater.

Auch über meine Suche nach Nina erzähle ich ihnen alles. Was habe ich noch zu verlieren? Die Ansichtskarte mit den eingeritzten Buchstaben, das Drohfoto, der Stein und Ninas Tagebuch liegen vor mir auf dem Tisch. Aus dem Augenwinkel schaue ich zu Jean-Paul hinüber, dem ich noch nicht alles erzählt habe.

»Lieber Himmel«, flüstert er und starrt auf das Drohfoto.

Monsieur Clignot, mit seinen grauen Haaren vermutlich der ältere der beiden Polizisten, studiert die Postkarte ausgiebig. Er kneift die Augen zusammen und führt sie näher heran. Ohne ein Wort zu sagen, legt er die Karte anschließend auf den Tisch zurück und schiebt sie seinem Kollegen Dubois zu, der neben ihm sitzt. Danach betrachtet er das Drohfoto, aber das gibt er schon nach wenigen Sekunden an seinen Kollegen weiter, ohne es überhaupt hochgehoben zu haben. Seine Finger trommeln auf Ninas Tagebuch.

»Soll ich Ninas Aufzeichnungen ins Französische übersetzen?«, fragt Jean-Paul.

»Ja, gern«, sage ich.

Den unbewegten Gesichtern von Clignot und Dubois kann ich nicht entnehmen, was sie über mein »Beweismaterial« denken, doch bei ein paar von den Worten, die Jean-Paul auf

Französisch sagt, weiß ich, was er meint. Wenn er *ami* sagt, spricht er über Ninas Freund. Bei *Cimetière Père-Lachaise* grinsen sich Clignot und Dubois an.

»Warum lachen sie?«, frage ich Jean-Paul, als er mit dem Übersetzen fertig ist.

»*Il y a plein de gens qui a de la famille enterrée au Père-Lachaise*«, sagt Clignot. »*Cela n'est pas vraiment étrange.*« Er streicht sich über den Schnurrbart.

»Okay«, sagt Jean-Paul. »Lotte, sie finden es nicht verdächtig, dass jemand eine Rechnung von Père-Lachaise bekommt. Sie verstehen deine Sorge darüber, dass Nina allein reist, aber sie glauben nicht, dass etwas passiert ist.«

Wütend springe ich auf. »Und was ist dann mit der Ansichtskarte und dem Foto? Sagen die nicht genug? Und der Angriff eben? Ich wurde bedroht, und ihr tut so, als wäre alles in Ordnung!«

Mein Schädel brummt. Von dem Schlag, aber auch vor Verzweiflung. Sie glauben mir nicht!

Josephine bringt ein Tablett zum Tisch. Clignot und Dubois bekommen Kaffee, und sie stellt eine Schale mit Keksen in die Tischmitte. Dabei sieht sie mich mit einem durchdringenden Blick an.

»Reiß dich zusammen, und setz dich hin. Ich nehme an, die Herren sehen nur keinen Zusammenhang zwischen dem Angriff eben und deiner Sorge um Nina.«

»Moment, ich habe noch etwas!« Eilig laufe ich nach oben, hole Ninas Tuschefeder aus meinem Zimmer und komme ins Wohnzimmer zurück. »Diese Feder lag in deinem Atelier, Josephine, und sie gehört Nina. Dann erklär den Polizisten doch mal, was Nina dort damit gemacht hat …« Ich lege die Tuschefeder vor Josephine auf den Tisch. »Und ich habe auch eine von Ninas Haarspangen auf dem Sofa in deinem Atelier gesehen. Wo hast du die denn gelassen?«

»Ich brauche dir gar nichts zu erzählen, du schnüffelst heimlich in meinem Haus herum.«

»Weil du dich so seltsam verhalten hast.« Das rutscht mir raus, bevor ich es zurückhalten kann.

»Ach, jetzt war ich das.« Josephine schüttelt lachend den Kopf. »Nina hat in meinem Atelier Modell gestanden, das ist alles. Und was die Haarspange angeht ... die ist ganz sicher von Nina. Ich habe sie an mich genommen, bevor Fifi sich damit vergnügt. Die Spange ist mir erst aufgefallen, als du dich vor dem Sofa gebückt hast.«

Mir bleibt der Mund offen stehen. »Warum hast du nicht gesagt, dass sie in deinem Atelier Modell gestanden hat?«

»Du hast nicht nach Nina gefragt, und ich habe schlichtweg vergessen, es zu erzählen.«

»Äh ...« Ich weiß nicht, was ich sagen soll. Ich schaue in meine volle Tasse und blase sachte hinein, bis sich Kreise im Tee zeigen. Was Josephine sagt, klingt so ... so unglaublich einfach und logisch. Dumm, dass ich nicht selbst daran gedacht habe, dass Nina in Josephines Atelier Modell gestanden haben könnte.

»Diese Tuschefeder könnte übrigens von jedem sein. Ich habe selbst auch eine. Ist das Haarspangen- und Tuschefedergeheimnis damit gelöst?«, fragt Josephine.

»Ja.« Ich kann nicht anders, als es zuzugeben, aber es fühlt sich furchtbar an. Frustrierend.

»Schön«, sagt sie.

Monsieur Clignot hüstelt. Er fragt Josephine etwas.

»Er will wissen, wann du Nina zum letzten Mal gesehen hast«, sagt sie zu mir.

»Vor fast zwei Monaten«, antworte ich und suche in meinem Handy nach dem Kontakt, den mir Kim von der Modelagentur gegeben hat. »Das ist die einzige Nummer, die ich habe. Nina sollte eine neue bekommen.«

Monsieur Clignot nimmt mein Handy, tippt auf das Display und legt das Telefon auf den Tisch. Alle sind still. Ich schaue auf das leuchtende Display und presse die Zähne zusammen, auch wenn ich hundert Prozent sicher bin, dass wir Nina nicht ans Telefon bekommen werden.

Tuut … tuut … tuut, schallt es aus dem Telefon.

Aus den Augenwinkeln schaue ich zu Monsieur Dubois. Das Löffelchen, mit dem er in seinem Kaffee rührt, klirrt in der Tasse. Ich wünschte, er würde damit aufhören. Es tut mir in den Ohren weh.

Dann begegnet mein Blick dem von Monsieur Clignot. Glaubt er wie Josephine, dass ich paranoid bin? Habe ich mir die Nachstellungen nur ausgedacht?

Seine Hand liegt neben dem Telefon. Nach einer Weile hört der Rufton auf, und ich höre, wie Nina ihren Namen nennt.

»Ich bin nicht da«, sagt sie. »Bitte hinterlass eine Nachricht.«

Ein langer Piepton folgt. Clignot schiebt mir das Handy rüber. Er nickt.

Was soll ich sagen? Einen Moment zögere ich, aber dann sage ich schnell: »Nina, hier ist Lotte. Rufst du mich bitte zurück?«

Dubois stellt seine Kaffeetasse auf den Unterteller und nimmt sich einen Keks aus der Schale. Clignot wedelt mit der Hand – ich soll weiterreden. Schnell, was könnte ich sonst noch sagen?

»Wo bist du? Ich kann dich nirgends finden … Ich mache mir Sorgen um dich.« Angenommen, Nina hört diese Nachricht doch ab? Ich denke nach. Ich will nur noch eins sagen. »Ich hab dich lieb.« Meine Stimme kippt.

Dubois sieht auf seine Uhr, und Clignot gibt mir seine Karte. Dann erklärt er Jean-Paul, was ich machen soll. Wenn ich nähere Informationen zu Nina habe, soll ich sie anrufen, ebenso, wenn ich den Verdacht habe, verfolgt zu werden. Ein Revierpolizist wird in der kommenden Nacht regelmäßig durch die Straßen patrouillieren.

Er steht auf und geht Richtung Wohnzimmertür, Dubois hinter sich.

»*Ne sortez plus seule la nuit!*«, sagt er mit erhobenem Zeigefinger.

»Du sollst nicht mehr im Dunkeln allein auf die Straße gehen«, dolmetscht Jean-Paul. Er bleibt am Tisch sitzen, während Josephine die Polizisten begleitet. Auf der Türschwelle bleiben sie stehen, und Josephine bedankt sich für ihr Kommen.

»Jean-Paul?«, frage ich. »Du glaubst mir doch, dass ich angegriffen wurde?«

»Na klar.«

Meine ich das nur, oder ist da ein Zögern in seiner Stimme? Ich versuche, seinen Gesichtsausdruck zu ergründen, als mir etwas Wichtiges einfällt.

»Warte, erzähl den Polizisten, dass ich bei einem Hellseher gewesen bin, einem Mann in den Katakomben! Vielleicht kennen sie ihn. Er hat gespürt, dass Nina in Gefahr ist.«

»Du bist in den Katakomben gewesen? Das hättest du nie tun sollen! Hättest du es mir gesagt, wäre ich mitgegangen, um dich notfalls zu beschützen.« Sein Blick ist grimmig.

»Du warst nicht da, und ich hatte es eilig.«

»Hatte dieser Hellseher denn konkrete Tipps, mit denen die Polizisten etwas anfangen können? Zu spüren, dass jemand in Gefahr ist, scheint mir doch recht vage zu sein.«

»Äh, na ja …« Ich denke an die Geigenmusik, die Anaru gehört hat, und an die Blumen, die er in seiner Vision riechen konnte. Daran, dass er fast erstickt ist und ich furchtbar erschrocken bin. Aber konkrete Hinweise? »Eigentlich nicht.«

Jean-Paul betrachtet mich misstrauisch. Ich versuche zu lächeln, aber er sieht mich weiterhin stirnrunzelnd an. Zum ersten Mal spüre ich eine gewisse Distanz zwischen uns.

»Glaubst du mir denn?«, frage ich heiser.

»Ja, ich denke schon … Ja, doch.« Er nickt abwesend.

Clignot und Dubois verabschieden sich mit erhobener Hand und folgen Josephine in die Diele. Ein Handy klingelt. Ich werfe einen Blick auf den Tisch und sehe, dass es meins ist. Wie ein Tiger stürze ich mich darauf und schnappe es mir.

»Warten Sie! *Attendez!*«, rufe ich und tippe das Lautsprechersymbol an.

Dann halte ich das Handy in die Nähe meines Ohrs. Clignot und Dubois tauchen wieder in der Tür auf.

»H-hallo? Lotte hier …« Mein Herz setzt einen Schlag aus, und ich räuspere mich. »Hallo, wer ist da?«

Etwas knistert, als würde jemand am anderen Ende eine Hand über das Telefon schieben.

»Hi, ich bin's, Nina.«

Es trifft mich bis ins Mark. Ihre Stimme zu hören ist so absurd und zugleich so vertraut, als hätte ich sie gestern noch gesprochen. Ich umklammere mein Handy und setze mich auf einen Stuhl.

»Hi«, sage ich, mehr nicht. Ich darf jetzt keinen Fehler machen.

Clignot gestikuliert, ich soll weiterreden. Wo soll ich anfangen? Ich könnte laut schreien.

»Äh, wie geht es dir?«, frage ich schließlich.

»Gut … Und dir?«

»Wo bist du?«

»Bei einem Freund.«

Bei dem Freund aus dem Tagebuch? Wie klingt sie? Kühl. Ist sie sauer, weil ich ihre Nummer herausgefunden habe?

Vorsichtig sein. Keine falschen Fragen stellen.

Sobald Nina auflegt, habe ich sie verloren. Wenn sie bei diesem Freund ist, bekommt sie morgen, am 13., eine Überraschung von ihm.

»Gibt es etwas zu feiern?«, frage ich so beiläufig wie möglich. »Einen Geburtstag vielleicht? Hast du etwas … etwas Besonderes vor?«

Am anderen Ende der Leitung bleibt es still.

Ich fingere an einer Haarlocke. »Willst du mir sagen, wo genau du bist?«

Noch immer gibt sie keine Antwort.

»Nina, jetzt sag doch was!«

»Ich bin …«

»Was sagst du? Ich höre dich nicht.« Mein Bein zittert. Ich lege meine Hand aufs Knie, um es zu stoppen.

»Ganz einfach … in Paris.«

»Du hast deine Zimmermiete nicht bezahlt«, rutscht es mir heraus, bevor ich es verhindern kann.

Nina sagt nichts.

»Nina?«

»Ja …«

»Warum hast du die Miete nicht bezahlt? Brauchst du Hilfe?«

Einen Moment ist es still, dann höre ich einen Seufzer. »Habe ich um Hilfe gerufen? Nein, ich habe nicht gerufen. Wenn etwas ist, schreibe ich es. Ich werde schon noch bezahlen, okay? Ich muss jetzt auflegen. Grüß Papa von mir. Tschüs.«

»Warte! Bitte ruf Papa selbst an!«

Doch Nina hat die Verbindung bereits unterbrochen. Sie klang so reserviert, irgendwie abwesend. Bestimmt ist sie sauer auf mich, und jetzt habe ich es verpatzt. Ich versuche, die Tränen in meinen Augen wegzuzwinkern. Ich will rauf in mein Zimmer, weg von all diesen triumphierenden Blicken. Meine Sachen in den Rucksack werfen und den erstbesten Zug nach Hause nehmen.

Doch Monsieur Clignot hält mich zurück.

»*Tu as retrouvé ta sœur?*«, fragt er und fasst mich an der Schulter.

»*Oui.*« Ich nicke kurz. Nina ist wieder da. Aber ich weiß immer noch nicht, wo sie ist.

»*C'est super!*« Er lächelt freundlich und geht dann hinter Dubois nach draußen.

Josephine streichelt mir über den Rücken, sagt, dass sie sich für mich freut, und folgt den Polizisten.

Jean-Paul steht neben mir. Er sagt nichts, steht einfach nur da.

Ich fühle mich dumm. War es das jetzt? Was habe ich mir da nur alles zusammengereimt?

Josephine kommt ins Wohnzimmer zurück und hält mir die Hand hin.

»Vertragen wir uns wieder«, sagt sie.

Ich schnaube. »Okay.« Ich gebe ihr eine Hand. Kurz.

»Es tut mir leid, dass ich dich auf die Straße geschickt habe. Das hätte ich nicht tun sollen.« Sie lächelt. »Bleib einfach noch ein paar Tage.«

»Nein, danke schön. Wenn ich mich morgen gut genug fühle, fahre ich nach Hause.« Vorsichtig berühre ich die Haut rund um meine Beule. Der schlimmste Schmerz ist nach der Betäubung verschwunden.

Ich fühle mich ein wenig benommen. Kommt das von der Betäubung oder von dem unbestimmten Gefühl, das ich nach dem Telefongespräch mit Nina habe? Offensichtlich hatte sie keine Lust zu reden …

»Ich rufe nachher deinen Vater an und sage ihm, dass du morgen nach Hause kommst«, sagt Josephine.

»Erzähl ihm bitte nicht, was heute Abend auf der Straße passiert ist«, sage ich. »Sonst setzt er sich sofort ins Auto und fährt nach Paris.«

»Nein, keine Sorge, ich erzähle ihm nichts. Das kommt dann später. Aber soll ich ihm sagen, dass du mit Nina gesprochen hast?«

Ich nicke. »Sag ihm, sie lässt ihn grüßen.«

Dann verlasse ich den Raum. Müde von diesem langen, heftigen Tag und dem grässlichen Zusammenstoß in der Gasse, gehe ich die Treppe hinauf. Ich reibe über meinen Hals, der sich reichlich misshandelt anfühlt.

Paranoid, ich? Niemals! Die maskierte Person in der Gasse war echt, kein Wahnbild. Genau wie das Drohfoto.

Jean-Paul kommt hinter mir die Treppe hoch. In der Tür zu meinem Zimmer bleibe ich stehen.

»Gut, dass du mir auf der Straße gefolgt bist.« Ich meine es freundlicher, als es klingt.

»Ich hätte dich nicht allein lassen dürfen. Es tut mir leid.«

»Macht nichts. Du konntest ja nicht wissen, dass mich jemand angreifen würde.« Ich versuche, den Schrecken, den ich noch immer empfinde, wegzulachen. »Ich gehe schlafen. Bis morgen.«

Er bleibt stehen und schaut mich an, sagt aber nichts.

»Traust du dich denn, die Augen zuzumachen?«, fragt er auf einmal. »Ruf mich ruhig, wenn du Angst bekommst.«

»Ich glaube, das wird schon werden. Die Fenster sind zu, und die Haustür ist abgeschlossen. Hier drinnen laufen keine unheimlichen maskierten Typen rum.«

»Okay. Ich freue mich für dich, dass Nina wieder da ist.« Er stellt sich ganz dicht vor mich und gibt mir unerwartet einen Kuss. »In ein paar Stunden schaue ich nach, wie es dir geht. Schlaf schön.« Dann geht er zu seinem eigenen Zimmer.

»Du auch«, murmele ich.

Leise kichernd, aber gleichzeitig verwirrt, gehe ich in mein Zimmer. Durch den Angriff in der Gasse und das unerwartete Gespräch mit Nina bin ich noch viel zu durcheinander, um lange über seinen Kuss nachzudenken.

Ich schalte den Deckenventilator über meinem Bett ein, nehme alle getragenen Kleidungsstücke vom Stuhl und falte eins nach dem anderen auf dem Bett zusammen. Mein Handy zeigt den 12. Juli, 23:00 Uhr an. Morgen Abend um diese Zeit bin ich wahrscheinlich wieder zu Hause in meinem eigenen Zimmer. Ich vermisse die vertrauten Geräusche meiner Straße. Wenn ich bei offenem Fenster schlafe, versuche ich immer, das leise Glucksen zu hören, das die E-Boote in der Gracht machen. Das Lachen und Reden der Leute in den Booten schallt dann über das Wasser, und wenn ich noch länger lausche, höre ich den Wind in den Baumkronen rauschen.

Als ich noch klein war und Mama noch zu Hause gewohnt hat, nähte sie spätabends Kleidchen für Nina und mich. Die brummende Nähmaschine, sanft glucksende Boote … Mit diesen vertrauten Geräuschen bin ich immer ruhig eingeschlafen.

Ich nehme die ungetragene Kleidung aus meinem Rucksack und schnuppere an Ninas Kleid. Es riecht ganz zart nach ihrem Lieblingsparfüm, Chanel Allure. Ich lege es oben auf die anderen Kleidungsstücke, alles andere wandert zurück in den Rucksack: Ninas Tagebuch, mein eigenes Notizbuch, der Stadtplan von Paris … Ich brauche nichts mehr. Den Ball lege ich neben dem Rucksack auf den Boden. Als Letztes nehme ich Ninas Puppe und betrachte sie noch kurz.

Du musst nicht mehr auf mich aufpassen, sage ich in Gedanken zu ihr. Die Puppenaugen verraten keine Freude, aber ich hatte auch nichts anderes erwartet. Vorsichtig lege ich sie in den Rucksack. Um ehrlich zu sein, finde ich es angenehm, ihren starren Blick nicht mehr sehen zu müssen.

Ich gehe zum Fenster, um die Vorhänge zu schließen, und spähe eine Weile auf die andere Straßenseite, auf der die Schatten vorbeiziehender Wolken über die Häuser treiben. Dann entdecke ich einen Polizisten. Clignot hat sich also an sein Wort gehalten, jemanden Streife laufen zu lassen. Irgendwo in Paris treibt sich der Widerling rum, der mich angegriffen hat, vielleicht auf der Suche nach einem neuen Opfer. Aber ich bin jetzt in Sicherheit.

Ich schließe die Vorhänge und lege mich ins Bett. Wo sich Vatan wohl rumtreibt? Ob er in der Parkanlage schläft? Oder streunt er durch die Straßen, auf der Suche nach etwas Essbarem? Morgen früh werde ich zu ihm gehen. Wenn er von selbst mitläuft, nehme ich ihn mit nach Hause.

Auf dem Rücken liegend starre ich auf den sich drehenden

Ventilator an der Decke und taste nach meiner Kopfwunde. Zum Glück spüre ich immer noch wenig davon. Jemand schaltet auf dem Flur das Licht aus. Meine letzte Nacht in Paris bricht an. Diesmal wird es hoffentlich eine ruhige sein.

25

Bilder schwappen wie unruhige Wellen in meinem Kopf. Ich sehe Jean-Paul, der mich küsst, danach schaut Josephine mich mit flammenden Augen an. Der Widerling mit den schwarzen Löchern in seiner Maske streckt die Hand nach mir aus …

Mein Herz rast, und ein kalter Luftzug streicht über mein Gesicht. Ich ziehe mir das Laken über den Kopf, dann drängt sich mir das Gespräch mit Nina wieder auf. Es war eine seltsame Unterhaltung, als wäre sie eine Fremde. Als wäre ich für sie eine Fremde. Ich bin mir sicher, dass ich mir das alles nicht ausgedacht habe, obwohl ich manchmal fast daran zweifele. Aber ich bin nicht verrückt. Ich bin nicht verrückt!

Hör auf zu grübeln, weise ich mich selbst zurecht und zähle bis fünfzig. Danach höre ich Ninas Stimme wieder.

Seufzend drehe ich mich auf den Bauch. Nichts hilft beim Einschlafen, ich höre immer noch ihre Stimme.

Immer wieder spule ich zu demselben Satz zurück.

»Habe ich um Hilfe gerufen? Nein, ich habe nicht gerufen. Wenn etwas ist, schreibe ich es«, hat sie gesagt.

Keine Hilfe nötig, klarer geht es doch kaum. Aber sie klang desinteressiert, und genau das macht mich so unruhig.

Ich presse die Kiefer fest zusammen. Vielleicht hilft das, um den Kummer weniger zu spüren. Sie hat mich doch vermisst! Offensichtlich hatte sie zu viel zu tun, um länger mit mir zu sprechen …

Eigentlich wollte ich mit ihr über normale Dinge reden,

schöne Dinge, Paris … Ich wollte mich mit ihr verabreden, gemeinsam über die Dächer schauen und die zahllosen braunen Schornsteinröhren zählen. Arm in Arm durch die Einkaufsstraßen bummeln und flache Steine über das Wasser der Seine titschen lassen. Ihr von meinem bevorstehenden Softballwettkampf erzählen.

Auf dem Nachtschränkchen neben meinem Bett leuchtet das Licht von meinem Display auf. Ist das schon der Wecker? Wie spät ist es?

Ich schaue auf mein Handy, aber ich sehe keine Weckeranzeige, sondern eine SMS von jemandem mit einer unterdrückten Nummer. Wer kann das sein?

Ich wische mir eine Locke aus dem Gesicht und öffne die Nachricht.

Bonsoir Lotte,
J'ai lu dans le dossier de Bella qu'il ne restait plus qu'un membre de sa famille vivant à Paris. J'ai aussi lu que Bella avait été tué. On n'a jamais retrouvé l'assassin. Elle a été empoissonnée.
Salut, Victor

So ganz verstehe ich nicht, was dort steht. Victor, der Friedhofsgärtner, hat etwas in Bellas Akte gelesen. Etwas von einem lebenden Familienmitglied und einem Mord?

Hastig gehe ich zu Jean-Pauls Zimmer und klopfe an die Tür.

»Bist du wach?«, flüstere ich und klopfe noch einmal.

Ein Poltern, dann öffnet Jean-Paul verschlafen die Tür.

»Entschuldige«, sage ich und zeige ihm mein Handy. »Ich habe gerade diese Nachricht bekommen. Würdest du sie mir übersetzen?«

Er reibt sich die Augen, nimmt das Telefon und liest die SMS.

»Und, was steht da?«

»Äh, Victor schreibt, dass Bella nur noch ein einziges lebendes Familienmitglied hat, das in Paris wohnt. Bella ist vergiftet worden, und der Täter wurde nie gefunden. Puh … Heftig.« Er gibt mir das Telefon zurück und sieht mich fragend an.

»Ermordet …«, sage ich. »Wie abscheulich! Aber Nina ist wieder da. Das hier nutzt mir nichts mehr.«

Wieder kann ich nicht einschlafen. Ich liege auf dem Bauch, scrolle durch das Handymenü und suche nach den Fotos vom Grab. Ich will Bellas Standbild sehen.

Ob der Täter wohl noch lebt? Und wer ist der lebende Angehörige? In der Schublade ihres Freundes hat Nina Rechnungen vom Friedhof gefunden. Ist er der Angehörige? Und warum will ich das eigentlich wissen, wenn es doch nicht mehr wichtig ist? Nina ist wieder aufgetaucht und meine Suche beendet.

Trotzdem nagt etwas an mir. Die arme schöne Bella wurde ermordet! Vergiftet!

Wo ist denn jetzt dieses Foto? Ich scrolle weiter. Da! Ein Foto von dem Gemälde im Museum. Das ist das Foto, das ich gemacht habe, als mich der Wärter zurückgehalten hat. Dann ist es also doch etwas geworden.

Ich vergrößere es. Der Schmuck der gemalten Frau wirkt wie echt. Die Steine in der Kette und auf dem Ring haben einen funkelnden Glanz, sie leuchten fast!

Da blitzt eine Erinnerung auf, eine Nahaufnahme von etwas Funkelndem. Ganz kurz. Was ist es? Irgendwo tief in mir brodelt eine Antwort, die aber sofort wieder versinkt. Wie ein

Wort, das einem auf der Zunge liegt. Immer, wenn man denkt, man weiß wieder, was man sagen wollte, entgleitet es einem aufs Neue. Aber diesen Ring habe ich schon einmal gesehen. Wo? Ich übersehe etwas. Etwas Wichtiges.

Ich nehme mein Notizbuch zur Hilfe. Unter das dicke Fragezeichen schreibe ich:

- Nina hat angerufen!!! Sie ist einfach in Paris. Bei einem Freund (dem Freund?)
- Bella wurde vergiftet. Täter nie gefunden. Bella hat einen lebenden Angehörigen in Paris.
- Den Ring auf dem Gemälde von Bellas Oma schon zuvor mal gesehen. Wo?

Mein Kopf ist voller Fragen und Ausrufezeichen. In gewisser Weise fühle ich mich schuldig, weil mich Ninas Anruf so erstaunt hat und meine bangen Vorahnungen offensichtlich nicht stimmen. Warum verfolgt mich dieses Bild meiner verängstigten Schwester immer noch? Meine Intuition hat mich im Stich gelassen. Gleichzeitig bin ich superfroh, ihre Stimme gehört zu haben.

Trotzdem … Irgendwas stimmt da nicht. In Gedanken mache ich zum letzten Mal eine Aufzählung. Erstens: Bella wurde vergiftet. Rund um ihr Grab waren Klatschmohnblüten verstreut, ich habe sie noch angefasst. Zweitens: Anaru hat davon gesprochen, dass er Blumen gerochen, ja fast geschmeckt hat und dass er fast erstickt sei. Und drittens: Auf Ninas Karte ist Klatschmohn gezeichnet. Klatschmohn ist giftig. Dreimal ist Mohn im Spiel. Auf Ninas Karte steht *HLP*, und Anaru hat gemeint, ich müsse ihr helfen.

Wieder höre ich in Gedanken Ninas Stimme. Nina hat leise

gesprochen, ohne viel Betonung, als würde sie einen Zeitungsartikel vorlesen. Nur das Wort »gerufen« hat sie betont. Ich erinnere mich, dass es merkwürdig klang.

Laut wiederhole ich Ninas Worte: »Habe ich um Hilfe gerufen? Nein. Ich habe nicht *gerufen.* Wenn etwas ist, schreibe ich es.«

Ruckartig setze ich mich im Bett auf. Jetzt endlich fällt der Groschen! Vollkommen richtig, sie hat nicht gerufen, aber sehr wohl geschrieben! *HLP* und *4e arr.l.*

Ich schlucke. Es ist also doch was, denn sie hat es geschrieben. Na bitte! Mein Herz hüpft vor Aufregung.

Morgen ist ein wichtiger Tag für Nina und ihren Freund. Ich fühle an meiner Kopfwunde und an den Kratzern auf der Wange, fahre mit den Händen an meinem Hals entlang. Schmerzende Stellen. Aber es geht, verrückterweise habe ich vor allem Muskelkater von diesem Kampf.

Ich stehe auf und streife unruhig durch mein Zimmer. Bevor ich nach Hause fahre, will ich Nina mit eigenen Augen gesehen haben. Nur kurz, danach lasse ich sie in Ruhe. Dann kann sie machen, was sie will. Aber erst muss ich sehen, dass es ihr wirklich gut geht. Ich will das Bild von ihrem verängstigten Blick löschen können!

Dieses Familienmitglied von Bella Rossellini ist der letzte Anknüpfungspunkt, der mir weiterhelfen kann. Wo kann ich ihn oder sie finden? Morgen erst Victor zu suchen, um ihn nach der Adresse der Familie zu fragen, dauert lange. Zu lange.

Mein Schädel fängt an zu brummen, also hole ich mir eine Paracetamol aus dem Badezimmer. Nachdem ich die Tablette mit etwas Wasser hinuntergeschluckt habe, ziehe ich hastig meine Hose und ein Shirt unter Ninas Kleid heraus und schlüpfe in die Sneaker. Die Adresse suche ich mir einfach selbst raus, damit werde ich Jean-Paul nicht belästigen.

Auf Zehenspitzen schleiche ich nach unten, klappe Josephines Laptop auf und surfe zur Website des französischen Telefonbuchs, den *Pages Blanches.* Ich tippe:

Rossellini, Paris

Enter. Unter dem Namen Rossellini erscheinen eine Zahl, ein Straßenname und eine Postleitzahl.

1 Rue du Roi-de-Sicile. Paris 4ᵉ.75004

Ich erstarre. Das kann doch nicht wahr sein! Die Rue du Roi-de-Sicile liegt in dem Viertel, in dem ich jetzt bin, dem vierten Arrondissement!

»4ᵉ arr. l.«, murmele ich.

Paula hat von einem »l« gesprochen. Aber was, wenn das »l« auf der Karte die Zahl 1 sein soll? Hat Nina Hausnummer 1 gemeint? Kann ich sie dort finden?

Meine Finger bewegen sich schnell über die Tastatur, sie stolpern fast übereinander. Enter. Der Stadtplan von Paris erscheint auf dem Monitor. Näher heranzoomen! Ich gehe mit dem Cursor auf die rote Markierung auf dem Plan. Dort ist es. Ich versuche, die Namen aller Straßen zu lesen, die rund um die Rue du Roi-de-Sicile liegen. Aber wo genau bin ich jetzt?

Dann erkenne ich einen viereckigen Bereich, die Parkanlage am Ende der Straße. Ich schätze die Entfernung zwischen der Rue du Sicile und dem Park. Das sind nur ein paar Straßen. Höchstens zehn Minuten zu Fuß. Vielleicht fünf, wenn ich renne? Die Straße hinunter und dann zweimal links. Ich übertrage die Strecke in mein Handy.

Traue ich mich noch allein auf die Straße?

Urplötzlich kommt mir eine Idee. Mit etwas Hilfe finde ich es bestimmt! Wie lange bleiben Gerüche von Menschen in den Straßen hängen? Ich kann es doch wenigstens versuchen!

Oben in meinem Zimmer krame ich Ninas Kleid aus meinem Rucksack und hebe meinen Ball vom Fußboden auf. Dann stecke ich in der Küche ein Stück Brot in einen Plastikbeutel und ein kurzes, aber sehr scharfes Schälmesser hinten in die Hosentasche.

Als ich draußen stehe, lasse ich die Haustür so leise wie möglich ins Schloss fallen.

26

»Bist du da?«, flüstere ich.

Der Place des Vosges wird zwar von ein paar Laternen beleuchtet, aber zwischen diesen schwachen Lichtpunkten ist es ziemlich dunkel. Wo ist er denn bloß? Ich sehe ihn nicht. Vielleicht liegt er irgendwo und schläft.

Im hohen Bogen werfe ich den Ball in die Parkanlage und gehe in die Hocke. Wenn mich jemand so sieht, fragt er sich bestimmt, was ich hier mache. Ein Kleid in der Hand. Um drei Uhr nachts.

Der Kies knirscht, und unter dem dunklen Blätterdach zwischen den Bäumen im Park kommt ein Schemen auf mich zu.

»Hey, da bist du ja! Gut so, du hast den Ball gefunden. Komm mit, ich brauche deine Hilfe!«

Vatan springt schwanzwedelnd an mir hoch. Ich nehme ihm den Ball aus dem Maul und lege das Brot aus der Tüte vor ihn. Er schlingt es hinunter.

»Genug? Dann an die Arbeit!« Ich klopfe mir aufs Bein zum Zeichen, dass er mitkommen soll.

Eilig laufe ich durch die dunkle Straße, Vatan neben mir. Immerhin war er ein Spürhund. Wer weiß, vielleicht kann er bei dem Haus von Rossellini riechen, ob Nina dort gewesen ist?

An der Ecke Rue du Roi-de-Sicile halte ich ihm Ninas Kleid vor die Nase. Ob das wirklich so funktioniert, wie man es manchmal im Fernsehen sieht? Ich bin neugierig, ob er das

Haus so finden kann. Wenn er bei Nummer 1 anhält, kann ich davon ausgehen, dass auf der Karte nicht der Buchstabe l steht, sondern die Hausnummer 1.

Vatan schnüffelt an Ninas Kleid. Ich habe keine Ahnung, wie lange er schon nicht mehr als Spürhund arbeitet. War er nicht eigentlich zu alt geworden? Vielleicht ist seine Nase nicht mehr so gut?

»Such, Vatan! *Cherches!*«

Der Hund schnuppert hier und dort am Boden, dann läuft er los. Er trottet nach rechts, dreht sich um, hebt die Nase und läuft dann ein paar Meter zurück.

Wieder halte ich ihm Ninas Kleid vor die Schnauze. Jetzt schnüffelt er ein wenig länger daran. Dann schaut er mich an und setzt sich hin.

»Riechst du nichts?«

Was jetzt? Noch mal versuchen?

Auf dem Routenplaner meines Handys schaue ich mir an, welches Haus es sein müsste. Wir sind ganz in der Nähe.

Ich gehe ein paar Schritte weiter. Plötzlich rennt Vatan vor mir her und kommt erst am Eingang zu einem Innenhof in der Rue du Roi-de-Sicile zum Stillstand. Er bellt, und sein Schwanz peitscht hin und her. Ich sehe, dass er durch die offen stehende Tür in den Hof laufen will, aber ich halte ihn am Hals zurück.

»Sei still«, flüstere ich. »Die schlafen alle.«

Wohnt hier jemand namens Rossellini? In der kleinen Wohnanlage stehen sechs Häuser um einen Innenhof.

»Gut gemacht.« Ich streichle Vatan über den Kopf. »Du hast eine super Spürnase!«

Ungeduldig scharrt er mit einer Pfote über den Boden, hält

die Nase in die Luft und will weiter. Wir müssen vorsichtig sein.

Langsam betrete ich den Hof und halte Vatan am Nackenfell zurück.

In der Mitte des Hofs steht eine Laterne, deren Licht die Häuser in einen gelben Dämmerschein taucht. Neben der Laterne erkenne ich Blumenkübel und eine Bank. Ich fange an der linken Seite an, Vatan dicht neben mir. Er zieht.

Das erste Haus, Nummer 1. Wo einst ein Schild an der Wand gewesen sein muss, sehe ich zwei Löcher, darüber eine Türklingel. Ich trete von einem Bein aufs andere. Soll ich? Ich weiß nicht, was mich erwartet. Ein Mensch, der mir freundlich begegnet, oder einer, der mich verflucht. Vermutlich eher Letzteres, bei der Uhrzeit. Also erst mal selbst umschauen.

Vatan wirkt etwas ruhiger, daher lasse ich ihn los. Doch er läuft sofort zur Tür, scharrt mit der Pfote über den Boden und schaut dann zu mir hinüber.

»Pst!« Ich lege einen Finger auf meinen Mund.

Hoffentlich bellt er nicht los! Riecht er Nina?

Auf Kniehöhe der Tür ist ein Briefkastenschlitz. Flüchtig schaue ich mich um. Es beginnt zu nieseln. Im Mondlicht glänzen die Pflastersteine, als wären sie frisch gebohnert. Außer Vatans Krallen, die über das Pflaster klackern, höre ich nichts. Gespenstisch still ist es hier. Die Fensterläden an den Häusern sind geschlossen, wahrscheinlich wird uns also keiner sehen. Vatan hat den Ball im Maul, und ich stehe mit Ninas Kleid in der Hand da.

Ich knie mich hin und halte die Briefkastenklappe zwischen Daumen und Zeigefinger fest. Mit angehaltenem Atem hebe ich sie ein klein wenig hoch.

Die Klappe quietscht, und ich versuche, sie ruhig zu halten.

Dennoch spüre ich, wie mir das Blut in den Ohren rauscht, und es ist schwierig, dafür zu sorgen, dass sich meine Hand nicht im Rhythmus meines schnellen Herzschlags mitbewegt.

Ich atme aus. Der Briefkasten muss noch etwas weiter aufgehen, damit ich reingucken kann. Ich atme wieder ein, halte die Luft an und hebe die Klappe weiter an.

Vatan steht neben mir und schnuppert am geöffneten Briefschlitz. Er jault leise und scharrt mit den Vorderpfoten über das Pflaster.

»Riechst du was?«, flüstere ich. Dann senke ich den Kopf und schaue durch den Schlitz.

Ich sehe einen langen dämmrigen Gang. An seinem Ende erkenne ich die Konturen einer Tür, darunter einen Lichtstreifen.

Die Härchen auf meinen Armen richten sich auf. Vibrierende Saiten. Ganz leise, aber ich höre es wirklich. Geigenmusik!

Ungeschickt lasse ich die Briefkastenklappe hinunter. Zu schnell, sie quietscht. Ich trete einen Schritt zurück. Mein Blick huscht über die Hausfassaden, aber es geschieht nichts. Offenbar wurden wir nicht entdeckt.

Ich reibe mir über die Schläfen. Geigen. Anaru hat Geigen gehört. Wie komme ich dahinter, ob wirklich Gefahr droht?

Denk nach. Denk nach. Gibt es eine Möglichkeit, hier reinzukommen?

Vatan fiept noch immer leise. Will er weg?

»Pst, still!« Ich lege meine Hand auf seine Schnauze und überlege. Es ist der Dreizehnte, der wichtige Tag für Nina. Was kann so wichtig sein? Ich muss sie sehen!

»Vatan, du musst hier sitzen bleiben«, flüstere ich.

Er winselt.

»Nein, nicht. Warte hier auf mich«, sage ich und klopfe auf das nasse Pflaster. »Sitz!« Ich drücke Vatans Hintern auf den Boden und halte ihn kurz fest, doch sobald ich ihn loslasse, steht er wieder auf. »Dafür habe ich jetzt keine Zeit, nun mach schon!«

Allmählich packt mich eine leichte Verzweiflung. Es bleibt mir wohl nichts anderes übrig, als ihn mitzunehmen.

Links neben Nummer 1 ist eine kurze Sackgasse. Ich schleiche hin. Vatan trottet hinter mir her. Nach ein paar Metern stehe ich vor einem Nebengebäude, das zum Haus zu gehören scheint. Über der Tür ist ein kleines Fenster, das einen Spaltbreit offen steht. Ohne zu zögern, klettere ich am Fallrohr hoch. Einen Fuß links an der Wand, zwei Hände ums Rohr und einen Fuß rechts. Es regnet jetzt stärker, und unter mir winselt Vatan.

Ich drücke das Fenster weiter auf. Mit dem linken Arm fasse ich den Fensterrahmen und stecke meinen Kopf ins Innere. Mein rechter Arm sucht nach einem Halt, und dann zwänge ich mich ganz hinein.

Vorsichtig lasse ich mich herab, und meine pendelnden Füße tasten umher. Keine Hindernisse. *Eins, zwei, drei!* Ich lasse los und lande hart auf einem gefliesten Boden. Draußen höre ich Vatan immer noch fiepen. Schnell, wo ist der Türgriff?

Ich taste die Tür ab. Unter dem Knauf ragt ein kaltes Stäbchen aus einem Schloss. Ein Schlüssel! Ich drehe ihn um und lasse den Hund rein.

Im Gebäude ist es stockfinster. Unsicher reibe ich meine klammen Arme. Der schwüle Nachmittag ist einer drückenden Nacht gewichen. Weil ich nicht das Geringste sehe, sind meine anderen Sinne geschärft. In meiner Nase kribbelt ein seltsamer Geruch. Leicht süßlich, aber es riecht auch wie eine Polderlandschaft nach dem Regen. Eine Haarlocke klebt an meiner Wange. Ich löse sie, während ich versuche, mich zu orientieren. Wo soll ich langgehen?

Vorsichtig mache ich einen Schritt und merke, wie sehr ich zittere. Liegt das an meiner Müdigkeit? Oder ist es eine Warnung? Eine Warnung meines Körpers vor dem unsichtbaren Feind, der erneut zuschlagen will, um mich endlich aus dem Weg zu räumen? Nein, nicht daran denken! Ich mache einen weiteren Schritt und drehe meinen Kopf langsam von einer Seite zur anderen, um jedes Geräusch aufzufangen. Mein Nacken ist noch immer ganz steif von dem Angriff vorhin. Welche Spur hat Nina verfolgt? Der Gedanke, dass ihr etwas Schreckliches passieren könnte – oder, noch schlimmer, inzwischen bereits passiert ist –, ist unerträglich. Das darf nicht sein! Ich muss sie finden, ich muss weitermachen! Ich habe keine Angst. Eine Lüge, ich weiß.

Die zarten Klänge einer Geige dringen in den Raum. Mein Gefühl sagt mir, dass ich auf der richtigen Spur bin. In Gedanken höre ich wieder die Warnung: *Du begibst dich in Gefahr.*

Ich neige den Kopf etwas zur Seite, damit ich besser hören kann, woher die Musik kommt. Gibt es irgendwo eine Tür, die ins Haus führt? Unbeholfen mache ich ein paar Schritte und pralle gegen etwas. Ein Tisch. Ich taste mich daran entlang, die Hand auf der Tischplatte. Ich berühre einen harten Gegenstand und fahre mit den Fingern darüber. Kühl fühlt er sich an, ein wenig rau, klebrig. Jetzt zittern meine Finger heftig. Ich habe keine Angst … Meine Hand folgt den Konturen des Gegenstands. Oben ist er so rund wie ein Ball, dann geht es langsam wieder nach unten. Ich spüre eine Ausstülpung. Er ähnelt einem …

Ich erschrecke und zucke zurück. Ist es das, wofür ich es halte? Auf der anderen Seite des Dings spüre ich dieselbe Wölbung. Mit einem Finger streiche ich über mein Ohr, von der Oberkante bis zum Ohrläppchen. Mit der anderen Hand fasse ich zum Vergleich an eines der abstehenden Teile. Dieselbe Form. Und ich rieche einen typischen Geruch an meiner Handfläche, meinen Fingern. Wieder dieser Geruch nach Polder … Ich habe ihn schon früher mal bei jemandem gerochen. Ganz sicher. Aber bei wem?

Grübelnd beuge ich mich vor und gehe ganz nah mit der Nase heran, schnuppere noch einmal. Denk nach! Bei wem habe ich diesen Geruch schon mal wahrgenommen? Wo? Wann? Ich bin absolut sicher: Irgendwo tief in meinem Gedächtnis finde ich die Antwort.

Wieder fahre ich mit der Hand über den Gegenstand. Ich ertaste eine Nase, Kinn, Ohren. Ein Kopf! Die Formen, die Wölbungen, sie fühlen sich schauerlich real an. Befindet sich darunter etwa ein echter Schädel?

Wo habe ich diesen Geruch bloß vorher schon mal gerochen?

Was steht hier denn sonst noch – und will ich das wirklich wissen?

Ich nehme mein Handy und lege eine Hand über das Display, um nicht plötzlich zu viel Licht zu machen. Vorsichtig leuchte ich mit der Handytaschenlampe. Hinter dem Kopf liegen Masken mit verschiedenen Gesichtsausdrücken, aber was steht dahinter?

Ich bewege das Lichtbündel weiter über den Tisch. Zwei große Augen starren mich an. Vor Schreck lasse ich fast das Handy fallen. Eine Eule. Lebensecht. Ausgestopft.

Neben dem Tisch steht eine Skulptur auf einem Sockel, sie

ist so groß wie ich. Ich klopfe mit den Knöcheln dagegen. Massiv.

An der Wand gleich neben der Skulptur hängen Bilderrahmen. Ich leuchte sie an und erkenne Fotos. Familienszenen, glaube ich. Auf einem Foto steht ein Mann mit einem Gewehr, daneben ein Kind, das ausdruckslos in die Kamera schaut. Ich beuge mich näher heran und sehe, dass das Kind ein Tier an den Ohren hält. Es ist ein Kaninchen, dessen Körper schlaff herunterhängt. Tot. Das Foto verursacht mir Übelkeit.

Daneben hängt ein Familienporträt: Mann, Frau und Kind. Das Kind sitzt bei dem Mann auf dem Schoß und schaut zu der Frau hoch, die neben ihm steht. Sie blickt fröhlich in die Kamera. Ich werde nicht schlau aus dem Ganzen und stecke mein Handy wieder ein.

Dann taste ich mich weiter vor. Vatans feuchtes Fell streicht an meinen Beinen entlang. Hoffentlich fängt er nicht an zu bellen. Bis jetzt hält er sich ja zum Glück ruhig, ich höre nur sein Schnüffeln.

Rechts von mir ertaste ich eine Tür. Dahinter muss die linke Hausseite sein. Das Ohr an die Tür gelegt, versuche ich, die Geräusche von der anderen Seite wahrzunehmen. Ganz leise erklingen die Geigen wieder, doch ich höre keine Schritte oder Stimmen. Also riskiere ich es. Langsam drücke ich die Tür einen Spaltbreit auf.

Ich schaue in ein Wohnzimmer und sehe mich mit Vatan in einem riesigen Spiegel auf der anderen Zimmerseite, der die gesamte Wand einnimmt. Meine Wangen sind gerötet, und ich habe einen Blick wie ein scheues Tier. Der süßliche, stechende Geruch, den ich anfangs schon gerochen habe, ist durchdringender geworden. Vor einem kleinen Tisch kringelt sich eine Rauchwolke. Weihrauch.

Beklommen schaue ich mich um. Das Wohnzimmer hat zwei Türen. Eine steht offen und gibt den Blick auf die Diele frei, die andere befindet sich neben der Spiegelwand und ist einen Spaltbreit geöffnet. Die Lampen, Schränke, der Teppich, das Sofa und sogar das Gemälde an der Wand – alles ist weiß. Wer hier wohnt, liebt es offensichtlich hell, makellos.

Mein Blick huscht über die Spiegelwand. Es ist, als würde Licht hindurchscheinen ...

Plötzlich nehme ich einen Schatten wahr. Mit einem Ruck drehe ich mich um. Hinter mir steht keiner, nur Vatan, der an den Möbeln schnüffelt. Sein Schwanz peitscht nervös hin und her.

Erneut schaue ich auf die Wand. Ich sehe meine erschrockenen Augen und bewege den Kopf langsam nach vorne, bis ich mit der Nase den Spiegel berühre.

Wieder bemerke ich eine Bewegung. Ein Schatten. Hinter dem Spiegel!

Ich schlucke. Hinter der Wand geht jemand. Es ist eine reflektierende Glaswand, kein Spiegel! Je länger ich hinschaue, desto besser sehe ich es.

Die Gestalt geht zügig hin und her. An einem Tisch entlang? Er oder sie bleibt immer wieder stehen, beugt sich vor und macht eine streichende Bewegung mit den Armen. Was macht dieser Mensch? Kann er mich auch sehen?

Blitzschnell ducke ich mich und krabbele auf Händen und Füßen in eine Ecke. Ich möchte gern länger zuschauen, aber ich traue mich nicht, das Risiko einzugehen.

Da höre ich ein Seufzen. Ein hohes schwaches Seufzen. Mein Herz fängt wie wild an zu hämmern. So zusammengekauert, wie ich hier hocke, kann ich nicht gut sehen, was in dem anderen Raum geschieht.

Ich krabbele zur Tür direkt neben der Glaswand, hocke mich dahinter und halte den Atem an. Wer geht da so eilig hin und her? Ich muss es wissen!

Aber was passiert, wenn ich erwischt werde? Ich muss verrückt sein, dennoch muss ich noch einmal nachsehen.

Erst wische ich meine klamme Hand an der Hose ab, dann taste ich nach dem Messer in meiner Tasche. Vatan hebt den Kopf. Ich lege einen Finger auf den Mund, er darf jetzt nicht unruhig werden! Mit der anderen Hand halte ich das kleine Messer gut fest und lege Finger und Daumen so darum, dass es hoffentlich nicht zu sehen ist.

Vatan setzt sich auf.

»Pst«, flüstere ich, dann krabbele ich noch weiter vor.

Durch den Türspalt schaue ich in den anderen Raum. Es sieht fast aus wie in einem OP-Saal. Über einer langen hölzernen Werkbank hängt eine grelle Leuchte. Was darauf liegt, kann ich nicht erkennen, dafür müsste ich aufstehen. Am Kopfende der Werkbank steht jedenfalls ein breiter Behälter, fast so groß wie eine Badewanne, und an der Wand stapeln sich Dosen. Ich kneife die Augen zusammen.

SILICONE RUBBER, lese ich auf den Etiketten.

Was macht die Person? Sie – er? – steht nicht mehr an der Werkbank. Ich sehe, dass ein Tuch über die Arbeitsfläche drapiert wurde.

Mein Blick huscht unruhig hin und her. Wo war die Gestalt, als ich von der Glaswand aus zugeguckt habe? Am Fußende der Werkbank, oder? Genau diesen Bereich kann ich jetzt gerade nicht mehr sehen. Wo ist sie?

Auf Händen und Knien halte ich es nicht mehr lange aus!

Vorsichtig strecke ich den Hals noch ein kleines Stück weiter vor, da springen mir zwei Beine direkt vors Gesicht.

»Hallo«, sagt eine Stimme über mir. Das kann doch nicht wahr sein! Diese Stimme erkenne ich sofort …

Ich kauere noch immer auf Händen und Knien und traue mich fast nicht, hochzusehen. Wenn das doch bloß ein Albtraum wäre! Der Geruch von Weihrauch und feuchtem Ton dringt in meine Nase, und ich bin hellwach. Plötzlich sehe ich mich selbst, wie ich hier hocke und er vor mir aufragt.

Ich stelle mir vor, wie er höchst erstaunt guckt und dann in Lachen ausbricht – wegen meiner Suche, die überhaupt keinen Sinn ergibt. Er kann doch nicht der mysteriöse Rossellini sein? Das ist sicher ein Irrtum! Was habe ich mir nur dabei gedacht, mich mitten in der Nacht hier hineinzuschleichen? Hätte ich wirklich nicht ein paar Stunden warten können? Aber nein, ich musste ja so dringend sofort losziehen! Ein Gefühl von Erschöpfung breitet sich in mir aus.

»Nun ja, ich kann ein wenig Gesellschaft gebrauchen. Ich bin fast fertig mit meiner Skulptur, du kommst gerade rechtzeitig zum Kaffee.« In seiner Stimme schwingt ein schwaches Lachen mit. »Sag mal, krabbelst du noch ein Stück weiter, oder kommst du aufrecht herein?«

Ist das ein spöttisches Lachen? Ich bin mir nicht sicher. Langsam schaue ich auf und starre ihn an. Seine Augen glänzen so, wie ich es zuvor schon einmal gesehen habe …

»Fühl dich wie zu Hause!« Er verbeugt sich vor mir und macht eine Armbewegung, als würde er mich in seinem Palast willkommen heißen.

Das Blut steigt mir in den Kopf. Er hat mich in seinem eigenen Haus ertappt. Was nun? So habe ich mir eine Konfrontation nicht vorgestellt. Ich stehe auf, wische mir eine Locke aus dem Gesicht und mache zögernd ein paar Schritte in den hell erleuchteten Raum hinein.

Sofort schließt er die Tür, unmittelbar vor Vatans Schnauze.

»Sorry, aber ich bin allergisch gegen Hunde«, sagt er.

Vatan bellt und kratz an der Tür. Was soll ich machen?

»Komm schon, nimm Platz. Die Vorstellung beginnt gleich.« Er reibt sich die Hände und bewegt zum Stakkato der Geigenmusik die Hüften.

Was meint er? Ich schaue mich um. Von diesem Raum aus kann ich das andere Zimmer gut sehen. Das verstehe ich nicht. Dann muss er mich doch schon beim Reinkommen bemerkt haben.

Auf dem Boden neben der Tür steht ein Plattenspieler. Geschickt nimmt er die sich noch drehende LP herunter und tauscht sie gegen eine andere aus. Die Nadel kratzt kurz, danach setzen die ersten aufreizenden Töne ein.

Ich erstarre. Das ist *Banat!*

Er nimmt mich bei der Hand und zieht mich dicht an sich. »Darf ich Sie um diesen Tanz bitten?«

Ich kann nichts tun. Und ich kann nicht fassen, was hier vor sich geht. Muss ich mich nicht entschuldigen? Erklären, warum ich hierhergekommen bin? Dass ich mich geirrt habe?

Aber bevor ich all meinen Mut zusammengenommen habe, tanzt er schon mit mir durch den Raum. Meinen einen Arm legt er sich um den Rücken. Er darf das Messer nicht sehen! Ich umklammere es krampfhaft.

»Du bist sehr schön«, flüstert er mir ins Ohr.

Ich versuche, mich von ihm zu lösen, aber es gelingt mir nicht. Er hält mich fest und sieht mich dabei unablässig an. Seine Augen glänzen, und sein Gesicht kommt meinem immer näher …

Ich drehe meinen Kopf zur Seite.

»Ich will das nicht«, sage ich.

»Was wird das denn jetzt?« Er hört auf zu tanzen. Die Trompete schmettert los. Seine Hand umfasst meine wie ein Schraubstock.

Und dann sehe ich es. Der Ring. Mit dem Stein. Derselbe Ring wie auf dem Gemälde im Centre Pompidou. Er trägt ihn!

Mein Atem stockt. Ich winde mich aus seiner Umklammerung, balle meine freie Hand zur Faust. Ich darf nicht in Panik geraten. Ich habe nur ein einziges Ziel.

»Der Ring«, sage ich. »Er ist schön.«

»Ein Familienerbstück«, entgegnet er ruhig.

Wir stehen uns gegenüber und schweigen beide. Auf einmal wird mir alles klar. Er ist derjenige, der die Rechnungen vom Friedhof bekommt. Er ist der Freund meiner Schwester und hat die ganze Zeit nichts gesagt. Er führt ein Doppelleben, es kann gar nicht anders sein. Er ist der kleine Junge auf dem Foto, der zu seiner Mutter aufschaut. Der traurige Junge mit dem toten Kaninchen in der Hand.

Was hat er zu verbergen? Was hat Nina herausgefunden? Und vor allem: Wo ist sie?

Er legt mir die Hand auf den Rücken und bugsiert mich auf die andere Raumseite. Dann schiebt er mir einen Stuhl von hinten gegen die Beine.

»Setz dich einen Moment.«

Ich bleibe stehen.

»Mach schon!« Er drückt mich auf den Stuhl, beugt sich zu mir hinunter und hält mich an den Schultern fest. Sein Atem ist schwer, und die warme Luft zieht bis zu meinem Ohr. Sein Geruch vermittelt mir das Gefühl, in Gefahr zu sein.

Aber ich rieche auch etwas anderes. Ton. Derselbe Geruch wie nebenan.

Was macht er? Warum schaut er mich so an?

Völlig unerwartet fesselt er meine Arme hinter der Lehne. In einem Reflex umfasse ich das Messer so weit wie möglich und drehe mein Handgelenk so, dass die Finger zu meinem Rücken zeigen.

Hoffentlich sieht er meine Waffe nicht! Kann ich ihn ablenken?

»Woher weißt du eigentlich, wer ich bin?«, versuche ich es.

»Dachtest du, ich würde dich nicht erkennen?«

Ich schüttele den Kopf.

»Du glaubst bestimmt, ich bin verrückt?« Er kichert, und sein warmer Atem streift wieder meine Wange. Mir laufen Schauder über den Rücken. Es ist unangenehm, dass er mir so nah kommt.

»Schau, irgendwann habe ich entdeckt, dass Nina versucht, dir Ansichtskarten mit Codes zu schicken. Wahrscheinlich hat sie schon ein paar davon verschickt, aber die letzte habe ich abgefangen. Als Josephine mir erzählt hat, dass sie Besuch von Ninas Schwester bekommt, wusste ich sofort, dass die Stunde geschlagen hat. Nina hatte mir schon gesagt, du würdest nicht eher ruhen, bis du mich gefunden hättest. Nun, sie hatte recht. Dabei habe ich mir große Mühe gegeben, dir Angst einzujagen. Mithilfe von Josephines Hausschlüssel konnte ich dir bis in dein Zimmer folgen.«

»Also warst du das mit dem toten Vogel und dem Foto in meinem Zimmer.«

Er nickt. »Und trotzdem bin ich dich nicht losgeworden. Unglaublich. Eine richtige kleine Kämpfernatur.« Dann flüstert er: »Dich zu verfolgen war nicht leicht.«

Ich drehe meinen Kopf in die andere Richtung, weg von seinem Atem.

»Weißt du, woran ich dich erkannt habe?« Er streichelt die Spitze meiner Ohrmuschel.

»Fass mich nicht an!« Wieder bewege ich meinen Kopf in die andere Richtung. Ich denke an das Messer.

»Ich hatte ein Foto von dir bei mir. Das habe ich zwischen Ninas Sachen gefunden. Und immer, wenn ich dich verfolgt habe, konnte ich überprüfen, ob du es bist. Danach habe ich einen Erkennungspunkt bestimmt und mich darauf fokussiert. Das habe ich in der Therapie gelernt. So können gesichtsblinde Menschen lernen, andere Menschen zu erkennen. Erst warst du das Mädchen mit dem Ball, danach das Mädchen auf Josephines rotem Fahrrad. Und in der Galerie habe ich noch etwas entdeckt, woran ich dich erkennen konnte.« Er fasst mich grob am Ohr. »Das hier. Ein einzigartiges Exemplar, dein Teufelsohr!«

Pfoten weg, denke ich. *Pfoten weg!*

Die Musik schwillt an. Dieser flammende Blick in seinen Augen wirkt wie besessen. Wie hatte ich ihn erst so gut aussehend und nett finden können? Wie konnte ich nur so naiv sein?

An seinen bebenden Nasenflügeln sehe ich, dass er in der Lage ist, mir etwas anzutun – Nina etwas anzutun. Wenn er das nicht schon getan hat! Ich darf meine Angst nicht zeigen.

»Du meinst, du erkennst mich an meinem Spitzohr?«

Er küsst mich auf die Wange. »Bingo.«

Ich weiche zurück. Ich will ihn nicht spüren. Ich will seinen Atem nicht riechen. Davon wird mir speiübel.

»Rühr mich nicht an. Ich warne dich.«

»Komm schon, nur keine Angst. Wir kennen uns doch!«

Dicht vor meinem Stuhl kauert er sich hin und legt eine Hand auf mein Knie. Mit Daumen und Zeigefinger zupft er einen Fussel von meiner Hose. »Ich möchte gern, dass du mich mit ›Herr Blom‹ ansprichst«, fährt er in einem widerlichen, gespielt freundlichen Ton fort.

»War es nicht Rossellini? Der frustrierte Sohn der erfolgreichen Bella Rossellini?« Es rutscht mir einfach so raus.

Patsch! Seine flache Hand trifft meine Wange. Genau an der Stelle, wo die Schrammen sind.

»Das ist heute schon das zweite Mal, Abe. Dort hast du mich in der Gasse auch schon getroffen.«

Es ist, als hätte ihn der Schlag wachgerüttelt, plötzlich ist sein Ton ganz verändert.

»Oh, sorry! Sorry, sorry, was mache ich da nur? Es tut mir leid. Ich möchte so gern, dass wir lieb zueinander sind. Nicht mehr böse sein. Versprochen?« Er streichelt meine Haare.

Ich schüttele den Kopf und spucke ihm ins Gesicht. »Hau ab!«

»Warum bist du nur so … so unfreundlich zu mir?« Er reibt sich über die Wange, läuft dann zum Brennofen und dreht an einem Knopf. Das Gerät gibt ein brummendes Geräusch von sich. Er beugt sich über die Wanne neben dem Ofen. Mit einem langen Stock rührt er langsam darin. Danach nimmt er einen Klumpen Ton und beginnt ihn zu kneten. »Du wärst besser nach Hause gefahren, dann hätten wir jetzt kein Problem. Du hättest deine Schwester in Ruhe lassen sollen.« Er verdreht die Augen.

»Wo ist sie?« Noch während ich die Worte ausspreche, wird meine böse Vorahnung, was den Verlauf dieser Nacht betrifft, größer.

»*Wo ist sie?*«, äfft er mich nach und legt den Tonklumpen

dicht neben die Skulptur auf der Werkbank. »Ja, wo kann sie denn nur sein?«, fragt er schulterzuckend. »Weißt du, Liebchen, ich finde es ja sehr schade, aber ich habe jetzt keine Zeit mehr, mich mit dir zu unterhalten. Diese Skulptur muss heute noch fertig werden.« Er seufzt. »Ich habe schnell trocknenden Ton, aber trotzdem … Die echte Arbeit beginnt erst, wenn ich die Bronze gieße. Bronzeskulpturen macht man nicht im Handumdrehen.«

»Aber das hier ist eine Skulptur aus Ton«, sage ich.

»Oh, die …« Er zeigt auf das, was auf der Werkbank liegt. »Die ist nicht für die Galerie. Die bleibt im Atelier.« Er reibt sich über die Schläfen, als hätte er Kopfschmerzen. Plötzlich nimmt er einen Meißel von der Werkbank. »Ach, weißt du was?«

»Was hast du vor?«, frage ich, den Blick auf den Meißel gerichtet.

Die dicke Schnur um meine Handgelenke sitzt so straff, dass ich schon die Striemen in meiner Haut spüre. Ich wackele mit den Fingern, um mehr Platz zu schaffen. Schnell und ohne meine Arme zu bewegen. Unauffällig.

Er nimmt etwas aus einem Schälchen und nestelt daran herum. Rote Blütenblätter. Klatschmohn!

»Diese … diese Mohnblüten. Haben die eine besondere Bedeutung für dich?«, frage ich.

»Schau.« Er zieht ein Blättchen auseinander. »Sie sind so schön, aber sie verwelken, sobald sie gepflückt werden. Schönheit vergeht. Das ist das Traurige daran.«

Ich denke an das, was ich im Internet gelesen habe. »Äh, vielleicht bieten sie auch Trost?«

Ein gezwungenes Lächeln spielt um seinen Mund.

»Trost?« Er scheint kurz nachzudenken. »Ja … Trost. Sicherlich. So kann man es nennen.«

»Wie sonst?«

Plötzlich sieht er mich wieder mit diesem besessenen Blick an. »Frauen sind unbegreiflich!«

»Wieso?«, frage ich.

Kann ich so Zeit gewinnen? Ich muss versuchen, ihm ganz ruhig Fragen zu stellen.

»Erst wollen sie Aufmerksamkeit, aber danach entpuppen sie sich als eifersüchtige, unsichere Geschöpfe«, antwortet er. »Sie wollen immer hören, dass sie die Schönsten sind, und dann lassen sie dich fallen wie eine heiße Kartoffel.«

»So wie Nina?« Ich schiebe das Messer, das immer noch in meiner Hand liegt, ein wenig nach unten, bis es die Schnur berührt. Das wiederhole ich, bis eine schneidende Bewegung daraus wird. Doch meine Hand ist klamm, und es geht nur mühsam voran.

Wenn nur das Messer nicht auf den Boden fällt!

Mit dem Handrücken wischt sich Abe Schweißtropfen von der Stirn. »Sie war die erste schöne Frau in meinem Leben, deren Gesicht ich mir merken konnte. Das war ein Zeichen. Sie war für mich bestimmt.«

Ich denke nach. »Ihr Gesicht … Du konntest dir ihr Gesicht merken wegen ihrer Augen. Sie hat ein braunes und ein grünes.«

»Braun und grün, ja. Diese Augen konnte man nicht vergessen. So besonders! Beim zweiten Mal, als ich sie sah, wusste ich sofort, dass sie es war. Ich schaute sie an und wusste einfach, dass ich sie haben muss. Es musste so sein.«

Haben, denke ich. *Hat er sie in seiner Macht? Wo ist sie, ist sie irgendwo eingeschlossen? Hier im Haus?*

Ich muss nachdenken. Was hat Anaru gesagt? Er hatte nichts sehen können, aber er hat den Duft von Blumen gerochen und Geigen und ein Saxofon gehört. Unruhe und Wut. Was hat er sonst noch gesagt?

»Niemand versteht, wie schlimm es ist, wenn man Menschen nicht erkennen kann. Wenn alle Menschen Fremde für dich sind. Und bleiben.« Abe beugt sich vor und hält sein Gesicht dicht über die Skulptur, kneift die Augen zusammen. Den Meißel und die Blütenblätter legt er auf eine Ecke der Werkbank. Dann nimmt er einen frischen Tonklumpen und klebt ihn auf die Skulptur. In einer fließenden Bewegung sprenkelt er Wasser darüber. Anschließend verteilt er den Ton, streicht und drückt ihn sanft mit den Fingern. Es ist, als würde er sie im Takt der Musik bewegen. Zweifelsohne wird es eine hübsche Skulptur.

»Ich denke, Nina fände es schön, wenn sie hier bei uns wäre. Kannst du sie nicht holen?«

Er reagiert nicht. Hört er mich überhaupt?

Mit einem verschwommenen Blick schaut er mich an. »Endlich hatte ich eine, die keine Fremde für mich war. Sie war so … so schön. Einzigartig.«

»Wie meinst du das, sie *war?*« Ich schlucke.

»Sie wollte mich nicht mehr. Aber sie war zu schön. Verstehst du?«

»Zu schön für was?«

Jetzt sag endlich, was du meinst, Mann, will ich sagen, aber ich verkneife es mir. *Mach ihn nicht wütend. Mach ihn vor allem nicht wütend.*

»Zu schön, um sie gehen zu lassen, natürlich.« Er nimmt den Meißel und zerhackt die Blütenblätter. »Ninas Schönheit sollte nicht vergehen. Das wäre zu schade. Deswegen behalte ich sie für immer bei mir.«

Ich kann mich nicht mehr beherrschen, gleich platze ich.

»Wo ist sie?«, schießt es aus mir heraus.

Er hebt die Augenbrauen. Auf seinem Gesicht erscheint ein Lächeln.

»Oh, weit weg.«

Alles, was wir sagen, klingt absurd zu den Klängen von *Banat*. Ich befinde mich in einem furchtbaren Traum, einem Albtraum. Aber einem realen.

Abe sagt nichts mehr, stattdessen drückt er ein Blütenblatt nach dem anderen in die Skulptur. Wegen des Tuchs, das sie abdeckt, kann ich nicht richtig sehen, wohin. Gefährliches Zeug, diese Mohnblüten. Sie können jemanden betäuben, vergiften, sogar töten.

Plötzlich wird mir grauenerregend kalt. Ich verstehe es. Alles. Was er meinte mit »zu schön, um sie gehen zu lassen« und »weit weg«.

Anaru ist fast erstickt, als er spürte, was mit Nina passieren sollte. Die Blumen! Endlich verstehe ich, warum er nichts sehen konnte. Er hatte seine Vision durch Ninas Augen! Und die waren bedeckt, Nina kann nichts sehen!

Mein Blick fliegt über die Skulptur. Ninas Augen sind bedeckt – mit Ton! Sie liegt dort, direkt vor mir. Unter der Tonschicht!

»Nina! Spuck es aus! Er vergiftet dich!«, schreie ich.

»Tu's nicht!«, brüllt Abe.

Mit großen Schritten kommt er auf mich zu und hebt den Meißel. Stocksteif steht er vor mir, den Arm in der Luft, die Lippen zusammengepresst, und sieht mich mit einem Blick voller Wut und Verzweiflung an. Der Meißel schwebt drohend über meinem Kopf. Wie ein Stromstoß zieht das Adrenalin von meinen Zehen in den Scheitel. Ich komme zu spät. Ich habe versagt.

Ich schließe die Augen, als könnte ich den Hieb so besser abfangen, doch natürlich weiß ich, dass das nichts nutzt. Ich habe Todesangst.

Vor mir höre ich seine kurzen Atemzüge, er hyperventiliert fast. Ein dumpfer Schlag.

Ich stöhne. Der Meißel hat meine Schulter gestreift. Gerade noch rechtzeitig bin ich mit dem Kopf nach rechts ausgewichen. Ich krümme mich vor Schmerz und öffne die Augen. Langsam färbt sich der Ärmel meines T-Shirts rot.

Abe steht immer noch vor mir, reglos.

»Nichts durcheinanderbringen«, höre ich ihn murmeln. Dann hebt er sein Kinn und sagt: »Du kommst gleich an die Reihe.«

Er eilt zur Werkbank und nimmt erneut ein paar Blütenblätter. Die hat er gebraucht, um Nina zu betäuben, damit sie keinen Widerstand leisten und er ungestört arbeiten kann.

Warum habe ich nicht sofort kapiert, dass Nina dort unter der Tonschicht liegt? Nina ist sein Meisterwerk, deshalb behält er sie bei sich! Er ist von ihr besessen, von ihrer Schönheit. Er ist ein Monster, ein kaltblütiger Mörder!

Ich muss ihn stoppen, wie auch immer! Als ich mich vor Schmerzen gekrümmt habe, hatte ich plötzlich mehr Platz zwischen meinen Handgelenken …

Ich ruckele an meiner Fessel, immer wieder, kurz und schnell, ziehe die Hände auseinander, doch jede Bewegung meiner Schulter tut höllisch weh. Ich kneife die Augen zusammen. Das brennende Gefühl ist kaum zu ertragen. Ich beiße die Zähne zusammen und mache trotzdem weiter. Ziehen.

Drehen. Ich schüttele meine rechte Hand. Noch einmal drehen und dann einen kurzen Ruck. Die Schnur ist gerissen.

Nein! Das Messer fällt zu Boden. Schnell suche ich mit dem Fuß danach. Da ist es! Ich schiebe es ein Stückchen vor und stelle meinen Fuß darauf. Mit Daumen und Zeigefinger fummele ich die restliche Schnur ab, bleibe aber sitzen, die Hände nun ohne Fessel hinter meinem Rücken. Das Adrenalin schießt nur so durch meinen Körper. Ich bin bereit für einen Gegenangriff.

Abe hat das Tuch von Nina weggezogen. Ich sehe sie! Endlich sehe ich sie! Ich kann erkennen, auf welcher Seite ihr Kopf liegt. Daran arbeitet Abe noch. Ihr restlicher Körper ist komplett von Ton bedeckt.

Wie weit ist sie weg? Wenn sie nur noch nicht erstickt ist!

»Bitte, bitte, lass es nicht so sein«, flüstere ich.

Zitternd versuche ich, meine Angst in den Griff zu bekommen. Ich schaue auf meinen Fuß, unter dem das Messer liegt. Wann ist der richtige Moment, um anzugreifen?

Abe streicht eine Schicht feuchten Ton über Ninas Kopf.

In Gedanken zähle ich bis fünf. Mein Brustkorb hebt und senkt sich viel zu schnell.

Ruhig atmen, denke ich. *Langsam ein und aus. Ein, aus.*

Die Panik weicht nicht aus meinem Körper.

»Wie … wie willst du hiermit eigentlich durchkommen?«, versuche ich, seine Aufmerksamkeit auf mich zu lenken. »Wenn die Polizei eine Hausdurchsuchung bei dir macht, dann … dann. Sie kriegen dich!«

»Nein, nein, meine Liebe«, antwortet er, ohne aufzuschauen. »Jeder weiß, dass Nina Modell steht. Für Josephine, für mich, für kommerzielle Auftraggeber. Niemand wird vermuten, dass die echte Nina unter dieser Skulptur steckt. Den Ton habe ich selbst gemischt, mit einem Spezialmittel, das den Verwesungsprozess ihres Körpers verzögern soll. Wenn der Ton gebrannt ist, wird er noch mit einer Glasur überzogen. Dann sieht diese Skulptur genauso aus wie meine anderen.« Seine Hand fährt über die Tonschicht. »Es geht einzig und allein darum, dass sie prachtvoll wird. Auch Nina wird mir dankbar sein – ich konserviere ihre Schönheit für immer.«

Nein! Nein! Er muss aufhören! Ich ertrage es nicht mehr!

»Du Psychopath! Du bringst sie um!« Ich schüttele den Kopf wild hin und her. Tränen fliegen in alle Richtungen, und der Rotz tropft mir aus der Nase. Ich kann seiner Stimme nicht mehr zuhören. Er muss aufhören! »Nina stirbt, wenn du das machst! Und dann hast du sie auch verloren!«

Mit einem Spachtel feilt er einen Streifen Ton von Ninas Gesicht.

»Aber nein. Nein. Ich halte ihre Schönheit fest«, widerspricht er entschieden. »Sobald sie aus dem Ofen kommt, ist die schönste Frau, die ich je gesehen habe, für die Ewigkeit konserviert. Ich bin noch hin- und hergerissen, ob ich sie in erhabenem Weiß oder mysteriösem Schwarz bemalen soll. Was meinst du?«

Meine Lippe zittert. »Du Monster!«, schreie ich. Ich will ihn schlagen, nach ihm treten, mich auf ihn stürzen. Aber ich weiß, dass ich keine Chance habe.

»Weiß also. Das finde ich auch sehr schön.« Er schaut mich an, als wäre er gerührt. »Im Leben läuft nicht alles so, wie wir es wollen. Aber die Schönheit der Kunst macht vieles wieder wett, lass dir das von mir gesagt sein.«

»Von dir lasse ich mir gar nichts sagen!«

Was mache ich, wenn ich das Messer habe? Wenn ich ihm drohe, lacht er mir ins Gesicht. Zustechen? Ich wüsste nicht einmal, wo ich ihn treffen müsste, um ihn schnell auszuschalten. Ins Bein oder in den Hintern? Traue ich mich das?

So komme ich nicht weiter! Ich muss mir etwas anderes einfallen lassen. Was ist meine Stärke? Worin bin ich gut?

Denk nach! Denken! Schnell.

Ich weiß es!

»Wenn du noch ein klein wenig Geduld hast, kümmere ich mich gleich wieder um dich. Ich muss nur noch Nase und Mund bedecken, einen allerletzten Kuss darauf – und fertig!«, sagt er. »Oje, sie braucht noch eine Mohnblüte. Wenn sie den Kopf bewegt, wird das kein schönes Finish. Nina, bleib doch noch einen Moment ruhig liegen, ja?«

Höre ich Nina stöhnen? Die Trompeten und das Saxofon spielen so intensiv gegeneinander, dass ich mir nicht sicher bin, ob ich sie wirklich höre.

Und noch etwas klingt durch die Musik, ein kratzendes Geräusch. Ist das Abe? Er legt den Spatel zur Seite und geht zur Wanne hinüber. Die letzten Töne des Saxofons verklingen. Die Schallplatte dreht sich weiter und macht ein schleifendes Geräusch.

Das ist aber nicht das Geräusch, das mir auffällt. Ich drehe mein Ohr in Richtung Tür. Das Kratzen kommt von dort!

Aus den Augenwinkeln behalte ich Abe im Blick. Mit verbissenem Gesicht streut er weißes Pulver in die Wanne und rührt mit dem langen Stock darin.

»Mit dieser Glasur wird Nina so weiß wie Schnee. Eine funkelnde Perle. Und da du schon mal hier bist … vielleicht mache ich aus dir auch so ein wunderschönes Exemplar!«

»Vatan?!«, rufe ich. »Vatan, der Ball!«

Abe schaut sich um.

Hoffentlich kommt Vatan. Jetzt oder nie!

Abe hört auf zu rühren. »Was faselst du da?«

»Vatan!« Der Schrei kommt ganz tief aus meinem Innern. Dann höre ich, wie sich die Türklinke bewegt und die Tür auffliegt.

Vatan prescht in den Raum, den Ball in der Schnauze. Vor meinen Füßen legt er ihn ab. Während ich nach dem Ball greife, behalte ich Abe unverwandt im Blick, bringe meinen Wurfarm in eine vertikale Linie und klappe mein Handgelenk nach hinten …

Der Ball fliegt wie eine Kugel auf Abe zu. Vatan rennt hinterher. Ein Schlag. Der Ball prallt gegen Abes Stirn. Vatan springt an ihm hoch, und Abe fällt rücklings in die Wanne.

Ich renne zu ihm, bleibe aber in sicherem Abstand zu ihm stehen. Seine Beine hängen über den Wannenrand, und ein Teil von Kopf und Schultern liegt er in einer dicken Schicht weißer Glasur. Auf seinem Gesicht sind weiße Spritzer, und seine Augen sind geschlossen. Ein kleines Rinnsal Blut sickert die Schläfe hinunter. Er liegt sehr still.

Kein Zweifel: Abe ist ausgeschaltet.

27

Bin ich zu spät? »Nina, sag was!«

Mit weichen Knien gehe ich zur Werkbank und fasse an Ninas Wangen. Ihr Gesicht ist von einer Schicht grauem Ton überzogen, und sie sieht aus wie eine Puppe, bei der Augen und Mund noch bemalt werden müssen.

Vorsichtig neige ich ihren Kopf, damit ihr Mund seitlich zu liegen kommt, und kratze ihr mit den Fingern den Ton aus Mund und Nase. Schneller, schneller, schneller. Verzweifelt pule ich Blütenblätter aus der Mundhöhle und stecke einen Finger hinein, aber es passiert nichts!

Ich horche an ihrem Mund. Höre ich sie atmen? Ganz schwach? Oder bin ich das selbst?

Wieder stecke ich ihr einen Finger in den Mund, jetzt etwas weiter. Komm schon, Nina, lebe! Ich schaue auf ihren Brustkorb, aber ich kann nicht sehen, ob er sich hebt und senkt.

»Nein!«, rufe ich. »Los jetzt!«

Ich kann es nicht mehr länger mit ansehen und schüttele sie an den Schultern. Und tatsächlich: Sie beginnt zu würgen und zu husten. Sie lebt. Sie lebt! Ich streiche den Schleim weg, der von ihrer Wange tropft. In einem Schwall erbricht sie eine rote Masse, danach bleibt sie still liegen.

Damit sie nicht erstickt, klopfe ich ihr auf den Rücken und entferne Erbrochenes von ihrem Mund. Ich versuche, den Ton, der an ihren Wimpern klebt, zu lösen. Vorsichtig schiebe ich mit meiner Fingerspitze ein Augenlid hoch. Ihre Pupille ist klein, und sie scheint wirklich weit weg zu sein. Wie viele Mohnblüten hat sie bloß geschluckt? Ich muss den Notruf wählen! Mit zitternder Hand tippe ich die 112 in mein Handy. Vatan bellt.

»Vatan, ruhig! Ich muss kurz telefonieren.« Ohne Nina aus den Augen zu lassen, drücke ich leicht auf seinen Rücken. Er setzt sich, hört aber nicht auf zu knurren.

»*Allo! Une ambulance! Meine Schwester … Ein Notfall!*« Ich gebe die Adresse durch und stecke das Handy wieder ein.

Was kann ich sonst noch tun? Mund-zu-Mund-Beatmung? Aber was, wenn ich ihr dabei ein Stück Blüte weiter in den Rachen hineindrücke?

Vorsichtig kratze ich noch mehr Ton von Ninas Gesicht. Ich umrunde die Werkbank, kratze und zupfe, aber an manchen Stellen härtet der Ton schon aus.

Panisch schaue ich mich im Raum um. In einem Gefäß finde ich Wasser und sprenkele es ihr über das Gesicht, die strähnigen Haare und die Brust. Ich schabe mit den Nägeln den Ton ab und küsse sie auf die Stirn.

»Nina, du bist in Sicherheit, ich bin bei dir, alles wird gut«, flüstere ich.

»Hilfe«, stöhnt sie leise. Ihre Augen bleiben geschlossen.

»Halte durch, der Krankenwagen ist unterwegs.«

Die Haustür. Ich muss die Haustür öffnen, schnell! Aber was ist mit Nina? Ich kann sie doch nicht allein lassen. Wie kriege ich sie hier weg?

Da entdecke ich unter der Werkbank Räder. Ich löse die Bremsen und schiebe das gewaltige Gefährt in die Diele.

Wo ist der Hund?

»Vatan, komm jetzt!«, rufe ich. Warum ist er uns nicht hinterhergelaufen? In der Ferne heulen Sirenen. »Hörst du das, Nina? Alles wird gut, sie kommen!«

Hastig drücke ich mich an der Werkbank vorbei, um die Haustür öffnen zu können. Meine Hände zittern. Schnell, schnell. Ich drehe am Türknauf. Er geht nicht auf, die Tür ist abgeschlossen! Ich schaue zu Nina. Wo bleibt der Krankenwagen?

In dem Moment knarrt die Dielentür.

»Vatan, beeil dich!«, zische ich.

Aber es ist nicht Vatan. Abe steht vor mir. Er stolpert durch die Diele, sein Körper ist überzogen von weißer Glasur, sein Gesicht eine flüssige Maske.

Vor der Werkbank bleibt er stehen. Die Glasur tropft von seinem Kinn auf Ninas Kopf, sodass der Ton, der noch auf ihrem Gesicht ist, weiß wird. Ich sehe, wie sich ihr Brustkorb leicht hebt und senkt.

»Lotte, hilf mir.« Mit einer Hand hält er sich den Kopf, dort, wo ihn der Ball getroffen hat. Aus seinem Mund kommt Schaum, den er am Ärmel abwischt. Dann fasst er mit der anderen Hand die Werkbank und zieht daran. Ich spanne alle Muskeln an, um das zu verhindern. Die Tür! Sie muss aufgehen. Gehetzt schaue ich mich um.

»Hilf mir bitte!«, jammert er. »Das willst du doch nicht auf dem Gewissen haben?«

Dann sehe ich es. An der Tür ist eine zusätzliche Verriegelung, knapp über meinem Kopf. Ich komme gerade so dran.

»Musst du nicht den Hund holen? Er ist eingeschlossen.« Er wankt. »Ich fürchte, es ist nur eine Frage von Minuten, bis er erledigt ist.«

Stimmt das?

Nicht zuhören. Nina ist in Lebensgefahr. Beeilung!

Mit einer Hand halte ich die Werkbank fest, mit der anderen greife ich nach dem Riegel. Heftig stechende Schmerzen schießen in meine Schulter, und ich beiße die Zähne zusammen.

Aber wo ist Vatan? Ich kann ihn doch nicht seinem Schicksal überlassen. Blufft Abe, oder ist Vatan wirklich in Gefahr?

Nein. Erst Nina in Sicherheit bringen!

Ich schiebe den Riegel nach unten, und mit einem heftigen Ruck bekomme ich die Tür auf. Der Regen schlägt mir ins Gesicht. Mit beiden Händen fasse ich wieder an die Werkbank, so fest, dass es wehtut.

»Was machst du da? Lass uns gehen!« Ich ziehe mit aller Kraft, ohne Ergebnis.

»Du darfst sie mir nicht wegnehmen«, sagt er fest entschlossen. »Sie gehört mir!«

»Sie gehört niemandem!« In einem letzten Versuch gebe ich alles, meine Armmuskeln brennen, doch in die Werkbank kommt keinerlei Bewegung. Abe ist zu stark.

»Das ist mein Projekt. Ich liebe Nina. Sie ist mein allerschönstes Kunstwerk, aus reiner Liebe gemacht. Das darfst du mir nicht wegnehmen!« Er zieht noch fester.

»Du liebst sie nicht, und du machst auch keine Kunst. Du ermordest Menschen. Du hast Nina vergiftet!« All meine Muskeln zittern.

Nicht umfallen, nicht loslassen!

Ich hole tief Luft. Wer von uns hält das hier länger durch? Wie kann ich ihn treffen, wo ist sein wunder Punkt? Ich ergründe seinen Blick.

»Deine Mutter wurde auch vergiftet«, sage ich dann. »Das kann kein Zufall sein.«

»Bitte hör auf. Das ertrage ich nicht.« Er krümmt sich zusammen.

»Wie hieß es doch, *carpe diem?*«, fahre ich fort. »Sie pflückte den Tag, und du konntest das nicht.«

Seine Faust knallt dicht neben Ninas Kopf auf die Werkbank. Blitzschnell ziehe ich die Bank bis zur Türschwelle. Sein Kopf ruckelt leicht und hängt vornüber, als hätte der Schlag von meinem Ball seinen Kopf schwerer gemacht.

»Was hat sie dir getan?«, frage ich, während ich die Werkbank weiter festhalte.

»Meine Mutter war sehr krank«, beginnt er, und zum ersten Mal zittert seine Stimme. »Ich habe gesehen, wie schnell sie Rückschritte machte. Sie war immer so schön … Ich habe sie gerade rechtzeitig erlöst, bevor … bevor von ihrer Schönheit nichts mehr übrig war.« Er schnieft. »Mein Vater ist gestorben, als ich noch sehr klein war. Ich habe niemanden mehr …« Langsam fährt seine Hand über Ninas Kopf, in Richtung ihres Nackens. »Sie – diese Skulptur – gehört mir. Ich will, dass sie zum Geburtstag meiner Mutter fertig ist.«

Die Dielentür knarrt wieder.

»Sie ist keine Skulptur! Fass sie nicht an.«

Er sieht mich mit einem intensiven Blick an. »Es ist schon vorbei, lass los. Lass deine Schwester gehen.«

»Hilfe!«, schreie ich.

Vatan kommt in die Diele gerannt, Kopf und Fell glänzend weiß. Er verbeißt sich in Abes Bein.

»Au!«, schreit Abe. »Lass mich los!«

Ich höre den Hund knurren.

»Halt ihn fest, Vatan!«, rufe ich, während ich versuche, die Werkbank über die Türschwelle zu zerren. Hauptsache raus, weg von Abe.

Die Sirene des Krankenwagens heult schon ganz in der Nähe.

»Hier!«, höre ich jemanden rufen. Blaulicht beleuchtet die Szene. Mit letzter Kraft ziehe ich den hinteren Teil der Werkbank über die Schwelle. Aus den Augenwinkeln sehe ich, dass mir jemand dabei hilft.

Draußen beuge ich mich über Ninas Kopf. Der Ton auf ihren Wangen vermischt sich mit den Regentropfen und hinterlässt schmutzige Streifen.

Ich höre einen Schrei und hebe erschrocken den Kopf. Abe rappelt sich in der Diele auf. Ein Polizist rennt zu ihm, eine Waffe in der Hand. Ich lausche an Ninas Mund. Ich höre nichts, aber ich spüre, dass sich ihre Brust leicht bewegt.

»Es wird alles gut, du bist jetzt in Sicherheit«, flüstere ich.

Die Sanitäter legen Nina auf die Trage und heben sie in den Krankenwagen.

»Ich möchte bei ihr bleiben«, rufe ich, doch ich werde zurückgehalten. Monsieur Clignot steht vor mir.

Ein Sanitäter geht an ihm vorbei zu mir und schaut sich die Wunde auf meiner Schulter an. Ich bin zu aufgedreht, um irgendwas zu spüren.

»*Tu n'aurais jamais dû sortir*«, sagt Clignot. Er redet weiter auf Französisch auf mich ein, und schließlich zeigt er mit einem Kopfnicken zu jemandem neben mir.

»Hä, was?« Ich schaue zur Seite. Jetzt erst sehe ich, dass Jean-Paul neben mir steht.

»Du hättest nicht allein weggehen dürfen«, sagt er. »Clignot meint, du kannst von Glück reden, dass ich ihn angerufen habe. Ich konnte nicht schlafen und wollte nachsehen, wie es dir geht, aber ich hab dich nicht gefunden. Unten habe ich dann den Routenplaner mit dieser Adresse auf dem Laptop entdeckt. Da dachte ich mir, dass du hier bist, und habe Clignot angerufen.«

»Danke«, flüstere ich und lege meinen Kopf auf seine Schulter. Jetzt erst, als ich mich an ihn lehne, spüre ich, wie sehr ich zittere.

Er streichelt mir über den Kopf und den Rücken. Langsam werde ich ruhiger. Dann stützt mich der Sanitäter und hilft mir in den Krankenwagen.

»Ich habe deinen Vater schon angerufen, er ist unterwegs!«, ruft Jean-Paul mir nach.

»Moment«, sage ich, als einer der Sanitäter die Tür hinter sich zuziehen will. »Das ist mein Hund.« Ich zeige auf Vatan, der auf der Straße sein Fell ausschüttelt, doch der Sanitäter schließt die Tür. Hunde dürfen nicht mit.

Durch das regennasse Fenster des Krankenwagens sehe ich, wie Jean-Paul und Vatan mit seiner weißen Glasur im blauen Blinklicht aufleuchten. Jean-Paul kauert neben dem Hund und rubbelt sein Fell mit einem Handtuch ab.

Der Krankenwagen biegt in einem Affenzahn um die Ecke und brettert mit Vollgas durch die noch dämmrige Pariser Innenstadt, kreuz und quer durch die stillen breiten Straßen. Gespannt schaue ich zu dem Sanitäter hinüber, der Nina untersucht.

Plötzlich bin ich unendlich müde. Ich reibe mir die zitternden Hände, aber mir wird einfach nicht warm. Der andere Sanitäter legt mir eine Decke um die Schultern.

»*Calme, calme*«, sagt er, während er mir mit einem Taschentuch die Wangen abtupft.

28

Nina liegt im Krankenhaus in einem Einzelzimmer, neben einem Gerät mit leuchtenden Monitoren. Sie ist außer Lebensgefahr. Ihr Herzrhythmus ist stabil, der Blutdruck allerdings noch ein wenig zu niedrig.

Eine Pflegerin holt mich ab und bringt mich in das Zimmer neben Ninas, wo ich mich aufs Bett setzen soll. Die Wunde auf meiner Schulter sieht nicht allzu dramatisch aus. Die Pflegerin bedeckt sie mit einer frischen Kompresse.

Als es an der Tür klopft, dreht sie sich um.

»*Entrez-dans.*«

Josephine und Jean-Paul betreten das Zimmer.

»Nina geht es ganz gut«, sage ich erleichtert.

Josephine ist leichenblass. »Ich wusste das nicht, von Abe. Es ist so schrecklich! Er ist … ein Psychopath.« Sie setzt sich neben mich aufs Bett und starrt vor sich hin. »Wie konnte ich nur so dumm sein? Jetzt verstehe ich, warum er Nina in meinem Atelier malen wollte: Er hatte es auf sie abgesehen. Aber warum ausgerechnet Nina?«

»Er fand sie so schön, dass er sie für sich haben wollte …«, erkläre ich. »Seine Gesichtsblindheit …«

»Was ist damit?« Sie sieht mich fragend an.

»Nina hat ein braunes und ein grünes Auge, und daran konnte er sie leicht erkennen. Das hat ihn so beeindruckt, dass sie ihm nicht mehr aus dem Kopf ging. Dann verliebte er sich, wie er es nannte, und sie sind eine Beziehung eingegangen. Er hat gespürt, dass sie von ihm wegwollte, und beschlossen, das nicht zuzulassen. Er wollte ihre Schönheit für immer festhalten, indem er sie in eine Skulptur verwandelte.«

Einen Tag später sitze ich an Ninas Bett. Ihr Blutdruck ist fast normal, sie darf heute schon nach Hause. Die Pflegerin stellt ein Tablett mit belegten Brötchen, Obst und Tee ab, dann öffnet sie die Vorhänge. Die Sonne tut meinen müden Augen weh.

Eben habe ich mich von Josephine und Jean-Paul verabschiedet, sie sind nach Hause gegangen. Ich hätte Jean-Paul so gern länger gesehen, aber da war leider nichts zu machen.

Den Kopf auf Ninas Bett, kann ich ein wenig dösen, aber bei jeder Bewegung, die sie macht, schrecke ich auf. Ich streiche über Ninas Arm, über die Haut, auf der nun keine Spuren von Ton mehr zu sehen sind. Danach kämme ich mit den Fingern vorsichtig durch ihre Haare.

Sie blinzelt. Obwohl sie blond ist, kommt sie mir vor wie Schneewittchen, die erwacht, nachdem sie den giftigen Apfel ausgespuckt hat. Sie drückt meine Hand.

»Hey, bist du wach?«, frage ich. »Fühlst du dich schon ein wenig besser?«

Sie nickt.

»Kannst du die Augen öffnen? Hier ist noch jemand, der dich gern sehen möchte.«

Ein Lächeln erscheint auf ihrem Gesicht. »Paps …« Sie hält die Augen weiterhin geschlossen.

Ich nehme die Hand meines Vaters. Er sitzt auf der anderen Seite von Ninas Bett und gibt ihr einen Kuss. Dann sieht er mich ernst an.

»Du hast richtig gehandelt. Das hier hätte alles ganz anders ausgehen können«, flüstert er. »Es ist ein Wunder, dass sie sich so schnell erholt. Der Arzt hat gesagt, dass sie nach dem Frühstück nach Hause darf. Sie soll es vorläufig nur ein bisschen ruhig angehen lassen.«

Nina öffnet die Augen. »Wer soll es ruhig angehen lassen?«, fragt sie. Ihre Stimme klingt heiser, aber munter.

»Es steht nicht so viel auf dem Programm, aber ich muss für meinen ersten Wettkampf in der Auswahl trainieren. Der ist schon bald.«

»Lotte«, sagt mein Vater mahnend mit einem Nicken in Ninas Richtung.

»Aber es ist nicht schlimm, wenn das nicht klappt«, schicke ich schnell hinterher. »Erst musst du wieder richtig fit werden.«

»Ja, zuerst mal ganz gesund werden«, sagt er. »Und danach verarbeiten, was passiert ist.«

»Ich fühle mich nicht mehr krank«, erklärt Nina. »Nur noch ein bisschen schlapp, als wäre ich gerade aus dem Winterschlaf erwacht.« Sie setzt sich im Bett auf, nimmt einen Bissen von einer Banane und beginnt, langsam zu kauen. Als sie runtergeschluckt hat, sagt sie: »Ich will sehen, wie Lotte spielt.«

»Ja, ja. Wir schauen mal, wie du dich fühlst, wenn wir zu Hause sind. Nina, wäre es für dich in Ordnung, wenn noch jemand mit uns nach Hause fahren würde?«

Wen meint er? Doch nicht etwa …? Nein, das würde er nie einfach so erlauben.

Ich tippe ihm auf die Hand. »Hast du mit Josephine gesprochen?«

»Ja, natürlich.« Er lächelt. »Geh ruhig mal gucken. Er wartet schon im Auto.«

»Wer? Hat Lotte einen Freund?«, fragt Nina. »Ist es Jean-Paul? Der ist nett, oder? Kommt er auch zum Wettkampf?«

»Nein, das mit dem Freund muss sie selbst regeln«, sagt unser Vater. »Es geht um deinen Retter in der Not. Lotte und ich bekommen einen Mitbewohner. Einen Hund.«

»Danke, Papa!«, jubele ich. »Er heißt übrigens Vatan.«

»Das wird schön zu viert.« Nina schwingt die Beine über die Bettkante und nimmt das Kleid, das ich ihr reiche. Sie streicht es glatt, bevor sie es anzieht. »Hey, ist es wirklich das, wofür ich es halte?«, fragt sie dann, während sie sich zu meinem Rucksack neben ihrem Bett bückt und etwas herausnimmt. Ihre Puppe. Sie spielt mit dem halb geschlossenen Auge, das bei jeder Berührung klappert. »Ich werde sie reparieren lassen.«

»Bleibst du bei uns?«, frage ich.

»Vorläufig schon.«

»Vorläufig? Wie lange ist das? Eine Woche, ein Monat, ein Jahr?«

Sie lächelt, legt die Puppe in meinen Rucksack zurück und schlüpft in die Slipper, die ich für sie bereitgestellt habe. »Vielleicht fange ich ja ein Studium an.«

Papa legt seine Arme um uns beide. Ich lehne mich an seine Brust und spüre seinen ruhigen Herzschlag. Er streichelt mir über den Kopf und gibt mir die Autoschlüssel.

»Geht ihr schon mal vor zum Auto. Ich bedanke mich noch beim Krankenhauspersonal.«

Untergehakt verlassen Nina und ich das Krankenhaus. Auf dem Platz davor beobachte ich die Menschen, die sich gegenseitig mit der Notre-Dame im Hintergrund fotografieren. Als ich tief durchatme, rieche ich Waffeln und Popcorn.

Auf dem Parkplatz sehe ich Vatan schon auf dem Rücksitz

von Papas Auto, Schnauze und Vorderbeine gegen das halb offene Seitenfenster gedrückt.

»Da ist ja unser großer Freund!«, sage ich, während ich die Tür hinter dem Fahrersitz öffne und Nina einsteigen lasse.

»Hey, Hund. Hallo.« Nina krault ihn hinter den Ohren. Er schüttelt sich wild. »Na, der ist ja begeistert. Rück mal ein Stück, mein Junge.«

Ich laufe um das Auto herum, öffne die Tür hinter dem Beifahrersitz und rutsche neben Vatan.

Die Sonne scheint hell ins Auto. Für einen Moment kneife ich die Augen fest zusammen. Keine beängstigenden Bilder mehr. Nina ist da und sieht mich lachend mit ihrem braunen und dem grünen Auge an. Ich lehne den Kopf an ihre Schulter und seufze. Vor Erleichterung. Vor Ermüdung.

»Hättest du nicht einfach anrufen können, um mir zu sagen, dass du in Gefahr bist?«

Sie schüttelt den Kopf. »Als mir das klar wurde, war es schon zu spät.«

»Was ist passiert?«

»Ich wollte Schluss machen, weil er sich so seltsam benommen hat. Mal war er lieb, dann wieder ist er wegen nichts ausgeflippt. Als ich ihn etwas über den Friedhof fragte, hat er total aufgebracht reagiert. Was mich das angehe, wollte er wissen. Und dann die Polizeiakte ... Als ich sie heimlich lesen wollte, hat er mich erwischt. Dort stand etwas über Bella Rossellini. Dass sie wahrscheinlich vergiftet worden sei, aber dass sie den Mörder nie haben finden können.«

Ich nicke. Das hat Victor auch gesagt.

»Ich bekam Angst und wollte weglaufen, aber er hat mich in seinem Haus eingeschlossen. Da habe ich ihm von unserer Vereinbarung erzählt: dass du kommen und mich suchen würdest, wenn ich keine Karte schicke. Plötzlich fielen mir die Codes ein, die wir uns damals ausgedacht haben. So kam ich auf die Idee. Das Blümchen habe ich gezeichnet, um dich gleich zu alarmieren, dass ich in Schwierigkeiten steckte.«

»HLP. 4^e arr. 1«, sage ich.

»Ja. Ich hatte nur wenig Zeit zum Schreiben. Immer wenn er gerade nicht hingeguckt hat, habe ich einen Buchstaben dazugekratzt.«

»Warum hast du nicht einfach *Abe* darauf geschrieben?«

»Zu riskant. Wenn er das entdeckt hätte ... Und was wäre gewesen, wenn du das Wort gefunden hättest und über Josephine sofort bei ihm gelandet wärst? Je kryptischer meine Codes, desto vorsichtiger würdest du bei der Suche nach mir vorgehen, dachte ich.«

»Na ja, kryptisch ... *PS: Grüß Mama von mir*«, war jedenfalls überdeutlich.«

»Gut, oder? So hatte es doch noch etwas Positives, dass Mama uns verlassen hat. Er hat dann übrigens irgendwann herausgefunden, dass du mich suchst, aber da konnte ich nichts machen. Da war ich schon zu stark betäubt, um mich gegen ihn aufzulehnen.«

Ein Schauder läuft mir über den Rücken. Ich denke an all die Momente, in denen ich mich verfolgt fühlte.

»Weißt du, was ich so schlimm finde?«, frage ich. »Dass ich bei unserem Lied in Zukunft an Abe denken muss, weil er das gespielt hat, als du dort lagst.«

»Ich habe das Stück immer gehört, wenn ich dich vermisste. Als er mich in seinem Haus eingesperrt hat, legte er es auf, wenn er mich beruhigen wollte. Für ihn war es ein Abschiedssong. Hat Papa die CD im Auto liegen?«

»Ich habe das Lied auf meinem Handy. Was willst du denn damit?«

»Mach es an.«

»Aber dann denke ich an …«

»Einfach einschalten. Neue Erinnerungen schaffen.« Nina lächelt.

Ich nehme mein Handy, suche *Banat* und drücke auf *Play.*

»Gib mal her«, sagt sie. Sie macht die Musik lauter, und ich lege das Handy auf die Hutablage.

Nina fährt ihre Scheibe weiter runter, und ich öffne das Fenster auf meiner Seite. Eine warme Sommerbrise streicht über meine Haut und lässt meine Haare tanzen. Vatan brummt im Schlaf, und seine Vorderpfote, die auf meinem Schoß liegt, zuckt hin und wieder leicht.

Ich sehe, wie Ninas Finger im Takt der Musik auf ihre Beine tippen. Ihre Wangen sind leicht gerötet, und ihre Augen haben ihren ausdrucksstarken Blick zurück. Sie ist nicht mehr so, wie ich sie vor meinem inneren Auge gesehen habe, und auch nicht mehr so wie unter der Tonschicht.

Wir schweigen beide. Ich verstehe, was sie meint. Eine neue Erinnerung. Hier und jetzt. Im Auto, zusammen.

Mein Kopf lehnt an ihrer Schulter. So bleiben wir den ganzen Song über sitzen. Es kitzelt mich im Hals, meine Kehle fühlt sich trocken an, und ich suche in meiner Hosentasche nach einem Kaugummi. Nichts zu finden, nur ein gefalteter Zettel. Als ich ihn aufklappe, bleibt mir der Mund offen stehen.

»Was ist los?«, fragt sie.

»Oh, nichts«, behaupte ich.

Mein Blick huscht über den Einzeiler auf dem weißen Papier. Darunter entdecke ich ein Kreuzchen und eine Mailadresse. Den Zettel muss er mir im Krankenhaus in die Tasche gesteckt haben! Ich lese den Satz noch einmal:

Ich möchte dich gern bald wiedersehen.

In Gedanken höre ich, wie er das sagt. Ich grinse. Dann falte ich den Zettel wieder zusammen und stecke ihn ein. Jean-Paul. Ich möchte ihn auch gern bald wiedersehen. Definitiv.

Aber erst will ich mit Nina zusammen sein. Zu Hause.

Champ de Courses
Château
Sartrouville
Mazagran
d'Orgemont
ARGENTEUIL
Cimetière
Champious
Digue de Gennevilliers
la Vaudoire
Val Notre Dame
Halte
le Marais Ch^au
Gennevilli
Redoute
Bezons
Ile Marante
Colombes
Houilles
Petit Nanterre
Petit Colombes
Bois de Colombes
les Grésillo
le Reveil Matin
la Folie F^e
Maison de Répression
Asnières
Carrières-St Denis
Cimetière
Ile St Martin
les Bruyères
Ile de Chatou
Charlebourg
la Garenne
Usine
Manufacture
Becon
Clich
la Gare
Manufacture
Courcelles
Cimetière
COURBEVOIE
Villiers
Abattoir
Levallois-Perret
Nanterre
Rueil
Pte de Champ
NEUILLY sur-Seine
Puteaux
Rueil
Caserne
Sablonville
St James
Madrid
Jard. d'Acclim.
Pte de Neuilly
Pte Maillot
161
Fort du MONT VALÉRIEN
Château
la Malmaison
Ile de Puteaux
Pelouses de Madrid
Av. du Bois de Boulogne
Bois Préau
Bagatelle
Bois
Pte Dauphine
Av. Victor Hugo
Château de la Jonchère
Suresnes
Pré Catelan
de
Palais des Beaux-Arts
la Briqueterie
Pte de la Muette
Passy
Trocadero
Fouilleuse F^me
Buzenval Ch^au
Hippodr. de Longchamp
Pte de Passy
Eiffelturm
Marsfeld
Réservoir
Boulogne
Ecole Militaire
la Bergerie F^me
Ch^au Rothschild
Pte de Boulogne
Pepinières
Autceuil
Garches
ST CLOUD
Etabl. Horticole
Pte d'Auteuil
Harras
Pt Garches
Montretout
BOULOGNE
St Jean Baptiste
Hospice Brezin
Point du Jour
Grenelle
Javel
Rue Lecourbe
Terrasse du Château
Pte de St Cloud
Ch^au d. l. Marche
Ch^au de Villeneuve l'Etang
Pte de Sèvres
Vaugirard
Marnes-la Coquette
Parc de St Cloud
Manufacture de Porcelaine
Billancourt
Pte de Versailles
Ville d'Avray
Hospice des Ménages
Jardy
SÈVRES
I. Séguin
I. de Billancourt
Issy
Vanves
Lycée
la Ronce
Brimborion
Bellevue
Malako
Bois de Fausses Reposes
la Femme sans Tête
Bas Meudon
Fort d'Issy
les Moulineaux
Cimetière
les Capucins
Ferme des Bruyères
la Capsulerie
Meudon
Bas Chaville
le Val
Fort de Vanves
Réservoir
Chaville
Observatoire
Ancien Château
Fleury
Montreuil
Bas Viroflay
Parc de Meudon
Orphelinat
Châtillon
Haut Chaville
Clamart
Viroflay
Villebon
Bois de Meudon